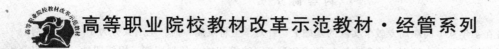

高等职业院校教材改革示范教材·经管系列

管 理 学

主　编　苏振锋

副主编　陈心宇　孟来果

北京交通大学出版社

·北京·

内 容 简 介

  本书是作者在多年从事高职高专教学实践的基础上，针对学生特点编写的。全书共分为 10 章，分别对管理与管理者、管理的基本原理、管理理论的形成和演变、决策职能、计划职能、组织职能、领导职能、激励职能、沟通职能和控制职能等做了详细而具体的阐述。

  本书理论阐述简明扼要、注重实用，既可作为高职高专院校管理类专业的教材，也可作为在职人员的培训用书。

图书在版编目（CIP）数据

管理学/苏振锋主编. —北京：北京交通大学出版社，2010.3
（高等职业院校教材改革示范教材·经管系列）
ISBN 978-7-81123-977-5

Ⅰ.①管… Ⅱ.①苏… Ⅲ.①管理学-高等学校：技术学校-教材 Ⅳ.①C93

中国版本图书馆 CIP 数据核字（2009）第 220464 号

策　　划：王　鹏　　赵孟飞
责任编辑：井　飞　　　　　　　　　　特邀编辑：吕　鸿
出版发行：北京交通大学出版社　　　　电　　话：010-51686414
　　　　　北京市海淀区高梁桥斜街 44 号　邮　　编：100044
印 刷 者：北京瑞达方舟印务有限公司
经　　销：全国新华书店
开　　本：185×230　　印张：15.5　　字数：305 千字
版　　次：2010 年 3 月第 1 版　　2010 年 3 月第 1 次印刷
书　　号：ISBN 978-7-81123-977-5/C·84
印　　数：1～3 000 册　　定价：25.00 元

本书如有质量问题，请向北京交通大学出版社质监组反映。对您的意见和批评，我们表示欢迎和感谢。
投诉电话：010-51686043，51686008；传真：010-62225406；E-mail：press@bjtu.edu.cn。

前　言

管理学作为一门学科诞生至今已一个世纪有余。随着社会的发展,管理作为实现目标的一种有效手段,可谓无处不在、无时不在。任何一个人,只要存在于一定的组织或社会中,如果不是管理者,那么就是被管理者,或者是自我管理者。作为管理者,不论管理的是一个组织或组织中的一个部门,还是管理一群人或是一项作业,都需要管理学这门学问。学习管理学,必将使学习者受益匪浅。

本书力图从高职高专学生的实际出发,以提高学生整体素质为基础,以培养学生能力为主线,确定教材内容体系。在编写过程中努力做到由浅入深、循序渐进地介绍管理工作的实质、过程,以及各项管理职能活动开展的原理和方法。在内容的取舍上力求做到突出重点,适当增加案例内容,强化知识的应用性。本书特点如下。

(1)体系完整,内容丰富。本书既有经典的传统理论,又有理论前沿发展和现实工作中的难点、热点问题。每章的最后设置了"复习思考题",供同学们课后练习。

(2)案例贯穿全书,推进启发式教学。在编写本书时,强调案例教学,体现知行统一的管理学教育理念。在每章设置了"案例导入"和"案例讨论"两个栏目,并坚持案例与理论结合的思想,力求所用案例均来自当前主流管理类报刊以及国内外最重要企业的管理实践。

(3)层次清晰,语言简明,深入浅出。全书开门见山,将知识点细分、归纳、精练,理论准确、言简意赅。

由苏振锋负责全书体系的设计和大纲的制定,并对全书进行统纂定稿。各章分工如下:第一、第六、第七章苏振锋,第二、第三章陈心宇,第四、第十章孟来果,第八章翟淑君,第五章陈娅玲,第九章王晓斌。

行,就要按照社会化大生产的要求,合理地进行计划、组织、协调和控制,最有效地利用人力、物力和财力资源,提高经济效益。如果不进行行之有效的管理,生产就无法顺利进行,更谈不上发展。共同劳动的规模越大,劳动的社会化程度越高,管理也就越重要。这与生产关系、社会制度没有直接的联系。

2)管理的社会属性

管理的社会属性又称管理的生产关系属性或特殊性,是指管理所具有的监督职能。管理的社会属性体现着生产资料所有者指挥劳动、监督劳动的意志,因此它是由管理所处的生产关系和社会制度的性质所决定的。在不同的社会制度下,谁来监督及监督的目的、方式就不同。

2.管理二重性的关系

管理的二重性是相互联系、相互制约的。一方面,管理的自然属性不可能孤立存在,它总是存在于一定的社会制度、生产关系中,同时管理的社会属性也不可能脱离管理的自然属性而存在,否则管理的社会属性就成为没有内容的形式;另一方面,管理的二重性又是相互制约的,管理的自然属性要求具有一定社会属性的组织形式和生产关系与其相适应,同时管理的社会属性也必然对管理的方法和技术产生影响。

3.学习管理二重性的意义

马克思关于管理二重性的理论,是指导人们认识和掌握管理的特点和规律、实现管理任务的有力武器。正确认识管理的二重性,对于学习管理学和从事管理工作具有重要意义:一方面,要积极学习和借鉴国外先进的管理思想、管理经验和管理方法,更快地提高我国的管理水平;另一方面,一定要考虑到我国的国情,建立自己的管理体系,使管理更好地为经济社会发展服务。

(二)管理的科学性与艺术性

1.管理的科学性

管理的科学性是指人们经过无数次的失败和成功,通过从实践中收集、归纳、检测数据,提出假设,验证假设,从中抽象、总结出一系列反映管理活动过程中客观规律的管理理论和一般方法。人们利用这些理论和方法来指导管理实践。管理的科学性体现了管理的客观性、实践性、系统性、真理性和发展性。

(1)客观性。管理学所揭示的管理活动的各种规律都是客观存在的,而且是经过客观实践反复验证过的。

(2)实践性。管理的很多理论都是来自于实践经验的总结,其直接目的就是为了更好地指导实践。

（3）系统性。现在的管理学已经形成了一整套的理论,这些理论都是通过对大量的实践经验进行概括和总结的基础上完成的。这些理论相互之间有着密切的联系,形成了一个合乎逻辑的系统。

（4）真理性。管理学的许多理论和原则都是经过实践反复检验的,是对客观事物及其发展规律的真实反映。

（5）发展性。现代的管理理论并不是尽善尽美的,它需要在实践中不断充实和完善。

2.管理的艺术性

管理的艺术性是指管理者根据自己的知识、经验和智慧,迅速、及时而又准确有效地处理各种问题的办法、技巧和能力。管理活动要求依据不同的时间、地点和条件,凭借直接判断,随机应变地处理实际问题,这就要求管理者必须有机智灵活的应变能力。

管理既是科学又是艺术,是科学与艺术的结合。这种科学与艺术的划分并没有明确的界限。说它是科学,是强调客观规律性;说它是艺术,则是强调灵活性与创造性。而且这种科学性与艺术性在管理的实践中并非截然分开的,而是相互作用,共同发挥管理的功能,促进目标的实现。正如管理学家孔茨所言:"最富有成效的艺术总是以对它所依据的科学的理解为基础的。因此,科学和艺术不是相互排斥的,而是相互补充的。"

三、管理的职能

职能一般是指人、事物、机构具有的作用或功能。管理职能是对管理职责与管理功能的简要概括。关于管理的职能问题,100年来众多学者进行了研究探讨。最早对管理的具体职能加以系统阐述的是法约尔,1916年在其发表的《工业管理与一般管理》一书中把管理的具体职能确定为计划、组织、指挥、协调和控制五项职能,被称为"五功能学派"。其后有"六功能学派"、"四功能学派"、"三功能学派"、"七功能学派"等。从总体来看,虽然繁简不一,但并无原则上的区别,只是各有侧重而已,大多数是在法约尔的"五功能学派"的基础上做些适当的合并与组合。随着管理理论的不断发展,20世纪70年代后,管理学家通常把管理的职能概括为计划、组织、领导和控制四大基本职能,这也是本书主要介绍的管理职能。

（一）计划

计划职能是指管理者为了实现组织目标对工作所进行的筹划活动。一般来说,计划活动包括分析目前环境、预测未来、确定目标、制定政策、选择行动方案和对实施效果作出评价等。计划是管理的首要职能,任何管理活动都是从计划开始的,它涵盖了组织的预期目标和实现目标的途径,是一切管理活动的前提。也就是说,离开了计划,管理的其他职能将无法行使。有效的计划不仅为组织指明了发展的目标和方向,统一了思想,也为组织制定行为步骤提供了衡量的基础。

（二）组织

组织职能是指为了实现既定的预期目标,根据计划的安排,对组织拥有的各种资源进行科学配置和整合,以及正确地处理人们相互之间的关系并进行制度化安排的活动,包括组织设计、人员配备、组织运作以及组织变革和组织发展等。组织制定出切实可行的计划之后,就可以进行计划的实施准备过程了。重点是对计划的实施进行合理的分工与协作,对有限的资源进行合理的配置和科学的使用,并正确地协调人与人之间的相互关系;进行工作设计,通过授权和分工配备人员;用制度规定成员的职责和上下左右的相互关系,形成一个有机整体的组织结构基础,使整个组织协调运转起来。

（三）领导

领导职能是指组织确立后,管理者必须运用组织赋予的职权和自身的影响力,指导和影响其他成员以最佳的方式、高昂的士气、饱满的热情为实现组织预期目标做出努力和贡献的活动过程和管理艺术。管理者必须具备领导其工作小组成员朝着组织目标努力的能力。为了使领导工作卓有成效,管理者必须了解个人和组织行为的动态特征,激励员工以及进行有效的沟通。在复杂的经营环境中,有效的领导者还必须富有想像力,能够预见未来。只有通过卓有成效的领导,组织的目标才有可能实现。

（四）控制

控制职能是指管理者根据既定计划的要求和标准检查组织活动,预见并发现偏差,及时查明原因并采取措施给予纠正。控制过程包括依据计划制定控制标准、衡量实际业绩、预见并发现偏差以及采取相应措施纠正偏差等管理过程。控制是管理过程中不可或缺的一种职能,它可以保障组织朝着其目标迈进。

在管理实践中,计划、组织、领导和控制职能一般是按顺序进行的,即先要执行计划职能,然后是组织、领导职能,最后是控制职能。但上述顺序不是绝对的,在实际管理中这四大职能又是相互融合、相互交叉的。不论何种组织、所处何种层次、属于何种管理类型的管理者,都要履行这四大职能。但同时也必须认识到,不同组织、不同管理层次、不同管理类型的管理者,在具体履行管理职能时,又存在着很大差异性。因此,管理过程是一个各职能活动周而复始的循环过程,而且在大循环中又套着小循环。

四、管理的作用

随着社会大生产的进一步发展,管理已经成为现代社会中任何一个组织都不可或缺的社会职能,它在人类社会活动中发挥着越来越重要的作用。先进的科学技术与先进的管理是推动现代社会发展的"两个轮子",二者缺一不可。

(一)管理促进了社会经济的发展

当今世界各国经济水平在很大程度上取决于其先进的管理和科学技术。如果没有先进的科学技术,现代化的作业乃至管理活动便无法展开;反之,如果没有高水平的管理活动相配合,任何先进的科学技术都难以充分地发挥作用。人们对管理的认识经历了一个由忽视管理到意识到管理,再到重视管理的发展过程。这种认识的发展导致了"二战"以后"管理热潮"的兴起,这种热潮席卷了整个世界,它使管理成为全世界关注的一个热点。这一热潮是由英国发起的。"二战"结束后不久,英国曾派一些专家小组去美国考察工业方面的经验。他们发现,英国在工业工艺和技术方面并不比美国落后,导致英国工业生产率水平较低的主要原因在于组织管理水平远远落后于美国。他们由此认识到,管理是经济恢复并能促进其发展和取得成就的一种力量。

彼得·德鲁克在他的著作《管理:任务、责任和实践》中总结战后管理热潮对世界各国经济发展的影响时指出:"经济发展和社会发展首先就意味着管理。第二次世界大战以后的早期就明显地显示出,在经济和社会的发展中,管理是决定性因素。显然,经济学家认为发展是储蓄和资本投资的传统看法已经不适用了。事实上,储蓄和资本投资并不能导致社会和经济发展,相反管理却能导致经济和社会的发展,从而导致储蓄和资本投资的发展。显然,正如拉丁美洲流行的一句话所讲的,发展中国家并不是在发展上落后,而是在管理上落后。"凡是在第二次世界大战以后取得经济和社会上迅速进步的地方,都是由于系统而有目标地培养管理人员和发展管理的结果。历史证明,管理已经成为支撑现代社会存在与发展的重要支柱,无论是一个国家还是一个地区的社会经济发展,都越来越依赖于管理。

(二)管理推动了科学技术的发展

现代科学已从搜集、整理材料的科学发展到系统化和整体化的科学。各门学科之间相互渗透,出现了很多的边缘学科和综合学科。这些不同学科的研究方法和研究对象的有机结合,不但揭示了客观世界的新秘密,形成了新的理论,开创了新的实验技术,同时也导致了新学科的建立和原有学科的改造。新学科的出现必然导致新的科学研究体制的产生,新的科学研究体制根据现代科学发展的特点,强调自身的灵活性,研究机构的设置和研究人员的配备要有利于各门学科的交流与合作。这种用科学的方法来加速科学发展的做法,就是科学有效的管理。

实践证明,管理已经成为科学技术发展中不可或缺的环节。同时由于科学方法的运用与计算机技术的使用,推动了管理科学的发展。虽然由于管理涉及人与社会等诸多因素,使管理学也许永远无法像自然科学那样可以用精湛的法规或定律去描述,但是管理学的重要性却随着科学技术的进步而日益突出。科学、技术和管理已经紧密地结合在一起了,科学技术的进步离不开科学的管理,同样管理的发展也需要科学技术的支持。

（三）管理决定着组织的存在和效率

要使组织起来的集体活动顺利进行,必须有管理。很多企业由于管理不善或经验缺乏而破产;相反,也有很多企业能够在夹缝中生存、在困境中成长,归根结底就是管理有方。在组织中,各部门与个人都有自身特殊的利益和目标,且个人的目标与组织整体目标可能不一致,有时甚至相反,因而难免发生冲突。目标冲突必然导致行为冲突,如不进行有效地化解,冲突的结果将导致组织生存危机。管理就是将个人或部门利益与组织利益有机地结合起来,使个人和部门在实现组织目标的行动中同时实现自身的利益,实现两者的双赢。

组织效率是指组织活动达到组织目标的有效性。组织具有不同于其各组成部分的独立目标,该目标实现的程度取决于组织内部的协调程度。所有参加组织的人必须按一定的方式相互合作、共同努力,使组织内部各部门、各成员的行为协调起来,以最低的成本、最快的速度实现组织目标。在当代社会中,以最少的资源投入获得最大的产出,是每一个组织都努力追求的目标。组织通过管理不断地协调、整合组织内的各种资源,使组织成为一个有机的整体,从而高效率地实现组织的目标。所以,管理是保证组织有效实现目标的重要手段。

第二节　管理者

一、管理者的含义

作业者是指在组织中直接从事具体的业务活动,且不承担对他人工作监督职责的人员,他们的任务就是做好组织分派的具体操作性工作,如生产线上的装配工人、医院的医生、学校的教师、商场的现场销售员、政府部门的具体办事员等。由于他们从事的是具体的作业活动,以自身的工作直接达成组织的目标,所以,作业者属于管理对象,属于管理客体范畴。

管理者是指组织中行使管理职能,承担管理责任,指挥、协调他人完成具体任务的人员。管理者是管理活动中具有决定性影响的因素,任何管理理论、管理思想、管理方法和管理手段的创造与实践,都是通过管理者在实施管理活动的过程中完成并不断发展的,如公司的车间主任、经理;学校的系主任、院长等。

管理者与作业者的根本差异就是看其是否"指挥、协调他人"完成工作。作业者只从事具体的操作性活动,即只是从事作业活动;而管理者是从事管理活动、指挥他人更好地执行作业活动的人,他们的任务是设计和维护良好的管理环境,使其中的人员更顺利地完成各自的目标任务,进而有效地实现组织的预期目标。

二、管理者的类型

为了更加深入地了解管理者,需要对管理者进行分类。管理者一般是按纵向的管理层次和横向的管理领域两个标准来分类的。另外,还可以根据职权关系的性质对其进行分类。

(一)按纵向管理层次分类

组织中的管理者按管理层次可划分为高层管理者、中层管理者和基层管理者3个层次。

1. 高层管理者

高层管理者是指对整个组织负有全面责任的管理者,如公司的董事长或总经理、医院的院长、学校的校长、政府的最高行政首长等。高层管理者的主要责任是制定组织的总目标、总战略,掌握组织的大政方针,沟通与其他相关组织的关系,并评价整个组织的绩效。他们拥有组织的最高职务和最高职权并对组织的总体目标、整体利益、长远利益负责。一般来说,组织高层管理者的工作绩效将决定一个组织的成败。

2. 基层管理者

基层管理者又称一线管理者,是指现场管理、协调作业活动的管理者,所管辖的仅仅是作业者,而不涉及其他管理者,如生产车间的班组长、饭店中的领班等。其主要职责是给下属操作人员分派具体工作任务,制订本班组的作业计划,直接指挥和监督现场作业活动,确保各项具体工作任务的有效顺利完成。与其他层次管理者相比,他们所得到的指令是具体的、明确的,有权调动的资源也是有限的。对上,要及时汇报具体工作任务的执行情况,反映工作中所遇到的问题,并请求支持;对下,是其下属的导师、教练和助手。

3. 中层管理者

中层管理者处于管理层级中承上启下的位置,是指处于高层管理者和基层管理者之间的一个或若干个中间层次的管理人员,如公司的部门经理、工厂的车间主任等,其主要职责是贯彻执行高层管理者所制定的重大决策,监督和协调基层管理者的工作。他们一方面要接受高层管理者制定的组织的总体目标和全局计划;另一方面还要将其转化为本部门的细化目标和局部计划,并分解为更具体的目标和更精细的计划到具体的基层部门单位,同时要把基层单位的反馈信息及时上报上级主管,供高层参考。与其他层次的管理者相比,中层管理者更加注重组织的日常管理,负责把任务落实到基层单位,并及时检查、督促和协调基层管理者的管理活动以确保目标的落实、任务的完成,又要高效、顺利地完成高层管理者交办的工作,并向上级提供进行决策所需的信息资料和各种方案。

不论处于哪个层次的管理者,所从事的都是管理活动,所行使的都是计划、组织、领导和控制四大管理职能。由于不同管理层次有其各自不同的管理权限、管理责任,为了在分工的基础上协同一致地做好组织的整体管理工作,所以不同层次管理者在履行各项管理职能的程度和重点上是有所不同的。高层管理者在计划、组织和控制职能上用的时间和花费的精力比较多,而基层管理者在领导职能上占用的时间和精力比较多,中层管理者居于两者之间。即便就同一管理职能而言,不同管理层次的管理者管理工作中所表现出来的内涵也不是完全相同的。以计划职能为例,高层管理者所关心的是组织整体化、长远的战略规划;中层管理者更关心的是组织中期的、本部门的管理性计划;基层管理者则更侧重于短期的、本单位的业务和作业计划。

(二)按横向管理领域分类

管理者按横向的管理领域可划分为综合管理者和职能管理者。

1.综合管理者

综合管理者是指负责一个组织的整体或组织中某个部门整体的管理者。他们是这个组织或这个部门的主管,处于该组织或该部门管理层次的最高位置,如工厂的厂长、车间的主任等。他们对所管辖的组织或部门目标的实现负有全部责任,因而拥有这个组织或这个部门所必需的最高权力,有权指挥和支配整个组织或整个部门的全部职能活动和全部资源,而不是只对单一职能活动和单一资源储备负责的管理者。

2.职能管理者

职能管理者是指负责组织中某种特定职能、某些特定专业方面的管理活动的管理者,如总工程师、财务处长、设备处长等。他们只对组织管理中的某一职能或某一专业领域的活动目标负责,只在本职能、本专业中行使职权、指导工作。职能管理者大都具有某种专业或技术专长。就一般组织而言,职能管理者主要有行政管理者、财务管理者、人力资源管理者以及其他各种业务活动的管理者。

对现代组织来说,随着组织规模的不断扩大和环境的日益复杂,管理活动和业务活动的分工也变得日益重要,这将需要更多不同类型、不同专业领域的专业管理者。

（三）按职权关系的性质划分

管理者按职权关系的性质可划分为直线管理人员和参谋人员。

1. 直线管理人员

直线管理人员是指有权对下级进行直接指挥的管理者。他们与下级之间存在着领导隶属关系，是一种命令与服从的职权关系。直线管理人员的主要职能是决策和指挥。

2. 参谋人员

参谋人员是指对上级提供咨询、建议，对下级进行专业指导的管理者。他们与上级的关系是一种参谋、顾问与主管领导的关系，与下级是一种非领导隶属的专业指导关系。他们的主要职能是咨询、建议和指导。

三、管理者的角色

管理者合格与否在很大程度上取决于管理职能的履行情况，为了有效履行各种管理职能，管理者必须明确自己将扮演什么角色。根据加拿大管理学家亨利·明茨伯格（Henry Mintzberg）在20世纪70年代初的研究，管理者扮演着10种角色，这10种角色可归纳为三大类，即人际关系角色、信息角色、决策角色。

（一）人际关系角色

人际关系角色主要是指管理者与各种人发生各种联系时所担当的角色。这类角色以人为中心，以交往、领导、联络为手段，大致可分为三种不同的角色。

1. 挂名首脑

由于拥有正式权威，管理者是一个组织的象征，担负履行一些礼仪性的职责，如出面接待前来观光的贵宾，或邀请重要客商共进午餐等。

2. 领导者

管理者作为一个组织或单位的正式首长，要负责对该组织或单位的人员进行激励和指导，包括对下属人员的选用、训练、评价、提升、表扬、批评等。他在这些方面的行为构成领导者的角色。领导者角色的重要目的是把组织成员的个人需求同组织目标结合起来。领导者角色的发挥取决于管理者的正式权威与领导才能。正式权威赋予管理者很大的潜在权力，领导才能则决定了他实际上会行使多大的权力。

3. 联络者

管理者除了与下属联系之外，还要与其上级和外界联系，充当联络者的角色。管理者通过各种正式或非正式的渠道建立和维持与外界的联系,如参加外界的各种会议,参加各种社会活动和公共事务等。建立联系的目的是为了获得信息、交流信息以及正确地作出决策。

上述三种角色作用的结果引起信息的流动,从而使管理者成为组织的信息中心。管理者也就担负起第二类角色,即信息角色。

(二)信息角色

信息角色主要是指管理者在获取、处理和传递各种信息资源时所起的作用。这类角色以信息沟通为中心,以信息的收集、加工和传播为手段,大致可分为以下 3 种不同的角色。

1.监听者

管理者担负着获取各种与组织发展有关的信息的使命。管理者在收集信息时可以运用一切可以利用的渠道和手段,包括个人的社会关系和联系网络。

2.传播者

传播者角色是指管理者把收集到的信息,经过必要的处理和筛选传递给组织内部的有关人员或部门。管理者传播的信息可分为两种:一种是有关事实的信息;另一种是有关价值标准的信息。管理者传递信息的目的是使下属了解情况,引导他们制定决策和处理日常工作,同时也是为了继续从下属那里得到更新的、急需的信息。

3.发言人

管理者的信息传播者角色所面向的是组织内部,而其发言人角色则面向外部,即把组织的信息透露或公布给外界。发言人角色要求管理者把信息传递给两种人:一种是对组织有着重要影响的人;另一种是组织之外的公众。管理者必须向这两种人传递有关组织的计划、政策和成果的信息,并使他们感到满意。

上述三种角色是以信息沟通为中心的。但是信息只有作为决策的依据时,才能对组织的发展起积极作用。管理者在管理中的决定性作用,体现在出色地完成决策角色上。

(三)决策角色

决策角色是指管理者在管理过程中对一系列重大的或突发的问题作出决定并付诸实施所起的作用。这类角色以决策为中心,以推动变革、排除故障、分配资源和谈判为手段,大致可分为以下 4 种。

1.企业家

企业家角色是指管理者在职权范围内充当组织变革的发起者与设计者。作为企业家,管理者总是力图改善组织或单位的现状,使之适应不断变化的环境,他会不断地寻找各种问题和机会。当机会出现时,如果他认为有必要采取行动改进组织目前的状况,他就会制定一个发展规划,或亲自挂帅,或授权给得力的助手去实施。

2.故障排除者

管理者不仅是组织变革的自愿倡导者,也是意外事件的排除者,管理者必须花大量的时间去应付各种压力,甚至动乱,如工人罢工、某个大客户破产、供应商不能履行合同等。这些意外事件的发生,并不是因为管理者低能,致使其发展到危机的程度,而是有些事情无法预料。即使是最精明能干的人,也不可能预见到他所采取的所有行动的一切后果。

3.资源分配者

管理者的资源分配者角色包括以下几个方面。

(1)安排自己的时间。管理者的时间本身就是组织中最宝贵的资源之一。更重要的是,管理者的时间安排也是对组织各项活动重要性的一种暗示。

(2)安排工作,即决定要做什么事、谁去做,通过什么机构去做等。这类决策实际上是安排下属的工作,这是一种重要的资源分配形式。

(3)对重大决定的实施进行事先审批。拥有这种权力,管理者就能够把各项决策互相联系起来,并在资源有限的情况下选用最好的方案。

4.谈判者

管理者要花相当多的时间从事谈判活动,可以说谈判是管理者生活方式的重要部分。因为管理者是挂名首脑,他的参加能增加谈判的可信性。更重要的是,只有管理者才有权调配组织的资源,而且只有他才掌握谈判所必需的信息。

上述 10 种角色实际上是管理者在管理中所起的 10 种作用,是管理者在进行管理活动时的 10 种身份和特征。每个管理角色都占用管理者一定的时间和注意力。管理者可以根据他个人的价值观、个性和风格,根据他在组织中的地位和担任的职务,根据他所在组织的类型和行业特性,根据他所处的环境,合理确定各种角色在自己管理工作中所占的时间比例,从而使管理工作卓有绩效。

四、管理者的技能

在扮演这些角色的过程中,管理者需要具备一定的技能。根据罗伯特·卡茨(Robert L. Katz)在 1974 年的研究,管理者要具备三种主要的技能以确保管理职能的实现,即技术技能、人际技能、概念技能。

（一）技术技能

技术技能是指管理者掌握与运用某一专业领域内的知识、技术和方法的能力,包括专业知识、经验;技术、技巧;程序、方法、操作与工具运用的熟练程度等。这些都是管理者对相应专业领域进行有效管理所必备的技能。管理者虽然不能完全做到内行、专家,但必须懂行,必须具备一定的技术技能。特别是一线管理者,更应如此。

（二）人际技能

人际技能是指管理者处理人事关系的技能,包括观察人,理解人,掌握人的心理规律的能力;人际交往,融洽相处,与人沟通的能力;了解并满足下属需要,进行有效激励的能力;善于团结他人,增强向心力、凝聚力的能力等。在以人为本的今天,人际能力对于现代管理者来说,是一种极其重要的基本功。没有人际技能的管理者是不可能做好管理工作的。

（三）概念技能

概念技能又称构想技能,是指管理者观察、理解和处理各种全局性的复杂关系的抽象能力,包括对复杂环境和管理问题的观察、分析能力;对全局性的、战略性的、长远性的重大问题处理与决断的能力;对突发性、紧急性事件的应变能力等。其核心是一种观察力和思维力。这种能力对于组织的战略决策和发展具有极为重要的意义,是组织高层管理者所必须具备的,也是最为重要的一种技能。

不同层次管理者对管理技能的需要是有差异的。上述三种技能,对任何管理者来说,都是应当具备的。但不同层次的管理者,由于所处位置、作用和职能不同,对三种技能的需要程度则明显不同。高层管理者尤其需要概念技能,而且所处层次越高,对这种概念技能需要越高。这种概念技能的高低,成为衡量一个高层管理者素质高低的最重要的尺度,而高层管理者对技术技能的要求就相对低一些。与之相反,基层管理者更重视的是技术技能,由于他们的主要职能是现场指挥与监督,所以若不掌握熟练的技术技能,就难以胜任管理工作。当然,相比之下,基层管理者对概念技能的要求就不是太高。各层次管理者对技能需要的比例如图 1-1 所示。

图 1-1　不同层次的管理者对技能的需要比例

第三节　管理学

一、管理学的含义和特点

管理学是一门系统研究管理过程的普遍规律、基本原理和一般方法的科学。随着社会的不断进步、科学技术的飞速发展,以及管理活动内容的日益丰富,管理在生产和生活过程中的作用越来越受到关注和重视。这就为全面系统地研究管理活动过程中的客观规律和一般方法提供了必要的条件和基础,从而使管理学的研究不断得到充实和发展。同时由于社会的发展和管理活动的复杂性,管理学还是一门不太成熟的科学。与其他学科相比,管理学主要有以下几个特点。

（一）一般性

管理学是从一般原理、一般情况的角度对管理活动加以研究并从中归纳出一些规律性的东西。从研究对象上看,一般没有具体的管理主体和管理客体,它既区别于专门研究各个空间领域特殊规律的领域管理学科,如社会管理学、军事管理学、科技管理学等;也区别于业务管理学,如计划管理学、领导科学、管理会计学等。管理学一般不涉及具体的业务和方法,但对具体的业务和方法研究具有指导作用。所以,管理学中阐述的管理理论是管理活动中最普通、最基本的知识,是从事任何组织、任何专业管理活动都必须掌握的知识。其他各类专门管理,都需要把管理学作为基础来加以学习和研究。

（二）综合性

管理学的多科性表现为:在内容上,它需要从社会生活的各个领域、各个方面及各种不同类型组织的管理活动中,概括和抽象出对各门具体管理学科都具有普通指导意义的管理思想、原理;在方法上,它需要综合运用现代社会科学、自然科学和技术科学的成果,研究管理活动过程普遍存在的基本规律和一般方法。

管理活动是很复杂的活动,影响这一活动的因素是多种多样的。除生产力、生产关系的基本因素外,还有一些自然因素,以及政治、法律、社会、心理等社会性因素。因此,要搞好管理工作,必须考虑到组织内部和外部的各种错综复杂的因素,利用经济学、数学、生产力经济学、工程技术学、心理学、生理学、仿真学、行为科学等的研究成果,以及运筹学、系统工程、信息论、控制论、计算机技术等的最新成就,从不同角度对各种管理活动进行综合研究,才能正确认识和把握管理规律，并提出普遍适用、行之有效的管理原则和管理措施，并用以指导管理的实践工作。

（三）历史性

管理学是对前人的管理实践、管理思想、管理理论的总结、扬弃和发展。割断历史，不了解前人对管理经验的理论总结与管理实践的历史轨迹，就难以很好地理解、把握和运用管理学。

（四）实践性

管理学是一门应用科学，管理学的理论与方法要通过实践来检验。同时，有效的管理理论与方法只有通过实践才能带来实效，发挥其指导实际工作的作用，并在不断反复实践中完善管理学的理论和方法。

（五）社会性

构成管理过程主要因素的管理主体与管理客体，都是最有生命力的人，这就决定了管理的社会性；同时管理在很大程度上带有生产关系的特征，因此没有超阶级的管理学，这也体现了管理的社会性。

二、管理学的研究对象

管理活动千差万别，但要遵循的基本原理及原则却是一样的，这就是管理的共性，即管理学所要研究的对象。管理学在研究管理的基本规律时，具体涉及以下几方面内容。

（一）研究管理的本质和规律

管理学研究管理的本质及规律，是着眼于企业管理、公共管理等各类管理的共性，即一切管理活动都具有的本质和规律，一般不涉及各类管理的个性。管理活动是由一系列活动组成的动态过程，管理学要研究管理活动涉及哪些职能，以及执行这些职能涉的组织要素，研究在执行各项职能中应遵循哪些原理和采用的方法、技术等。

（二）从生产力、生产关系和上层建筑三个方面研究管理学

（1）生产力方面，管理学主要研究生产力诸要素之间的关系，即合理组织生产力的问题。研究如何合理配置组织中的人、财、物等各要素，使各生产要素充分发挥作用的问题；研究如何根据组织目标、社会的需要，合理使用各种资源，以求得最佳经济效益和社会效益的问题。

（2）生产关系方面，管理学主要研究如何正确处理人际关系；研究如何建立和完善组织机构以及管理体制等问题；研究如何激励组织成员，调动他们的积极性和创造性，为实现组

织目标而努力工作的问题。

（3）上层建筑方面，管理学主要研究组织的结构与机制，使组织内部环境与不断变化的外部环境相适应的问题；研究组织及管理者的社会责任和管理道德等，使组织的规章制度与社会的上层建筑保持一致，从而维护社会的生产关系，促进生产力的发展。

（三）从实践出发研究管理思想和管理理论的发展

管理学研究管理思想、管理理论及其研究方法的起源与发展过程，从历史的角度研究管理实践，全面而深刻地理解管理思想及管理理论的形成与演变过程。

三、管理学的研究方法

管理学的研究方法主要有以下几种。

（一）唯物辩证法

研究和学习管理学总的方法论指导是马克思主义的唯物辩证法。根据唯物辩证法，管理学产生于管理的实践活动。因此，学习管理学必须坚持实事求是的态度，深入到管理的实践活动中，进行调查研究，总结实践经验并用判断和推理的方法，使管理实践上升为理论。与此同时，在管理学的学习和研究中，还要认识到各种现象都是相互联系和相互制约的，事物都是不断发展变化的，因此还必须运用全面的、历史的观点去观察它的过去、现状及其发展趋势，而不能一成不变地看待组织的管理活动。

（二）系统方法

总体的、全面的研究和学习方法，就是用系统的观点来分析、研究和学习管理的原理和管理活动。系统是指由相互作用和相互依赖的若干组成部分结合而成的，具有特定功能的有机整体，系统本身又是它所从属的一个更大系统的组成部分。不仅管理过程是一个系统，而且管理的概念、理论和方法也是一个系统。这样，从管理的角度看，系统有两层含义：一是指系统是一个实体；二是指系统是一种方法或手段。二者既有区别，又密切联系。

系统作为一种方法、手段或理论，要求在研究和解决管理问题时必须具有整体观点、开放性观点、分级观点等有关系统的基本观点。学习管理的概念、理论和方法，要用系统的观点进行指导。通过管理过程中管理职能的展开来系统研究管理活动的过程、规律、原理和方法的问题，这是比较切合实际的研究和学习方法。因此，学习管理学，绝不能把各项职能工作割裂开来，而应把它们当作整个管理过程的有机组成部分来系统地分析和思考。要进行有效的管理活动，就必须对影响管理过程的各种因素及其相互之间的关系进行总体的、全面的分析研究，这样才能形成可行的基本理论和合理的决策活动。

（三）案例分析法

案例分析法一般是选取现实中一些典型的案例作为分析的对象,通过对事件的前因后果以及其他原因的分析,给学习者一些启示和经验,同时警告那些有类似情况组织的管理者应如何避免悲剧的再次上演。

案例分析法在法学、社会学和管理学中都被广泛采用,西方经验主义管理学派的主导研究方法就是案例分析法,而且是在教学研究中也是一种较为成功的方法,如美国的哈佛商学院就采用此种方法。

（四）实验研究方法

实验研究方法是指有目的地在设定的环境条件下认真观察研究对象的行为特性,并有计划地变动实验条件,反复考察管理对象的行为特征,从而揭示管理的规律、原则和艺术的方法。

实验研究方法不同于案例分析方法,后者是将自己置于已发生过的管理情境中,一切都是模拟的;而前者则是在真实的管理环境中对管理规律进行探讨。只要设计合理,组织得好,通过实验方法能够得到很好的结果。管理中的许多问题,特别在微观组织内部,关于生产管理、设备布置、工作程序、操作方法、现场管理、质量管理、营销方法以及工资奖励制度、劳动组织、劳动心理、组织行为、商务谈判等许多问题,都可以用实验法来进行研究。著名的"霍桑实验"是运用实验研究方法研究管理学的典范之一,它所得到的重要成果扬弃了传统管理学将人视为单纯"经济人"的假说,建立起了"社会人"的观念,从而为行为科学这一管理学分支的形成和发展奠定了基础。

实验研究方法虽然可以得到接近真理的结论。但是管理中也有许多问题,特别是高层的、宏观的管理问题,由于问题的性质特别复杂,影响因素很多,不少因素又是协同作用的,所以很难逐个对每个因素孤立地进行试验。并且此类管理问题的外部环境和内部条件特别复杂,要想进行人为的重复也是不可能的。

（五）归纳、演绎的方法

归纳法是由特殊到一般的推理方法,是从实践到理论的过程。它是通过对客观存在的一系列典型事物进行观察分析,把握事物之间的因果关系,找到事物变化的规律。在管理学研究中,归纳法是应用最广的方法之一。

演绎法是由一般到特殊的推理方法,是从已掌握的管理学的一般原理和方法,去认识和解决管理实践中的具体问题,理论联系实际,并加以检验、完善和发展。

本章小结

1. 管理是指在一定的环境和条件下,为了达到组织的目标,管理者通过实施计划、组织、领导、控制等职能来协调他人活动的过程。

2. 管理职能是对管理职责与管理功能的简要概括,通常将其概括为计划、组织、领导和控制四大基本职能。

3. 管理的二重性是指管理的社会性与自然性,体现着生产关系和生产力的辩证统一。管理既是一门科学,又是一门艺术,是科学与艺术的有机结合体。

4. 管理者是指组织中行使管理职能,承担管理责任,指挥、协调他人完成具体任务的人员。

5. 明茨伯格的管理者角色包括人际关系角色、信息角色和决策角色等三大类10种具体的角色,这些具体角色分别为挂名首脑、领导者、联络者、监听者、传播者、发言人、企业家、故障排除者、资源分配者和谈判者角色。

6. 卡茨提出了管理者的"技能"说,认为管理者应当具备三种基本技能,即技术技能、人际技能和概念技能。

7. 管理学是一门系统研究管理过程的普遍规律、基本原理和一般方法的科学。学习和研究管理学可以采用唯物辩证法、系统方法、案例分析法、实验研究方法和归纳、演绎的方法。

复习思考题

一、单项选择题

1. 管理者的首要职能是(　　　)。

A. 计划　　　　　　B. 领导　　　　　　C. 组织　　　　　　D. 控制

2. 从发生的时间顺序看,下列 4 种管理职能的排列方式,(　　　)更符合逻辑。

A. 计划、控制、组织、领导　　　　　　B. 计划、领导、组织、控制

C. 计划、组织、控制、领导　　　　　　D. 计划、组织、领导、控制

3.管理艺术性的主要特点是(　　)。

A.灵活性　　　　B.客观性　　　　C.系统性　　　　D.真理性

4.与基层管理者和中层管理者相比,高层管理者更需要(　　)。

A.技术技能　　　B.人际技能　　　C.概念技能　　　D.领导技能

5.管理者的角色理论是(　　)提出的。

A.明茨伯格　　　B.泰罗　　　　C.法约尔　　　　D.梅奥

二、简答题

1.什么是管理?管理有哪些基本特征?

2.什么是管理学?管理学有哪些特点?

3.管理活动具有哪些基本职能?它们之间的关系是什么?

4.管理的二重性是指什么?学习管理二重性原理有什么现实意义?

5.为什么说管理既是一门科学又是一门艺术?

6.学习和研究管理学有哪些方法?

7.为什么对管理的定义有不同的看法?

8.一个技术专家能不能当好一个管理者?

 案例讨论

一次重大的人事任免

某钢铁公司领导班子会议正在研究一项重大的人事任免议案。总经理提议免去公司所属的、有2 000名职工的主力厂——炼钢一厂厂长姚成的职务,改任公司副总工程师,主抓公司的节能降耗工作;提名炼钢二厂党委书记林征为炼钢一厂厂长。姚、林两人都是公司的老同志,大家对他们的情况了如指掌。

姚成,男,48岁,中共党员,高级工程师。20世纪60年代从某冶金学校毕业后分配到该钢铁公司工作,一直搞设备管理和节能降耗技术工作。曾参与和主持了多项较大的节能技术改进,成绩卓著,在公司内引起较大震动。1983年晋升为工程师,先被任命为炼钢一厂副总工程师,后又任生产副厂长,1986年起任厂长至今。去年被聘为高级工程师。该同志属技术专家型领导,对炼钢厂的生产情况极为熟悉,上任后对促进炼钢一厂能源消耗指标的降低起到了巨大的推动作用。他工作勤勤恳恳,炼钢转炉的每次大修理都亲临督阵,有时半夜入厂抽查夜班工人的劳动纪律,白天花很多时间到生产现场巡视,看到有工作时间闲聊或乱扔烟头的总是当面提出批评,事后通知违纪人所在单位按规定扣发奖金。但群众普遍反映,姚厂长一贯不苟言笑,从没和他们谈过工作以外的任何事情,更不用说和下属开玩笑了。他

到哪个科室谈工作,一进办公室大家的神情便都严肃起来,犹如"一鸟入林,百鸟压音",大家都不愿和他接近。对他自己特别在行的业务,有时甚至不事先征求该厂总工程师的意见,直接找下属布置工作。总工程师对此已习以为常。姚厂长手下有几位很能干的"大将",却都没能发挥多大作用。据他们私下说,在姚厂长手下工作,从没有受过什么激励,特别是当他们个人生活有困难需要厂里帮助时,姚厂长一般不予过问。久而久之,姚厂长手下的骨干就都没有什么积极性了,只是推推动动,维持现有局面而已。

林征,男,50岁,中共党员,高中毕业。在基层工作多年,曾任车间党支部书记。该同志脑子灵活,点子多,宣传鼓动能力强,具有较为突出的工作协调能力。1984年出任炼钢二厂厂办主任,1986年调任公司行政处处长,主抓生活服务,局面很快被打开。1988年炼钢二厂党委书记离休,林征又回到炼钢二厂任党委书记。林征擅于做人的工作,善于激励部下,据说对行为科学很有研究。他对下属非常关心,周围同志遇到什么难处都愿意和他说,只要是厂里该办的,他总是很痛快地给予解决。林征民主作风好,该他做主的事从不推三阻四,在群众中有一定的威望。他的不足之处是学历很低,工作性质几经变化,没有什么专业技术职称(有人说他是"万金油"),对工程技术理论知之不多,也没有独立的指挥生产的经历。

姚、林二人的任免事关炼钢一厂的全局工作,这怎么能不引起公司领导们的关注?公司领导们在心里反复掂量,考虑着对公司总经理所做的这一重大人事变动提议应如何表态。

资料来源:王凤彬,朱克强.管理学教学案例精选.上海:复旦大学出版社,1998.

讨论

1. 请用有关管理素质的理论,分析两位厂长的基本素质和管理技能。
2. 你认为这两位厂长谁更胜任?理由何在?

第二章　管理的基本原理

知识点

1. 掌握人本管理原理的含义与内容；
2. 了解权变原理的应用；
3. 熟悉系统原理的含义与内容；
4. 了解责任原理的含义与应用；
5. 掌握效益原理的含义与内容。

▶ 案例导入

失败的三鹿集团源于"管理失控"

2008 年 12 月 25 日，河北省石家庄市政府举行新闻发布会，通报三鹿集团破产案处理情况。三鹿牌婴幼儿配方奶粉重大食品安全事故发生后，三鹿集团于 2008 年 9 月 12 日全面停产。截至 2008 年 10 月 31 日财务审计和资产评估，三鹿集团资产总额为 15.61 亿元，总负债 17.62 亿元，净资产－2.01 亿元，12 月 19 日三鹿集团又借款 9.02 亿元付给全国"奶协"，用于支付患病婴幼儿的治疗和赔偿费用。目前，三鹿集团净资产为－11.03 亿元（不包括 2008 年 10 月 31 日后企业新发生的各种费用），已经严重资不抵债。

至此，经中国品牌资产评价中心评定，价值高达 149.07 亿元的三鹿品牌资产灰飞烟灭。

反思三鹿毒奶粉事件，人们不难发现，造成三鹿悲剧的，三聚氰胺只是个导火索，而事件背后的运营风险管理失控才是真正的罪魁祸首。

1. 醉心于规模扩张，高层管理人员风险意识淡薄

对于乳品企业而言，要实现产能的扩张，就要实现奶源的控制。为了不丧失奶源的控

制,三鹿集团在有些时候接受了质量低下的原奶。据了解,三鹿集团在石家庄收奶时对原奶要求比其他企业低。

对于奶源质量的要求,乳制品行业一般认为巴氏奶和酸奶对奶源质量要求较高,UHT奶次之,奶粉对奶源质量要求较低,冰激凌等产品更次之。因此,三鹿集团祸起奶粉,也就不足为奇。

另外,三鹿集团大打价格战以提高销售额,以挤压没有话语权的产业链前端环节利润。尽管三鹿集团的销售额从2005年的74.53亿元激增到2007年的103亿元,但是三鹿集团从未将公司与上游环节进行有效的利益捆绑,因此上游企业要想保住利润,就必然会牺牲奶源质量。

河北省一位退休高层领导如此评价三鹿集团的主要领导田文华:"随着企业的快速扩张,田文华头脑开始发热,出事就出在管理上。"

2. 企业快速增长,管理存在问题

作为与人们生活饮食息息相关的乳制品企业,本应加强奶源建设,充分保证原奶质量,然而在实际执行中,三鹿集团仍将大部分资源聚焦到了保证原奶供应上。

三鹿集团"奶牛+农户"饲养管理模式在执行中存在重大风险。乳品企业在原奶及原料的采购上主要有4种模式,分别是牧场模式(集中饲养百头以上奶牛统一采奶运送)、奶牛养殖小区模式(由小区业主提供场地,奶农在小区内各自喂养自己的奶牛,由小区统一采奶配送)、挤奶厅模式(由奶农各自散养奶牛,到挤奶厅统一采奶运送)、交叉模式(是前面3种方式交叉)。三鹿集团的散户奶源比例占到一半,且形式多样,要实现对数百个奶站在原奶生产、收购、运输环节实时监控已是不可能的任务,只能依靠最后一关的严格检查,加强对蛋白质等指标的检测,但如此一来,反而滋生了层出不穷的作弊手段。

但是三鹿集团的反舞弊监管不力。企业负责奶源收购的工作人员往往被奶站"搞"定了,这样就形成了行业"潜规则"。不合格的奶制品就在商业腐败中流向市场。

另外,三鹿集团对贴牌生产的合作企业监控不严,产品质量风险巨大。贴牌生产,能迅速带来规模的扩张,可也给三鹿产品质量控制带来了风险。至少在个别贴牌企业的管理上,三鹿集团的管理并不严格。

3. 危机处理不当

2007年年底,三鹿集团已经先后接到农村偏远地区反映,称食用三鹿婴幼儿奶粉后,婴儿出现尿液中有颗粒现象。到2008年6月中旬,又收到婴幼儿患肾结石去医院治疗的信息。于是三鹿于7月24日将16个样品委托河北省出入境检验检疫技术中心进行检测,并在8月1日得到了令人胆寒的结果。

　　三鹿集团的外资股东新西兰恒天然在 2008 年 8 月 2 日得知情况后,要求三鹿在最短时间内召回市场上销售的受污染奶粉,并立即向中国政府有关部门报告。恒天然将此事上报新西兰总理海伦·克拉克,克拉克于 9 月 8 日绕过河北省政府直接将消息通知中国政府。

　　随着全球化、市场化、信息化的到来,企业的经营环境日趋复杂多变。生产环节、销售环节、市场环节乃至外部环境的些微变化都会对企业的经营造成冲击。员工罢工、银行停贷、经销商中止销售、原料供应商断绝供货、高层管理人员人事更迭、顾客投诉、同行挤兑、政府限制、媒介炒作、社区居民抗议等突发事件严重威胁着企业的生存和发展。在这种背景下,企业没有良好的管理原理常识是难以适应的。

　　资料来源:冯宗智.失败的三鹿集团源于"管理失控".http://www.mie168.com/manage/2009－08/304596.htm.

第一节　人本管理原理

　　世界上一切科学技术的进步,一切物质财富的创造,一切社会生产力的发展,一切社会经济系统的运行,都离不开人的服务、人的劳动与人的管理。人本管理原理是 20 世纪末主要的管理理论之一。

一、人本管理原理的含义

　　1.人本管理原理的概念

　　人本管理原理是指一切管理工作都应该以调动人的积极性,做好人的工作为根本。为了使组织活动能取得预定的目标,关键在于这一组织必须具有充足的动力,而动力来自于组织成员的主动性、积极性和创造性。

　　2.人本管理原理的特点

　　人本管理的特点主要有以下几个方面。

　　(1)管理是以人为中心的。所谓管理是以人为中心,即指管理是为人服务的,是为了实现人的发展。这个"人"不仅包括企业内部、参与企业生产经营活动的人(虽然在大多数情况下,这类人是管理学研究的主要对象),而且包括存在于企业外部的、企业通过提供产品为之服务的用户。为用户服务,满足用户的需要,实质是企业实现其社会存在的基本条件。

　　(2)管理要不断挖掘人的潜在消费需求。企业要在以人为中心这种思想的指导下,研究市场需求的特点及发展趋势,据此确定企业的经营和产品发展方向。由于人的社会发展通常需要借助物质产品的消费来实现,因此为广义的人的发展服务的企业经营及管理,不仅要研究作为社会成员的消费者已经表现出的需求的特点,更应重视那些尚未被消费者认识的新产品的开发,以帮助消费者挖掘自身的潜在需求。

(3)管理要不断提高设备和材料的效率为人服务。企业要以人为中心从用户的角度出发,努力提高设备和材料的使用效率,加速资金周转,以减少资金占用和材料消耗,降低生产成本,从而降低产品的销售价格,使消费者能够充分利用有限的货币购买力,获取更多的物质产品,满足更多的需要。

.(4)管理要不断丰富产品满足人的日益发展的需要。企业还要在以人为中心这种思想的指导下,研究消费者使用本企业产品要求得到的满足的实现条件。消费者购买某种产品不是为了这种产品的物质本身,而是为了获得这种产品所具有的使用价值。为了保证产品的使用价值能充分实现,消费者不仅要求企业提供符合需要的商品,而且要求企业提供与其使用有关的服务。

二、人本管理原理的内容

人本管理原理的主要内容包括职工是企业的主体;职工参与是有效管理的关键;管理的级极目的是人的发展。

(一)职工是企业的主体

人本管理是以人为中心的管理,职工是企业的主体,社会的发展是为了人。但人们对提供劳动服务的劳动者在企业生产经营中的作用是逐步认识的,这个认识过程大体上经历了三个阶段,反映了人类社会发展的目的——"以人为本"。

1.要素研究阶段

要素研究基本上限于把劳动者视为生产过程中的一种不可缺少的要素,如管理科学的奠基人泰罗对劳动力的研究。要素研究是以机器大生产为主要标志的,是伴随现代企业的出现而开始的。

2.行为研究阶段

第二次世界大战后,有一部分管理学家和心理学家,开始认识到劳动者行为决定了企业的生产效率、质量和成本。他们认为,管理者要从多方面去激励劳动者的劳动热情,引导他们的行为,使其符合企业的要求。

3.主体研究阶段

20世纪70年代,随着日本经济的崛起,人们通过对日本成功企业的经验剖析,进一步认识到职工在企业生产经营活动中的重要作用,逐渐形成了以人为中心的管理思想。企业管理既是对人的管理,也是为人的管理;企业经营的目的,绝不是单纯商品的生产,而是为包括企业职工在内的人的社会发展服务的。

（二）有效管理的关键是职工参与

1. 有效管理的路径

（1）高度集权、从严管理,依靠严格的管理和铁的纪律,重奖重罚,使企业目标统一,行动一致,从而实现较高的工作效率。把企业职工视作管理上的客体,职工处在被动管理的地位;当企业职工受到饥饿和失业的威胁时,或者受到政治与社会的压力时,这种管理方法可能是有效的。

（2）适度分权、民主管理。依靠科学管理和职工参与,使个人利益与企业利益紧密结合,使企业全体职工为了共同的目标而自觉地努力奋斗,从而实现高度的工作效率。把企业职工视作管理的主体,使职工处于主动地参与管理的地位。当职工经济上已比较富裕,基本生活已得到保证,就业和流动比较容易,政治和社会环境比较宽松时,这种方法就必然更为合理、更为有效。

2. 有效管理的形式

正是由于企业全体职工的共同努力,才使企业各项资源（包括劳动力本身）得到最合理的利用,才使企业创造出了产品、利润和财富。所以,企业全体职工都有权参与企业管理。企业职工中的一部分（即经营者和管理人员）,其职业就是管理。所以,要特别重视非专职管理的职工（普通工人、职员和技术人员）参与企业管理的问题。具体的途径和形式是多种多样的,但有 3 种形式是最基本的。

（1）通过职工代表大会选举代表参加企业的最高决策机构——管理委员会或董事会。职工代表在管理委员会和董事会中应占有一定比例,并享有与其他代表同等的权利和义务。

（2）由职工代表大会选举代表参加企业的最高监督机构——监事会。职工代表在监事会中应占有较多名额,并与其他监事一同享有监督企业生产经营活动的职权。

（3）广泛参加日常生产管理活动（如质量管理、设备管理、成本管理、现场管理等）。由于劳动者最了解自己直接参与的那部分生产经营实际情况,因此在参与日常生产经营管理活动时应该有更大的发言权,并且一定能够取得更好的效果。

（三）管理的终极目的是人的发展

这里所讲的人的发展主要指人性的发展。研究人性发展问题离不开关于人性的观点。关于人性的理论,古今中外学者都有很多的论述。但探讨的问题主要有两个方面,即人的本质和人性的改变。前者研究人性的善恶;后者研究人性是否可以改变、如何改变、其改变是否有限度。

人之初,性本善,还是性本恶,这个问题已经争论了许多世纪。这个争论,不论在中外古代的伦理思想中,还是在现代管理学的研究中,都得到了不同程度的反映。这两种相互对立的观点都可在社会生活中找到支持或反对的论据与事例。这个事实本身就表明,世界上并不存在绝对善或恶的人性。人性是受后天环境影响而形成的,因而也是可以塑造和改变的。不同的时代,人性都不可避免地打上历史的烙印。

任何管理者都会在管理过程中影响下属人性的发展,同时管理者行为本身又是管理者人性的反映。只有管理者的人性达到比较完美的境界,才能使企业职工的人性得到完美的发展,而职工队伍的状况又是企业成功的关键。

三、人本管理原理应用的原则

（一）能级原则

1.能级原则的含义

能级原则是指根据人干事能力的大小来分层、分级,使管理得以有规律地运动,以便获得最佳的管理效率和效益。能级原则实际上就是量才用人、层次用人的原则。能级包括两个方面,组织各层次的岗位能级和人才各类型的专业能级。解决好两者的协调适应问题,对管理的有效性具有重要意义。

2.能级原则的基本要求

根据能级原则,在管理上就是要按人的能力大小而科学地将其安排在相应职级的岗位上,做到人尽其才,以获得最佳的管理效果。为此,一是要准确、全面地了解、掌握员工的能力结构和特长;二是要对各种工作岗位进行科学的职位分析;三是要对不同能级的职位明确相应的责任、权力和利益,做到在其位,谋其政,行其权,尽其责,取其值,赋其荣,失职追其责;四是要根据人的能力变化和职级的要求及时调整,实现管理能级的动态对应。

（二）动力原则

1.动力原则的含义

所谓动力原则,是指管理是一个活动过程,必须具有强大的动力才能运转,必须正确运用动力才能持续有效地运转。一般来说,在管理中有 3 种不同而又相互联系的动力。

(1)物质动力。主要是通过工资制度、物质待遇和奖金、福利等物质鼓励来调动人的积极性,它在管理中是一种基本动力。

(2)精神动力。其指组织及其成员的观念、理想、信仰(如爱国主义、英雄主义等)等精神

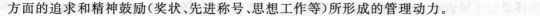

方面的追求和精神鼓励(奖状、先进称号、思想工作等)所形成的管理动力。

(3)信息动力。其指信息的传递所构成的反馈对人及其组织活动发展的推动作用。从管理的角度看,信息作为一种动力,有超越物质和精神的相对独立性,它能对个人和组织活动起到直接、整体、全面的促进作用。

2.动力原则的运用

(1)综合协调运用三种动力。对任何管理组织系统而言,三种动力都会同时存在,但又不会绝对平均,必然有所差异,同时随着时间、地点、内容等条件的变化,三种动力的比重也会随之变化。管理就是要及时洞察和掌握这种差异和变化,使这三种动力有机组合起来,产生协调推动作用。

(2)正确认识和处理个体动力与群体动力的辩证关系,同时在运用管理动力时需要重视"刺激量",充分调动个体或群体动力。

(三)人的全面发展原则

人的全面发展包括两个内容,即人的素质的全面增强和人的解放。无论是人的素质全面增强还是人的解放,只有当人不再受制于自然,不再受制于技术与物质财富,人可以掌握自己的发展时才有可能实现。应该说:这样一个状况当前并未达到,但可以证明的是,社会进步、技术发展、经济增长均朝着这个方面前进,正在创造人全面、自在发展的条件。作为社会中一个经济组织,企业在追求自身的功利目标时,应该为本组织的员工创造全面发展的条件与空间,这不仅是对员工的一种培养和提高,也是对社会的一种贡献。

第二节　权变原理

权变原理又叫权变理论,是20世纪60年代末70年代初在经验主义学派基础上发展起来的,是西方组织管理学中以具体情况及具体对策的应变思想为基础而形成的一种管理理论。

一、权变理论的含义

1.权变理论的含义

"权变"的意思就是权宜应变,是指世界上没有一成不变的管理模式,都因环境的变化而变化。权变管理最能体现出管理的艺术性。一名高明的领导者应是一个善于应变的人,即根据环境的不同而及时变换自己的领导方式。权变理论告诉管理者应不断地调整自己,使自己不失时机地适应外界的变化,或把自己放到一个适应自己的环境中。该理论的代表人物有弗雷德·卢桑斯(Fred Luthans)、弗雷德·菲德勒(Fred E. Fiedler)、罗伯特·豪斯(Robert House)等人。

2.权变理论产生的背景

20世纪70年代以来,权变理论在美国兴起,受到广泛的重视。权变理论的兴起有其深刻的历史背景,当时美国社会不稳定,经济动荡,政治骚动,达到空前的程度,石油危机对西方社会产生了深远的影响,企业所处的环境很不确定。但以往的管理理论在解决企业面临瞬息万变的外部环境时又显得无能为力。正是在这种情况下,人们不再相信管理存在一种最好的行事方式,必须随机应变、因地制宜地处理管理问题,于是形成了权变理论。

权变理论被一些研究者誉为"未来管理的方向"。它整合了管理学某些方面的基本认识和方法,建立了多变量和动态化的新管理规定,它提倡实事求是、具体情况具体分析的精神,注重管理活动中各项因素的相互作用。

二、权变理论的发展研究

权变理论的研究主要集中在以下3个方面。

1. 组织结构的权变理论

组织结构的权变理论都把企业组织作为一个开放系统,并试图从系统的相互关系和动态活动中考察和建立一定条件下最佳组织结构的关系类型。例如,T. 伯恩斯(Tom Burns)等人关于环境和组织结构的研究认为,市场和技术环境的变化与组织结构的功能有关,在变动的环境中有机型结构组织有较好的适应力,在稳定的环境中机械型结构组织有较高的工作效率。此外,还有一些研究探讨了组织开发策略、信息处理程序等因素与组织结构之间的权变关系。

2. 人性的权变理论

人性的权变理论认为,人是复杂的,要受多种内外因素的交互影响。因此,人在劳动中的动机特性和劳动态度,总要随其自身的心理需要和工作条件的变化而不同,不可能有统一的人性定论。

3. 领导的权变理论

领导的权变理论认为,领导是领导者、被领导者、环境条件和工作任务结构四个方面因素交互作用的动态过程,不存在普遍适用的一般领导方式,好的领导者应根据具体情况进行管理。

三、权变理论的内容

权变理论是在一定的情景、环境之下进行的。环境可分为外部环境和内部环境。外部环境又可以分为两种:一种是由社会、技术、经济和政治、法律等所组成;另一种是由供应者、顾客、竞争者、雇员、股东等组成的。内部环境基本上是正式组织系统,它的各个变量与外部环境各变量之间是相互关联的。权变理论的主要内容有以下 3 点。

(1)要把环境对管理的作用具体化,并使管理理论与管理实践紧密地联系起来。

(2)环境为自变量,而管理的观念和技术是因变量。

(3)权变管理理论的核心内容是环境变量与管理变量之间的函数关系——权变关系。这就是说,如果存在某种环境条件下,对于更快地达到目标来说,就要采用某种管理原理、方法和技术。例如,在经济衰退时期,企业在供过于求的市场中经营,采用集权的组织结构,就更适于达到组织目标;在经济繁荣时期,在供不应求的市场中经营,那么采用分权的组织结构可能会更好一些。

第三节 系统原理

任何社会组织都是由人、财、物、信息组成的系统,任何管理都是系统的管理,没有系统,也就没有管理。系统原理不仅为认识管理本质和方法提供了新的视角,而且它所提供的观点和方法广泛渗透到人本原理、责任原理和效益原理之中。从某种意义上来说,系统原理在管理原理的有机体系中起着统率的作用。

一、系统的含义

(一)系统的含义

系统是指由若干相互联系、相互作用部分组成,在一定环境中具有特定功能的有机整体。就其本质来说,系统是"过程的复合体"。一般系统论的主要创始人是美籍奥地利生物学家贝塔朗菲(Ludwig Von Bertalanffy),他于 1945 年发表了《关于一般系统论》的论文,宣告了这一理论的诞生。贝塔朗菲把系统确定为"处于一定的相互关系中并与环境发生联系的各组成部分(要素)的总体(集合)。"

（二）系统的条件

组织成为系统必须具备以下三个基本条件：一是必须由两个或两个以上的要素组成；二是要素与要素、要素与系统、系统与环境之间，存在相互作用和相互联系；三是系统具有确定的功能。这三个基本条件缺一不可，否则就不能构成一个系统。

二、系统的类型

系统是普遍存在的，一个机器是一个系统，一个单位是一个系统，一套制度也是一个系统。为便于研究和更深刻地认识系统，可以从不同的角度、依据不同的标准对系统进行分类。

（一）按照系统形成的方式分类

按照系统形成的方式可将其划分为自然系统和人工系统。自然系统是由自然物自然形成的系统；人工系统是用人工方法建造起来的系统。

（二）按照系统组成要素的特征分类

按照系统组成要素的特征可将其划分为物质系统和概念系统。物质系统是由物质实体组成的系统；概念系统是由概念、原理、原则、制度、程序等非物质实体组成的系统。

（三）按照系统与环境的关系分类

按照系统与环境的关系可将其划分为孤立系统、封闭系统和开放系统。孤立系统是指与环境不进行物质、能量和信息交换的系统；封闭系统是指与环境之间仅有能量交换，而无物质和信息交换的系统；开放系统是指与环境之间有物质、能量和信息交换的系统。

（四）按照系统状态和时间的关系分类

按照系统状态和时间的关系可将其划分为静态系统和动态系统。静态系统的状态参数不随时间变化；而动态系统的状态参数则随时间而变化。

除此以外，还可按系统的其他特征进行分类。实际的系统通常具有复合性，如企业系统既是一个人工的系统，又是开放的、动态的系统，而且是由物质和概念复合而成的系统，商品流通企业就是一个复合系统。

三、系统原理的内容

（一）整体性原理

整体性原理是指系统要素之间的相互关系及要素与系统之间的关系以整体为主进行协调，局部服从整体，使整体效果为最优。实际上就是整体着眼，部分着手，统筹考虑，各方协

调，达到整体的最优化。

1. 局部与整体存在着复杂的联系和交叉效应

从系统目的的整体性来说，局部与整体存在着复杂的联系和交叉效应。大多数情况下，局部与整体是一致的。对局部有利的事对整体也是有利的，对整体有利的对局部也有利。但有时，局部认为是有利的事，从整体上来看并不一定就是有利的，甚至是有害的。有时，局部的利越大，整体的弊反而越多。因此，当局部和整体发生矛盾时，局部利益必须服从整体利益。

2. 系统的功能大于各个部分功能的总和

从系统功能的整体性来说，系统的功能不等于要素功能的简单相加，而是往往要大于各个部分功能的总和，即"整体大于各个孤立部分的总和"。这里的"大于"，不仅指数量上大，而且指在各部分组成一个系统后，产生了总体的功能，即系统的功能。这种总体功能的产生是一种质变，其大大超过了各个部分功能的总和。因此，系统要素的功能必须服从系统整体的功能；否则，就要削弱整体功能，从而也就失去了系统功能。

（二）动态性原理

系统作为一个运动着的有机体，其稳定状态是相对的，运动状态则是绝对的。系统不仅作为一个功能实体而存在，而且作为一种运动而存在。系统内部的联系就是一种运动，系统与环境的相互作用也是一种运动。系统的功能是时间的函数，因为不论是系统要素的状态和功能，还是环境的状态或联系的状态都是在变化的，运动是系统的生命。掌握系统动态原理，研究系统的动态规律，可以使人们预见系统的发展趋势，树立起超前观念，减少偏差，掌握主动，使系统向期望的目标顺利发展。

（三）开放性原理

封闭系统因受热力学第二定律作用，其熵将逐渐增大，活力逐步减少。严格地说，完全封闭系统是不能存在的。实际上，不存在一个与外部环境完全没有物质、能量、信息交换的系统。任何有机系统都是耗散结构系统，系统与外界不断交流物质、能量和信息。才能维持其生命。并且只有当系统从外部获得的能量大于系统内部消耗散失的能量时，系统才能克服熵而不断发展壮大。所以，对外开放是系统的生命。在管理工作中，任何试图把本系统封闭起来与外界隔绝的做法，都只会导致失败。明智的管理者应当从开放性原理出发，充分估计到外部对本系统的种种影响，努力从开放中扩大本系统从外部吸入的物质、能量和信息。

（四）环境适应性原理

系统不是孤立存在的，它要与周围事物发生各种联系。这些与系统发生联系的周围事物的全体,就是系统的环境,环境也是一个更高级的大系统。如果系统与环境进行物质、能量和信息的交流,能够保持最佳适应状态,则说明这是一个有活力的理想系统;否则,一个不能适应环境的系统是没有生命力的。系统对环境的适应并不都是被动的,也有能动的,那就是改善环境。环境可以施加作用和影响于系统,系统也可以施加作用和影响于环境。管理者既要有勇气看到能动地改变环境的可能,又要实事求是地作出科学决策。

(五)综合性原理

综合性是把系统的各部分、各方面和各种因素联系起来,考察其中的共同性和规律性。任何一个系统都可以视为由许多要素为特定目的而组成的综合体,社会、国家、企业、学校、医院以及大型工程项目几乎都是非常复杂的综合体。

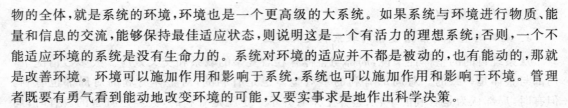

第四节　责任原理

责任是管理追求效率和效益的过程的伴生物,是与管理中的权力、职务相对等的力量。在这个过程中,要挖掘人的潜能,就必须在合理分工的基础上明确规定这些部门和个人必须完成的工作任务和必须承担的与此相应的责任。

一、责任原理的含义

责任原理一般是指一个组织的管理者对其行为应该拥有的权力与履行的义务。责任是组织管理的基础,也是经济组织、政治组织或其他任何社会组织有效运行的前提。在管理学的基本原理中,责任主要分析的是职、责与权的对等,尤其是组织设计中职位与权力对等的责任,对承担责任、履行义务人员进行奖励,或对敷衍塞责、不承担责任人员进行惩罚。

二、责任原理的内容

(一)管理中明确每个人的职责

职责是整体赋予个体的任务,也是维护整体正常秩序的一种约束力。职责不是抽象的概念,而是在数量、质量、时间、效益等方面有严格规定的行为规范。一般来说,分工明确,职责也会明确。表达职责的形式主要有各种规程、条例、范围、目标、计划等,但是实际上分工与职责的对应关系并不这样简单。因为分工一般只是对工作范围做了形式上的划分,至于工作的数量、质量、完成时间、效益等要求,分工本身还不能完全体现出来。所以,必须在分

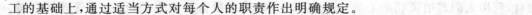

工的基础上,通过适当方式对每个人的职责作出明确规定。

（二）管理责任与职位和权力对等

一个人对所管理的一定的工作能否做到完全负责,基本上取决于以下3个因素。

1. 权限

明确职责,就要授予相应的权力。实行任何管理都要借助于一定的权力。如果没有一定的人权、物权、财权,任何人都不可能对任何工作实行真正的管理。明智的上级必须克制自己的权力欲,要把下级完成职责所必需的权限全部委授给下级,由他去独立决策,自己只在必要时给予适当的帮助和支持。

2. 利益

权限的合理委授,只是完全负责所需的必要条件之一。完全负责就意味着责任者要承担全部风险,而任何管理者在承担风险时,都自觉不自觉地要对风险与收益进行权衡,然后才决定是否值得去承担这种风险。

3. 能力

科学知识、组织才能和实践经验构成了管理能力。在一定时期,每个人的时间和精力有限,管理能力也是有限的,并且每个人的能力各不相同,因此每个人所能承担的职责也是不一样的。

三、责任原理的应用

人无完人,对每个人的工作表现给予公正而及时的奖惩,有助于提高人的积极性,挖掘每个人的潜力,从而不断提高管理成效,及时引导每个人的行为朝向符合组织需要的方向变化。为了做到严格奖惩,要建立健全组织的奖惩制度。使奖惩工作尽可能地规范化、制度化,是实现奖惩公正而及时的可靠保证。

（一）奖励

明确工作绩效的考核标准,对于有成绩、有贡献的人员,要及时予以肯定和奖励,使他们的积极行为维持下去。奖励有物质奖励和精神奖励,两者都是必需的。如果长期埋没人们的工作成果,就会挫伤人们的积极性。过时的奖赏就会失去其本身的作用和意义。

（二）惩罚

惩罚是利用令人不喜欢的东西或取消某些为人所喜爱的东西,改变人们的工作行为。惩罚可能引致挫折感,从而可能在一定程度上影响人的工作热情,但惩罚的真正意义在于杀一儆百,利用人们害怕惩罚的心理,通过惩罚少数人来教育多数人,从而强化管理的权威。另外,惩罚也可以及时制止这些人的不良行为,以免给企业造成更大的损失。

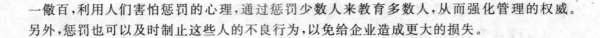

第五节　效益原理

效益是管理的永恒主题,效益的高低直接影响着组织的生存与发展。

一、效益的含义

效益是与效果和效率既相互联系、又相互区别的概念。

(一)效果

效果是指由投入经过转换而产出的成果,其中有的是有益的,有的是无益的。例如,有的企业生产的产品虽然质量合格,但它不符合社会需要,在市场上卖不出去,积压在仓库里,最后甚至会变成废弃物资,这些产品是不具有效益的。所以,只有那些为社会所接受的效果,才是有效益的。

(二)效率

效率是指单位时间内所取得的效果的数量,反映了劳动时间的利用状况,与效益有一定的联系。但在实践中,效益与效率并不一定是一致的。例如,企业花费巨额投资增添技术设备来提高生产率,如果实际结果使单位产品生产的物化劳动消耗的增量超过了活劳动的减量,从而导致生产成本增加,就会出现效率提高而效益降低的现象。

(三)效益

效益通常指经济效益和社会效益,是指一个系统的有效产出与全部投入之比。其表达式为

$$效益 = \frac{系统有效产出}{系统全部投入}$$

效益不同于效果,效果是系统产出的成果,表现为产品或服务的量和质;效益也不同于效率,效率是指单位时间里所取得的效果。但是,效益与效果和效率都有密切的关系,效果实际是效益表达式中的分子,效率则是分子对时间的相对数。显然,在一定时期内,效率高,效果就会好,效益也就高。

二、效益原理的内容

效益原理的内容包括社会效益和经济效益,两者既有联系,又有区别。经济效益是讲求社会效益的基础,而讲求社会效益又是促进经济效益提高的重要条件。两者的区别主要表现在,经济效益较社会效益直接、明显,可以运用若干个经济指标来计算和考核;而社会效益则难以计量,必须借助于其他形式来间接考核。管理应把讲求经济效益和社会效益有机结合起来。

(一)经济效益

从经济效益来理解,企业的有效产出是销售收入或利润;企业的投入则是生产经营过程中的物化劳动和活劳动的耗费。企业是一个系统,它的有效产出包括为社会提供的产品和服务,但这些产品和服务必须是社会所需要的,否则就是无效产出。无效产出不仅不能满足社会需要,还要浪费人力、物力和财力。如果系统提供的是有形产品,当不能被社会所接受时,放在仓库里既占用了资金,还要消耗仓租。企业的全部投入包括物化劳动和活劳动的消耗,物化劳动的消耗通常表现为土地、固定资产和流动资金的占用;活劳动的消耗表现为企业职工的劳动报酬,如工资、奖金、津贴和福利支出等。

(二)社会效益

社会效益是指企业为社会所做的贡献,是商品流通企业为满足社会再生产需要和人民生活需要所达到的程度。对社会效益,通常只做定性的描述。从社会效益来理解,系统的有效产出是企业为社会提供的产品、服务和向政府缴纳的税金;系统的投入也是企业物化劳动和活劳动的耗费。企业的销售收入是其为社会提供的产品和服务的价值形态,销售收入越多,说明企业为社会提供的产品和服务越多,社会效益也就越好。

因此,一般情况下,企业的经济效益与社会效益是一致的。企业经济效益与社会效益之间的矛盾主要体现在局部利益与整体利益、价值目标与质量目标上,如有的流通企业可能只愿经营价值高、进销差价大的商品,不愿经营价值低、差价小,但人民群众物质文化生活中不可缺少的商品;有的企业只注重价值目标的实现,而忽视服务质量等。企业应该用战略的眼光使企业经济效益与社会效益统一起来。

三、效益的评价

(一)效益评价的方法

效益的评价可由不同主体(如首长、群众、专家、市场等)从多个不同角度去进行,因此没有一个绝对的标准。不同的评价标准和方法得出的结论也会不同,甚至相反。有效的管理首先要求对效益的评价尽可能公正和客观,因为评价的结果直接影响组织对效益的追求和获得,结果越是公正和客观,组织对效益追求的积极性越高;反之,其评价结果就越不客观、不公正,甚至具有很强的欺骗性。不同的评价都有其自身的长处和不足,企业应配合运用,以求获得客观公正的评价结果。

(二)效益评价的标准

用哪些指标来衡量企业的经济效益是一个有争议的问题。多数学者认为,经济效益应该用利润额作为衡量的标准;还有学者认为,应该用劳动效率、流通费用率、资金利用率、资金利润率等项指标构成的指标体系来进行衡量。利润额是企业在一定时期内取得的经济成果,是经济效益表达式中的分子,它虽能反映企业的经营规模和实现目标的程度,但不能反映企业对生产要素的利用效率,低效率地利用生产要素也是浪费。因此,还应有反映生产要素利用效率的指标与利润额相配合。在劳动效率、流通费用率、资金利用率、资金利润率等指标中,哪些作为衡量经济效益的指标既比较全面,又不致重复,是需要考虑的。应该说,劳动效率、资金利用率和资金利润率都只是从某一方面反映生产要素的利用效率,而流通费用率则比较全面地反映了生产要素的利用率。其计算公式为

$$商品流通费用率 = \frac{商品流通费用}{商品销售净额} \times 100\%$$

其中,商品流通费用由经营费用、管理费用、财务费用三部分组成。经营费用和管理费用包括了活劳动消耗、占用固定资产和土地所消耗的费用及其他业务支出;财务费用是为筹集业务经营资金而发生的费用,实际是企业占用流动资金所消耗的费用。

四、提高效益的主要途径

管理本质上就是不断地提高经济效益和社会效益,更好地实现企业目标,这就是效益原理的应用。因此,管理必须以提高效益为核心,不断地降低成本,增加盈利,更好地满足社会需求。效益是管理的根本目的,管理就是对效益的不断追求。

1. 强调战略管理,防范经营风险

在市场经济体制下,市场竞争激烈,各种因素变化频繁,经营风险大。企业必须利用和创造自己的核心能力,以核心能力为基础,科学地制定发展战略,走可持续发展的道路。

2. 重视管理主体的劳动效益

在实际工作中,管理效益的直接形态是通过经济效益而得到表现的。这是因为管理系

统是一个人造系统,基本是通过管理主体的劳动所形成的按一定顺序排列的多方面、多层次的有机系统。尽管其中有纷繁复杂的因素相交织,但每一种因素均通过管理主体的劳动而活化,并对整个管理运动产生着影响。综合评价管理效益,必须首先从管理主体的劳动效益及其所创造的价值来考虑。

3.追求局部效益必须与追求全局效益协调一致

全局效益是一个比局部效益更为重要的问题。如果全局效益很差,局部效益提高就难以持久。当然,局部效益也是全局效益的基础,没有局部效益的提高,全局效益的提高也是难以实现的。局部效益与全局效益是统一的,有时又是矛盾的。因此,当局部效益与整体效益发生冲突时,管理必须把全局效益放在首位,做到局部服从整体。

4.追求长期稳定的高效益

企业每时每刻都处于激烈的竞争中。如果企业只满足于眼前的经济效益水平,而不以新品种、高质量、低成本迎接新的挑战,就会随时有落伍、甚至被淘汰的危险。所以,企业经营者必须有深刻的洞察力和创新精神,随时想着明天。不能只追求当前经济效益,不惜竭泽而渔,寅吃卯粮;不保持必要的储备,不及时地维护修理设备,不进行必要的技术改造,不爱护劳动力。这样,必然将损害长期的经济效益。只有不断增强企业发展的后劲,积极进行企业的技术改造、技术开发、产品开发和人才开发,才能保证企业有长期稳定、较高的经济效益。

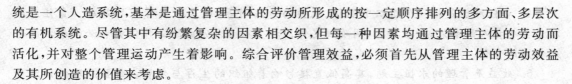

本章小结

1.人本管理原理是指一切管理工作都应该以调动人的积极性,做好人的工作为根本,主要内容包括职工是企业的主体;有效管理的关键在于职工参与;管理的终极目的是人的发展。

2.权变原理是20世纪60年代末70年代初在经验主义学派基础上进一步发展起来的,其代表人物有卢桑斯、菲德勒、豪斯等人。权变原理是从系统观点来考察问题的,理论核心就是通过组织的各子系统内部和各子系统之间的相互联系,以及组织和它所处的环境之间的联系,来确定各种变数的关系类型和结构类型。它强调在管理中要根据组织所处的内外部条件随机应变,针对具体条件寻求最合适的管理模式、方案或方法。

3.系统原理不仅为认识管理本质和方法提供了新的视角,而且它所提供的观点和方法广泛渗透到人本原理、责任原理、效益原理。系统原理的要点包括整体性原理、动态性原理、开放性原理、环境适应性原理和综合性原理。

4. 责任原理是指一个组织中职位、权力与责任对等,这是组织管理的基础。责任原理就是要挖掘人的潜能,合理分工,明确规定部门和个人必须完成的工作任务和必须承担的与此相应的责任。

5. 效益是管理的永恒主题,其高低直接影响着组织的生存与发展。效益原理的内容包括经济效益和社会效益,经济效益是讲求社会效益的基础;而讲求社会效益又是促进经济效益提高的重要条件。管理应把讲求经济效益和社会效益有机结合起来。

复习思考题

一、单项选择题

1. 在人本管理中,职工是企业的(　　　)。

A. 主人翁　　　　B. 客体　　　　　C. 主体　　　　　D. 核心

2. (　　　)不是权变理论的代表人物。

A. 卢桑斯　　　　B. 菲德勒　　　　C. 巴纳德　　　　D. 豪斯

3. (　　　)因素和一个人对所管理的工作能否做到完全负责无关。

A. 权限　　　　　B. 思想　　　　　C. 能力　　　　　D. 利益

4. (　　　)比较全面地反映了生产要素的利用率。

A. 利润额　　　　B. 利润率　　　　C. 流通费用率　　　D. 回报率

5. (　　　)动力能对个人和组织活动起到直接的、整体的、全面的促进作用。

A. 物质　　　　　B. 精神　　　　　C. 信息　　　　　D. 科技

二、简答题

1. 什么是人本管理原理?

2. 权变原理的主要内容有哪些?

3. 系统原理的要点有哪些?

4. 责任原理的主要内容是什么?

5. 效益应如何评价?

 案例讨论

老板如何让亲信顺利下放?

作为老板,该如何有效培养自己的亲信"下去锻炼"? 对此,"地方大员"该如何有效应对,避免引火烧身?作为老板的亲信,又该如何有效面对没有老板在旁的基层岁月?

A集团是一家全国性的大型集团公司,下属有6家子集团公司。其中,D子集团公司(以下简称D集团)去年一个投资30亿元人民币的项目开工,并成立了M机电分公司。

如此大的一个项目,且远在数千公里之外的贵州的偏僻地区,A集团刘总裁派身边年仅29岁的秘书小王担任M机电分公司的总经理。

学历史的小王做了5年秘书,深得刘总裁欣赏和信任。然而,小王踌躇满志地上任后,却遇到了诸多阻力:他被员工称为"五不懂老总",说他一不懂土建,二不懂机电,三不懂财务,四不懂人力资源,五不懂企业管理;团队也不配合小王安排,员工们则更听总工程师的调遣,搞得小王很无奈。

D集团发现M机电分公司进度缓慢,几位老总干脆都到这个项目上来集中办公,帮助小王把项目理出头绪后才撤离。然而没到一个月,D集团再去考查M公司时发现又乱套了,不得不再次帮助处理,然而这样的混乱一再重复发生,搞得D集团的几位领导非常头疼。

突然有一天,M机电分公司总工程师向D集团老总反映"我被王总辞退了"。然而,小王无权开除总工程师这样副总级的员工。况且,偌大的项目正在施工,上千号人在工地上作业,没有了总工程师这还得了?D集团领导只得赶紧招聘总工,正在选派过程中,又爆出小王干脆把总经济师也给开除了。由于M机电分公司远在贵州乡下,一时难以找到合适的人选。

后来,好不容易找了一位总工程师,但小王说他不行,没过试用期就被辞退,接连又有几位新聘总工程师和总经济师被小王陆续请走。虽然按制度来说,总工程师相当于副总级别,必须由D集团任免和调派,但在小王那儿却被卡住了。

内外交困的M公司陷入了管理困局……

在企业的实际工作中,由总部直接任命三级公司高层管理者的现象虽然可以理解,但其实并不符合组织制度和权限。因为这直接会给二级公司的总经理造成管理难题:该怎样与老板派下来又无异于一位"钦差大臣"的亲信相处呢?同时,对于老板来说,这个举动在实施中还存在着一定的风险。例如,增加下属企业的管理成本,影响下属在组织中及其下属中的威望,给企业运营带来风险。因此,老板在"下放锻炼"自己身边人时,如果没有进行长时间有意识的培养,没有从德、才两方面进行考量,或者没有进行有针对性的战略部署,反而会对人才的职业生涯和企业运营造成双重打击。

资料来源:晓庄.中外管理.2007(4)。

讨论

1. 试用责任原理与效益原理分析老板下放亲信的利弊。
2. 试用管理基本原理分析这种行为对组织的伤害。

第三章 管理理论的形成和演变

> **知识点**
>
> 1. 了解早期管理思想；
> 2. 掌握古典管理理论；
> 3. 掌握行为科学理论；
> 4. 了解现代管理理论。

▶ 案例导入

泰罗的科学管理试验

1898 年,泰罗受雇于伯利恒钢铁公司,在此期间进行了著名的搬运生铁块试验和铁锹试验。搬运生铁块试验是在这家公司的 5 座高炉的产品搬运班组大约 75 名工人中进行的。由于这一研究,改进了操作方法,训练了工人,其结果使生铁块的搬运量提高了 3 倍。铁锹试验首先是系统地研究铁锹上的负载应为多大的问题;其次研究各种材料能够达到标准负载的铁锹的形状、规格问题;与此同时,还研究了各种原料装锹的最好方法的问题。此外,泰罗还对每一套动作的精确时间做了研究,从而得出了一个"一流工人"每天应该完成的工作量。这一研究的结果是非常出色的,堆料场的劳动力从 400～600 人减少为 140 人,平均每人每天的操作量从 16 吨提高到 59 吨,每个工人的日工资从 1.15 美元提高到 1.88 美元。

这些试验集中于动作、工时的研究;工具、机器、材料和工作环境等标准化研究,并根据这些成果制定了每日比较科学的工作定额和为完成这些定额的标准化工具。

资料来源:周志春,孙玮林.管理学.杭州:浙江大学出版社,2007.

管理是人类走向文明的伴生物，管理实践和人类社会发展的历史一样悠久。从人类的产生到有意识的管理行为的出现，是人类历史上一次质的飞跃，促进了社会生产力的发展。管理的实践活动来源于人类的共同劳动，在劳动过程中形成了组织与管理。西方管理理论的形成与发展大致经历了四个阶段，即早期的管理思想、古典管理理论、行为科学理论和现代管理理论。

第一节　早期的管理思想

西方文化起源于古希腊、古罗马、古代埃及和古巴比伦等，这些文明古国在文化、艺术、哲学、数学、物理学、天文学、建筑学等方面都对人类做出了辉煌的贡献。埃及金字塔、罗马水道、古巴比伦"空中花园"等伟大的古代建筑工程堪与中国的长城并列为世界奇观。这些文明古国在国家管理、生产管理、军事、法律等方面也曾有过许多光辉的实践。随着奴隶制的衰落和基督教的兴起，《圣经》中所包含的伦理观念和管理思想，对以后西方封建社会的管理实践起到了指导性的作用。在工业革命中，与工业革命一道产生了西方早期的管理思想，其主要代表人物是亚当·斯密（Adam Smith）、查理·巴贝奇（Charles Babbage）、罗伯特·欧文（Robert Owen）等。

一、亚当·斯密的管理思想

随着资本主义的发展和工场制度的形成，旧的基督教教义与资本主义精神发生了冲突，于是导致了基督教新教的兴起。在基督教新教教义的鼓励下，经商和管理日益得到社会的重视，有越来越多的人来研究社会实践中的经济与管理问题。其中，最早对经济管理思想进行系统论述的学者是英国经济学家亚当·斯密。他在1776年（当时正值英国的工场手工业开始向机器工业过渡时期）出版了《国民财富的性质和原因研究》（即《国富论》）一书，系统地阐述了劳动价值论及劳动分工理论。

（一）劳动价值论

亚当·斯密认为，劳动是国民财富的源泉，各国人民每年消费的一切生活必需品的源泉是本国人民每年的劳动。这些生活必需品供应情况的好坏，决定于两个因素：一是这个国家人民的劳动熟练程度、劳动技巧和判断力的高低；二是从事有用劳动的人数和从事无用劳动人数的比例。他同时还提出，劳动创造的价值是工资和利润的源泉，并经过分析得出了工资越低、利润就越高，工资越高、利润就会降低的结论。

（二）分工的优点

亚当·斯密在分析增进"劳动生产力"的因素时，特别强调了分工的作用。他对比了一些工艺和手工制造业实行分工前后的变化，对比了易于分工的制造业和当时不易分工的农业的情况，说明分工可以提高劳动生产率。他认为分工的益处主要体现在以下几点。

（1）劳动分工可以使工人重复完成单项操作，从而提高劳动熟练程度，提高劳动效率。

（2）劳动分工可以减少由于变换工作而损失的时间。

（3）劳动分工可以使劳动简化，使劳动者的注意力集中在一种特定的对象上，有利于创造新工具和改进设备。

（三）经济人假设

亚当·斯密在研究经济现象时，提出了一个重要的论点，即经济现象是基于具有利己主义目的的人们的活动所产生的。他认为，人们在经济行为中，追求的完全是私人的利益，但是每个人的利益又为其他人的利益所限制。这就迫使每个人必须顾及其他人的利益。由此，就产生了相互的共同利益，进而产生和发展了社会利益。社会利益正是以个人利益为基础的。亚当·斯密曾经这样来描述人们之间的相互关系："人类几乎随时随地都需要同胞的协助，但只想依赖他人的恩惠，那是肯定不行的。""他如果能够刺激他们的利己心，使他们有利于他，并告诉他们，为他做事对他们自己也有利，他要达到目的就容易多了。"这种认为人都要追求自己的经济利益的"经济人"观点，正是以"看不见的手"为标志的资本主义生产关系的反映。

二、查理·巴贝奇的管理思想

英国人查理·巴贝奇，提出了许多关于生产组织机构和经济学方面的带有启发性的问题。他是英国剑桥大学数学系的教授，是第一台机械计算机的设计者。他将技术方法应用于管理当中，是最先倡导科学管理的先驱之一。1832年，巴贝奇在《论机器和制造业的经济》一书中，概述了自己的思想。巴贝奇赞同亚当·斯密的劳动分工能提高劳动效率的论点，但认为亚当·斯密忽略了分工可以减少支付工资这一好处。由此，巴贝奇提出了"边际熟练"原则，即对技艺水平、劳动强度定出界限，作为报酬的依据。

（一）巴贝奇的主要观点

巴贝奇的思想集中体现在以下几个方面：进一步发展了关于劳动分工对劳动生产率作用的思想，详细分析了劳动分工的好处；阐明了关于体力劳动和脑力劳动分工的主张；强调劳资关系的协调对提高劳动生产率的作用；设计并发明了一些有助于提高作业效率的机器、工具。

（二）巴贝奇的主要贡献

巴贝奇认为，工人同工厂主之间存在利益共同点，并竭力提倡利润分配制度，即工人可以按照其在生产中所做的贡献，分到工厂利润的一部分。巴贝奇也很重视对生产的研究和改进，主张实行有益的建议制度，鼓励工人提出改进生产的建议。他认为工人的收入应该由三部分组成，一是按照工作性质所确定的固定工资；二是按照生产效率及所做贡献分得的利润；三是为提高劳动效率而提出建议所应给予的奖励。提出按照生产效率不同来确定报酬的具有刺激作用的制度，是巴贝奇做出的重要贡献。

三、罗伯特·欧文的管理思想

空想社会主义者罗伯特·欧文是英国管理思想的先驱，是在企业管理中最早重视人的地位与作用的企业家和改革家。他经过一系列改革试验，首先提出在工厂生产中要重视人的因素，要缩短工人的工作时间，提高工资，改善工人住宅。他的改革试验证实，重视人的作用和尊重人的地位，同样可以使工厂获得更多的利润。

（一）欧文的主要观点

欧文的主要思想包括以下几点。

(1)重视工厂中人的因素，企业应致力于对人力资源的投资和开发。他在自己的工厂里进行了一系列的改革试验，如改进工人的劳动条件、缩短工人的劳动时间、提高童工的就业年龄、提供免费用餐、改善工人住宅等。通过这些改革试验，他认为重视人的因素和尊重人的地位可以使工厂获得更多的利润。

(2)灵活稳健的人事管理政策，如不虐待工人、提高工资、关心工人、不解雇工人、工厂主要与工人和睦相处等。

(3)鼓励竞赛精神，代替严酷的惩罚。对于不认真工作的工人，欧文不采取体罚和训斥的措施，而是借助于道义上的劝告和对人上进心的尊重，来鼓励进取精神，协助维持纪律。

（二）欧文的主要贡献

由于欧文最早注意到人的因素对提高劳动生产率的重要性，并率先在人事管理方面进行了探索，所以被后人称为"人事管理之父"。他的这些思想对以后西方管理理论中的行为科学的兴起产生了重要的影响。

第二节 古典管理理论

古典管理理论是 19 世纪末 20 世纪初形成的,其核心理论就是美国泰罗的科学管理理论、法国法约尔的一般管理理论和德国马克斯·韦伯的行政组织理论。

一、泰罗的科学管理理论

弗雷德里克·泰罗被后人誉为"科学管理之父",是科学管理学派的杰出代表人物。他认为:"科学管理并不一定就是什么大发明,也不是发现了什么新鲜或惊人的事。科学管理是过去曾存在的诸种要素的结合,即把老的知识收集起来,加以分析、组合并归类成规律和条例,于是形成了一种科学。"泰罗的管理以工厂的管理为对象,以提高工人的劳动生产率为目标,对工人的工作和任务进行指导、训练来提高产量。此外,泰罗还把工人使用的工具、机械、材料和作业环境加以标准化,并用差别计件工资来刺激工人执行这套制度。泰罗的思想对资本主义世界的影响是巨大的,他的思想为现代管理理论的发展奠定了坚实的基础。

(一)泰罗的生平

1856 年泰罗出生于美国费城的一个富裕的律师家庭。中学毕业后考取了哈佛大学法学院,后因眼疾放弃了学习法律的机会。1874 年,18 岁的泰罗进入了费城的一家小型水泵厂当学徒。1878 年,22 岁的泰罗到了费城的米德维尔钢铁公司,先后当过技工、工长、总机械师、总绘图师。1884 年,28 岁的泰罗升任总工程师。几乎同时,泰罗通过自学,获得了斯蒂芬工艺学院机械工程学位。1886 年泰罗参加了当时著名的美国机械工程师协会,并于 1906 年当选为该学会的主席。1898 年他独立开业从事工厂管理咨询工作。此后,他利用大部分时间从事写作、讲学,宣传他的科学管理方法。他在管理上最大的贡献是,通过一系列试验和调查研究,提出了一套被后人称之为"泰罗制"的管理理论。他的代表作就是著名的《科学管理原理》。

(二)科学管理的主要内容

泰罗的科学管理的内容概括起来主要有以下 7 点。

1. 工作定额管理

泰罗认为,科学管理的中心问题是提高劳动生产率,而当时提高劳动生产率的潜力很大。为此，必须进行时间和动作的研究，并在此基础上制定出"合理的日工作量"。所谓时间研究，就是研究人们在工作期间各种活动的时间构成。其具体方法就是选择合适而又熟练的工人，把他们的每一项动作、每一道工序所需要的时间记录下来，加上必要的休息时间和其他延误的时间，就得出完成该项工作所需要的总时间。所谓动作研究，就是研究工人干活的动作是否合理，即研究工人在干活时身体各部位的动作，经过分析比较以后，去掉多余的动作，改善必要的动作。最著名的动作研究就是泰罗的"搬运生铁试验"。

2. 标准化管理

泰罗认为，为了让每个人能够确实而公平地完成工作额，就要改变过去工人的作业方法和使用的工具，使每个工人都掌握标准化的工作方法，使用标准化的工具、机器和原材料，并使作业环境标准化。

3. 差别工资制

泰罗认为，过去工人"磨洋工"的主要原因之一就是付酬制度的不合理。为了鼓励工人完成和超额完成工作定额，泰罗提出一种有差别的、刺激性的计件工资制度。对于超额完成工作定额者，以高于正常的工资率支付工资；完不成的则以低于正常的工资率支付工资。

4. 能力与工作相适应原理

泰罗认为，要根据每个人的能力和天赋把他们分配到相应的工作岗位上去，而且还要对他们进行培训，教会他们科学的工作方法，激发他们的工作热情。

5. 计划和执行相分离原理

泰罗认为，应该把计划同执行分离开来。计划由管理当局负责，执行由工长和工人负责，这样有利于采用科学的工作方法。

6. 职能管理原理

为了适应复杂的日常管理工作，提高管理效率，泰罗实行了职能管理——职能工长制，即将管理工作予以细分，使每个管理者只负责特定的管理职能。

7. 例外管理原则

企业高层管理者为了减轻处理纷乱烦琐事物的负担，把日常事务授权下属管理人员处理，自己只保留对例外事项（即重要事项）的决策权和控制权。

泰罗的科学管理理论和方法，是对当时传统的经验管理的重大发展，还提出了"精神革命"，这无论是对资本家、管理人员还是对雇工都是变革，为以后的分配理论奠定了基础。

（三）泰罗科学管理理论的发展

泰罗创立了科学管理理论之后，他的追随者们也进行了大量的研究，扩充和发展了泰罗的科学管理理论，为科学管理体系的建立也做出了重大的贡献。

1. 亨利·甘特

亨利·甘特长期与泰罗合作，他对管理理论的主要贡献有以下几个方面。

（1）发明了以他名字命名的"甘特图"，有效地控制了生产和计划，并演化为后来的网络计划法。

（2）发展了泰罗的"差别工资制"，建立了所谓的"计件奖励制"，这一工资制比泰罗的方法更为优越。

（3）注意到了职工培训工作对提高劳动生产率的影响。

亨利·甘特在 50 多家公司运用科学管理法，取得了重大的成绩。

2. 弗兰克·吉尔布雷斯

弗兰克·吉尔布雷斯毕生致力于动作研究和科学管理运动，他是最早享有盛名的效率专家。他在建筑业发展了科学管理方法，运用摄像机进行动作研究，在建筑业建立了一套计划和控制技术。

3. 哈林顿·埃默森

哈林顿·埃默森在工作测定、降低成本、提高效率、消除浪费等方面做出了贡献。他在强调企业管理必须实行科学管理的同时，将研究的重点放在公司的组织和目标的管理问题上，这要比泰罗站得更高。他极力主张管理的思想和原则是提高管理效率的关键因素。

4. 莫里斯·库克

莫里斯·库克早在认识泰罗之前就进行了工业中的浪费的分析研究。与泰罗合作后，他致力于科学管理的研究和推广。其主要贡献在于表明科学管理的原理和方法不仅适应于工业领域，而且可以被应用于非工业领域，他在大学和行政部门对科学管理的应用进行了有效的探索。

（四）泰罗科学管理理论的评价

客观地评价泰罗的科学管理理论，对于正确地把握科学管理的实质，改进企业的管理水平都具有重大的现实意义。

1. 泰罗科学管理理论的伟大贡献

（1）泰罗科学管理理论的最大贡献在于泰罗所提供的在管理中运用科学的方法和他本

人的科学精神。泰罗科学管理的精髓是运用精确的调查研究和科学知识来替代个人的经验和判断。它促使管理从经验走向科学，这在管理理论的发展史上具有划时代的意义。泰罗在进行科学管理的研究以及后来在推广科学管理的过程中遇到了来自各方面的压力，但是泰罗没有屈服，他为科学管理献出了毕生的精力。

（2）泰罗科学管理理论的基本原理为现代管理理论和管理方法的发展奠定了基础。例如，泰罗的要对工人进行培训、实行标准化管理、强调例外管理等思想在今天仍具有重大的应用价值。实践证明，科学管理理论不仅对提高美国的劳动生产率起到了巨大的推动作用，而且对世界上其他在企业管理中应用科学管理理论国家的劳动生产率的提高同样起到了促进作用。

（3）泰罗和他的同事创造和改进了一系列有助于提高劳动生产率的技术和方法，如时间与动作的研究和差别计件工资制等。这些方法和技术在当时的美国产生了很大的影响，并成为近现代合理组织生产的基础。

2.泰罗科学管理理论的不足

无论是从理论上还是从实践上来看，泰罗的科学管理理论都是对以前所有管理理论、管理理念、管理方法的改革和创新。但是，在特定历史的条件下产生的科学管理理论仍有其不可避免的局限性。

（1）泰罗及当时很多的管理学家都把人看作是"经济人"。他们认为，工人的主要动机是经济的，管理活动的目的在于追求经济利益，工厂主、管理人员、工人参加管理仅仅是为了经济利益。显然，泰罗的科学管理理论忽视了管理中的非经济因素。

（2）泰罗的科学管理理论属于"机械模式"理论。泰罗过分强调了管理制度、规范等技术因素，不注重人群因素，忽视了人的主动性。由于泰罗过分强调采用科学方法，工人的分工越来越细，操作越来越简单，使工人变成了机器的附属品。

（3）泰罗的科学管理理论仅局限于解决具体工作的作业效率和管理效率的研究，忽视了高层次经营问题的研究。尽管泰罗的追随者们在后来的研究中，在某种程度上注意到了组织原则问题，但由于时代背景和自己视野的局限性，使这些研究成果难成系统。

二、法约尔的一般管理理论

（一）法约尔的生平

亨利·法约尔 1841 年出生于法国的一个富裕家庭，1860 年毕业于圣艾蒂安国里矿业学院，同年进入康门塔里—福尔香博冶金公司。法约尔的全部职业生涯都与这个以采矿和冶炼为主的公司紧紧地连在一起。1866年法约尔晋升为该公司的矿业经理,1888年他又晋升为该公司的总经理。直到1918年退休,法约尔一直是这家公司的总经理。他担任总经理的时候,这家公司濒于破产,经过他的改革,公司转危为安。直到法约尔退休,这家公司的经营一直很好,至今仍是法国著名的冶金工业公司之一。法约尔说:"尽管矿井、工厂、财源、销路、董事会、职工同原来都是一样的,但是运用了新的管理方式,公司才得以同衰落时一样的步调复兴和发展。"

(二)法约尔的管理思想

1916年法约尔在法国矿业协会的年报上发表了他的管理理论,这标志着一般管理理论的诞生。1925年,《工业管理与一般管理》出版发行,此书成为了管理学的经典著作之一。法约尔的管理思想大致可以分为以下3个方面。

1.把管理职能同其他职能分开,区分了经营和管理的概念

法约尔认为,管理不同于经营,管理活动只是整个企业经营活动的一个组成部分。他把企业的整个经营活动概括为6个方面,具体如下。

(1)技术活动,指生产、制造、加工等。

(2)商业活动,指采购、销售、交换等。

(3)财务活动,指资本的筹措和运用。

(4)安全活动,指财产和人员的保护。

(5)会计活动,指货物的盘点、资产负债表的制作及成本的核算、统计等。

(6)管理活动,指计划、组织、指挥、协调、控制等。

法约尔指出,无论企业的规模大小,简单还是复杂,都存在着上述6项活动。但在不同的工作中,这6项活动所占的比例各不相同。例如,在高层管理者的工作中,管理活动所占的比重最大;而在直接的生产工作和事务性工作中,管理活动所占的比例则较小。

2.管理的5项职能

法约尔第一次明确提出了管理活动的5项职能(要素),即计划职能、组织职能、指挥职能、协调职能和控制职能。由于法约尔所提出的这5项职能形成了一个完整的管理过程,因此他又被称为管理过程学派的创始人。

(1)计划职能。法约尔主张任何组织要达到预定的目标都必须首先有一个科学的计划,组织在制订计划时都要结合本组织的特点。他指出,一个合理的计划要具有统一性、连续性、灵活性和准确性等特征。

(2)组织职能。组织职能就是组织为达到预定目标提供所需一切条件的活动,包括有关

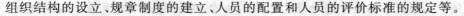

组织结构的设立、规章制度的建立、人员的配置和人员的评价标准的规定等。

（3）指挥职能。组织机构一旦建立起来，下一步就是组织如何进行活动了，指挥就是管理者组织其成员为实现组织目标而发挥其各自最大的作用。这就要求管理者对下属要有透彻的了解，定期检查组织结构，对不称职的人员要及时处理，经常与主要助手开会协商，以便达到步调一致。

（4）协调职能。协调主要是保证组织中各部门的努力要相互一致，并使组织中所要进行的一切活动与组织的总目标相统一。

（5）控制职能。控制的目的是检验其他4项职能在实际发挥运用中是否得当。为了保证职能的有效性，法约尔建议把检查人员与被检查者分开，成立独立、公正的检查部门，使控制能迅速及时地发挥作用。

3. 管理的14条原则

法约尔总结了实际工作的经验，在他的《工业管理与一般管理》一书中首先提出了一般管理的14条原则。

（1）劳动分工。法约尔认为，劳动分工是"人类最伟大的进步"。实行劳动的专业化分工可以提高劳动生产率。这种分工不只是局限于技术工作，同样也适用于管理工作。

（2）权力与责任。权力是指发布命令并强迫别人服从的力量，而责任是随着权力而来的奖惩。权力与责任是相互联系的，责权不相应是组织的缺陷。法约尔指出，避免滥用权力的最好方法是提高个人的素质，特别是要提高其道德方面的素质，因此主管人员的权力除了取决于职位以外，还受其智慧、经验、道德品质等方面的影响。

（3）纪律。其实质是遵守企业内部各方的协议。法约尔指出，纪律是由领导人创造的。也就是说，一个企业组织纪律的状况取决于该企业的领导人能否以身作则，赏罚分明。任何组织要兴旺发达都离不开良好的纪律。

（4）统一指挥。这一原则是指一个下属只能接受一个上级的命令。法约尔认为，双重领导（两个上级，一个下级）会使权力和纪律遭到严重的破坏。

（5）统一指导。为达到同一目的而进行的各种活动应由一个首脑根据一项计划展开。这是统一行动、协调力量和一致努力的必要条件。它与统一指挥原则的区别在于，统一指导是通过建立完善的组织结构来实现的；而统一指挥则取决于个人如何发挥作用。

（6）个人利益服从整体利益。这个原则说明整体大于各部分的总和。一个组织谋求实现的总目标要比任何个人的目标都更为重要。

（7）个人报酬。对工人和管理人员的工作所付给的报酬，应该以系统地奖励方向正确的活动为基础。

(8)集中。集中是指权力的集中与分散。法约尔认为,集中就是降低下属作用的程度。他说,集中的程度,应视管理人员的性格、下级的可靠性和公司的情况而定。

(9)等级链。从上到下进行联系的各层次权力等级成为等级链。它贯彻执行统一指挥原则,并可以使信息传递有秩序地进行。

(10)秩序。所谓秩序,是指"凡事各有其位",包括物品和社会秩序两类。在一个组织内,人员和物品必须各有其位,各就其位;否则,工作会杂乱无章。

(11)公平。管理必须对每一个职工以同样的原则和态度来处理问题,才能建立公正和平等的气氛。法约尔认为,在正常情况下,几乎每个人都有平等的愿望,都希望领导者能公平地对待他们及其工作。领导者如果不公平,往往导致下属工作积极性下降,给工作带来不良的后果。

(12)人员的稳定。法约尔注意到,生意兴隆的公司通常都有一批稳定的管理人员。因此他说,作为一条总的原则,最高管理层应采取一些做法以鼓励员工,尤其是长期为公司服务的管理人员。

(13)首创精神。管理人员不仅要有首创精神,还要尽可能鼓励和发展员工的首创精神,这对企业来说将是一种巨大的动力。法约尔认为,作为一个合格的领导人,就是要激发和支持每一个员工的主动性和创造性。

(14)集体精神。一个组织机构中的集体精神,应该视其集体成员之间的协调和团结程度而定。在法约尔看来,加强集体精神的最有效方法是严格的统一指挥,并且是通过口头而不是书面交往来进行的。

(三)法约尔一般管理理论的评价

1. 法约尔一般管理理论的伟大贡献

法约尔第一次把企业作为一个有机的整体来考察和分析,而且他对企业的全部管理活动都进行了考察和分析。他对管理职能和管理原则的论述,为以后的管理理论的发展奠定了坚实的基础。他的管理理论虽然是以企业为研究对象的,但是这些管理理论同样适用于各种其他组织形式。由于他第一次将管理行为中的要素和原则加以系统化概括和总结,因而使管理学具有了一般性,才有了广阔的应用范围。不仅如此,法约尔还积极倡导和推进管理教育,认为在大学和专科学校都应讲授管理学。

2. 法约尔一般管理理论的局限性

法约尔一般管理理论的主要不足,在于它的管理原则过于抽象,不具体,近似于管理哲学。正如他自己说的,这些原则并不完整。但这些丝毫不能影响他对管理学的伟大贡献。

千金。齐威王大笑不止，田忌坦然地说："王且慢笑，还有两场比赛，我若全输，再笑臣未晚。"结果到第二、第三场，田忌之马皆胜，竟多得赌注千金。齐威王很纳闷："田忌赛马从来就没有赢过我，今日是怎么回事？"就问田忌，田忌只得如实回答："今日之胜，并非我的马比大王的马快，而是孙膑先生教我的计策好啊！"齐威王听了，赞叹不已，说："此虽小事，足见孙先生的智慧啊！"

马还是同样的马，只是调换了一下出场顺序，就可以转败为胜。诀窍在于决策者能够仔细观察对方的优势和劣势，了解自身的长处与不足，知己知彼，集中优势攻击对方薄弱环节，最终实现目标。可见，决策的质量直接影响目标的实现。

第一节　决策的含义及作用

人们在政治、经济、技术和日常生活中，经常要面对各种决策行为，决策是管理中普遍发生的重要活动。管理者通常被称为决策者，这是因为管理者无论从事管理工作的哪一项具体内容，都需要不断地作出决策，甚至整个管理过程都是围绕着决策制定和实施的。有人曾对高级管理者进行过一项调查，让他们回答三个问题：每天你在哪些方面花的时间最多？你认为每天最重要的事情是什么？你在履行职责时感到最困难的工作是什么？结果绝大多数人的回答只有两个字——"决策"。决策是管理的核心内容和主要职能，体现了管理者的管理水平，决定了管理工作的成败和效率。

一、决策的含义

美国著名经济学家、诺贝尔经济学奖获得者赫伯特·A·西蒙在谈到管理的本质时指出："决策是管理的心脏，管理是由一系列的决策组成的；管理就是决策。"美国管理学教授里基·W·格里芬(Ricky W. Griffin)认为："决策是从两个以上的备选方案中选择的一个过程。"路易斯、古德曼和范特(Lewis、Goodman and Fandt)认为，决策就是"管理者识别并解决问题以及利用机会的过程"。美国学者亨利·艾伯斯(Henry Embeth)认为："决策有狭义和广义之分。狭义地说，决策是在几种行为方针中做出选择；广义地说，决策还包括在做出选择之前必须进行的一切活动。"

关于决策的定义还有很多不同的表述，总而言之，决策是指组织或个人为了实现某种目标而对未来一定时期内有关活动的方向、内容及方式的选择或调整的过程。

一项完整的决策，应该具备以下基本要素。

1. 决策者

决策者是决策的主体,是组织决策能力的体现者,可以是集体,也可以是个人。决策者进行决策的主要条件是他必须具有判断、选择和决断能力,具有承担决策后果的法定责任。

2. 决策对象

决策对象是决策的客体,一般是指可调控的、具有明确边界的特定系统。决策对象具有一个共同特点,即人可以对决策对象施加影响。凡是人的行为不能施加影响的事物,不能作为决策对象。

3. 决策目标

决策目标是决策行动期望达到的成果。决策是围绕着目标展开的,其起点是确定目标,终点是实现目标。

4. 决策信息

决策信息是指决策者在决策过程中必须了解的各种情况和数据,既包括决策系统内部的信息,又包括决策系统外部所需的信息。是否准确、及时、系统、经济地获取决策信息是决策成败的重要因素。

5. 决策理论与方法

科学决策需要把握决策活动的规律,即要求决策者要运用正确的决策理论与方法进行决策。人们在长期的管理实践中,已经总结出很多行之有效的决策理论和方法。

6. 决策环境

决策不是在一个孤立的、封闭的系统中进行的,而是依存于一定的环境,受到环境因素的影响和制约。决策环境是指与主体相对的物质客体或社会文化要素,可分为内部环境和外部环境。对环境把握水平的高低能够体现决策者决策水平的高低。

7. 决策结果

无论成功与否,决策总会有一个结果,产生一定后果,即决策的具体产物。决策是否符合目标,需要对决策结果进行科学的分析和检验。

二、决策的特点

决策活动具有以下主要特点。

（一）目标性

决策是为了实现特定目标的一种活动。如果目标不够明确,就无从决策;如果目标不正确,决策也不可能得到正确的结果。

(二)可行性

决策的结果是要指导具体实践活动的,任何一项实践活动要取得成功都需要一定的条件,包括资源的、法律的、时间的条件等。若缺少必要的人力、物力和技术条件,理论上非常完善的方案也只能是纸上谈兵。因此,决策方案的拟订和选择,不仅要考察采取某种行动的必要性,而且要注意实施条件的限制。

(三)选择性

决策的实质是选择,即在众多可行性方案中选择一个能够实现预期目标的理想方案。如果只有一种方案,就无所谓决策。没有比较就没有鉴别,更谈不到所谓"最佳"。国外有一条管理人员熟悉的格言,"如果看来只有一种行事方法,那么这种方法很可能是错的"。在制订可行性方案时,应满足穷尽性和互斥性要求。所谓穷尽性,是指将各种可能实现的方案尽量都考虑到,以免漏掉那些也许是最好的方案。所谓互斥性,是指可行性方案本身要尽量相互独立,不要互相包含。另外,不能为了满足选择硬拼凑出某个方案来。

例如,20世纪60年代初美国为解决古巴导弹危机,制定了六个可供选择的方案:无所作为;施加外交压力;同卡斯特罗谈判;全面入侵;空袭损毁导弹基地;封锁海面。最后,肯尼迪政府选择了第六个方案迫使前苏联撤出导弹。这个例子说明了科学决策的择优原则。多方案选择是现代决策的一个重要特点,方案的优与劣,要经过比较才能鉴别,必须制订一定数量和质量的备选方案,从多种方案中对比选优。在实际工作中,许多决策者不懂得决策需要选择,往往只有一个方案就轻率地决定实施,而一个方案是无法对比以判断优劣的。

(四)满意性

虽然决策是一个择优的过程,但是由于现实中人们掌握的信息有限、对未来的认知能力有限,或者由于时间和确定性的局限,所以最后选择的方案不一定能达到真正最优的效果,最优往往是理想状态。因此,大多数决策根据的原则是满意准则,即在目前条件下选择足够好的方案。

(五)过程性

科学的决策应该分为四个阶段:找出制定决策的理由;找到可能的行动方案;对行动方案进行评价和抉择;对于付诸实施的抉择进行评价。所以,决策是一个过程,而非瞬间行动。

(六)动态性

决策具有显著的动态性。首先,决策是一个不断循环的过程。"决策—执行—再决策—

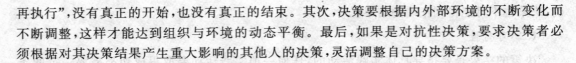

再执行",没有真正的开始,也没有真正的结束。其次,决策要根据内外部环境的不断变化而不断调整,这样才能达到组织与环境的动态平衡。最后,如果是对抗性决策,要求决策者必须根据对其决策结果产生重大影响的其他人的决策,灵活调整自己的决策方案。

三、决策的类型

根据不同的标准,决策有以下几种分类。

(一)按决策影响的时间分类

从决策影响的时间来看,可以把决策划分为长期决策与短期决策。

1. 长期决策

长期决策是指有关组织今后发展方向的全局性、长远性的重大决策,战略决策多属于此。

2. 短期决策

短期决策是为实现长期战略目标而采取的短期策略手段,又称短期战术决策。例如,企业日常营销、物资储备及生产中资源配置等问题的决策都属于短期决策。

(二)按决策的重要性分类

从决策的重要性来看,可以把决策划分为战略决策、战术决策与业务决策。

1. 战略决策

战略决策对组织最重要,涉及组织的发展和生存。其通常包括组织目标的确定、组织机构的调整、新产品的研发方向、新市场的开发、技术改造等,具有长期性和方向性。

2. 战术决策

战术决策又称管理决策,是为完成战略决策所规定的目标而制定的具体决策,一般在组织内贯彻。战术决策旨在实现组织中各环节的高度协调和资源的合理使用,如企业生产计划和销售计划的制定、产品规格的选择、厂区和车间内工艺线路的布置、设备的更新、新产品的定价以及资金的筹措等。

3. 业务决策

业务决策又称执行性决策,是日常工作中为提高生产效率、工作效率而作出的决策,涉及范围较窄,只对组织产生局部影响。属于业务决策范畴的主要包括生产中合格标准的选择;工作任务的日常分配和检查;工作日程(生产进度)的安排和监督;岗位责任制的制定和执行;库存的控制及材料的采购等。

（三）按决策的主体分类

从决策的主体来看，可以把决策分为集体决策与个人决策。

1.集体决策

集体决策是指多个人一起作出的决策。国家的重大政策方针、复杂的大型工程、企业集团的战略部署，一般需要采用集体决策。相对于个人决策，集体决策能更大范围地汇总信息，能更好地沟通，能得到更多的认同，能拟订更多的备选方案。但集体决策也有一些缺点，如花费较多的时间、产生"从众现象"以及责任不明等。

2.个人决策

个人决策是指单个人作出的决策。个人决策主要依靠个人经验、智慧和阅历，如诸葛亮的《隆中对》、田忌赛马中的孙膑赛马法等都属于个人决策。这种决策责任明确、效率较高，但往往受到决策者个人知识水平和理性程度的限制。

（四）按决策的连续性分类

从决策的连续性来看，可以把决策划分为单项决策与序贯决策。

（1）单项决策，指整个决策过程只需一次决策就可以得到结果。

（2）序贯决策，指整个决策过程由一系列决策组成。

在管理活动中更多的是由一系列决策组成的序贯决策，但如果其中有的关键环节需要做相对独立的决策，也可以将其看作几个单项决策。

（五）按决策的重复性分类

从决策的重复性来看，可以把决策划分为程序化决策与非程序化决策。

1.程序化决策

程序化决策是针对那些重复出现的、例行的活动。西蒙指出："决策可以程序化到呈现出重复和例行状态，可以程序化到制定这些决策的固定程序，以至于每当它出现时，不需要再想办法处理它们。"例如，管理者日常遇到的产品质量、设备故障、退换服务、配送路线等问题。

2.非程序化决策

非程序化决策则是针对那些偶然发生的、非例行的、首次出现的、非重复性的问题，如开发新产品、开拓新市场、组织结构变化、重大投资、重要的人事任免及重大政策的制定等问题。

一般来说，中低管理者多面临程序化决策，高级管理者多面临非程序化决策。非程序化决策不确定性大、难度高，需要决策者有科学方法、首创精神及更大的气魄。

(六)按决策主体竞争性分类

从决策主体竞争性来看,可以把决策划分为对抗性决策与非对抗性决策。

1.对抗性决策

对抗性决策是由多个不同决策主体在相互竞争和对抗中进行决策,决策时要考虑对方可能采取的策略,"田忌赛马"就是典型的对抗性决策案例。

2.非对抗性决策

非对抗性决策只有一个决策主体,只要考虑可能出现的不同情况,就能作出相应决策。

(七)按环境因素的可控程度分类

从环境因素的可控程度来看,可以把决策划分为确定型决策与不确定型决策。

1.确定型决策

确定型决策是指在稳定条件下进行的决策。在确定型决策中,决策者确切知道自然状态的发生情况,每个方案只有一个确定的结果,最终选择哪个方案取决于对各个方案结果的直接比较。

2.不确定型决策

不确定型决策是在不稳定、不可控条件下进行的决策。不确定型决策根据自然状态及其发生的概率是否可知,又可分为完全不确定型决策和风险型决策。完全不确定型决策面临的自然状态不止一种,决策者可能不知道有多少种自然状态,即便知道,也不能知道每种自然状态发生的概率。风险型决策中决策者不能知道哪种自然状态会发生,但能知道有多少种自然状态以及每种自然状态发生的概率。

四、决策的作用

(一)决策贯穿管理的始终

管理的计划、组织、领导和控制职能,都离不开决策,决策是管理工作的基本要素,决策质量的好坏直接影响各种职能的绩效。例如,在计划职能中,要从几个备选计划中决策出最满意的;在组织职能中,组织机构的设置、职责权限的分配及各职位人员的选配要从备选方案中决策出最满意的;在领导职能中,对人员配备以后如何使用和激励,需要管理者作出决策;至于控制职能,实际工作与计划产生偏差后,如何选择最满意纠偏措施也需要作出决策。

(二)决策的制定是决定管理成败的关键因素

决策的制定是对行为的决定,它是管理行为与结果的直接来源。正确的决策指导正确的管理行为,从而取得预期成果;错误的决策指导错误的管理行为,从而导致失败、造成损失。现代企业制度的推行、企业经营的商业化更使决策问题在企业管理中占有前所未有的突出重要地位,因为决策的正误可能关系企业的生死存亡,决策的制定成为决定管理成败的关键因素。因此西蒙认为,企业的成败不在于生产率是否提高,而在于决策是否正确。

第二节　决策的原则和程序

一、决策的原则

(一)可行性原则

决策需要从备选方案中进行选择,而备选方案必须要考虑是否有实施的条件。例如,对企业经营管理决策来说,提供决策选择的方案都要考虑企业在主观、客观、技术、经济等方面是否具备实施的条件。如果不具备或通过努力创造也不具备,不能作为备选方案。

(二)经济性原则

经济成本也是决策需要考虑的重要因素,有的方案虽然从其他方面来看都可行,但如果经济成本太高,代价太大,也不能作为备选方案。一般要求所选方案比其他方案有更好的效益或可以避免更大的亏损。

(三)合理性原则

如果单纯从定量角度,有的方案经过计算也许是最优,但有些定性因素,如社会性、政治性、心理性等,可能会对事物发展起到举足轻重的作用,必须要将其考虑进来。定量分析结合定性分析,需要人们不能只通过定量分析寻求"最优"方案,还要结合定性分析寻求"最满意"的合理方案。

(四)整体性原则

组织作为完整的个体,是由许多内部单元组成的。这些单元与组织之间存在着局部和整体的关系。组织作为社会的一分子,又是社会的一个单元,与社会存在着局部与整体的关系。不管是在组织内部,还是在社会内部,利益不总是一致的。所以,正确处理组织内部各个单元之间、组织与社会、组织与其他组织之间的关系,是决策者必须考虑的问题。要实现决策方案的整体满意,不仅要充分考虑局部利益,更要兼顾整体利益。

二、决策的程序

虽然决策问题十分复杂,决策方法种类很多,决策也有大有小,但是决策的过程有其共同之处。一般来讲,一个完整的决策过程,必须经过以下步骤(见图 4-1)。

图 4-1　决策的程序

(一)识别问题

决策是为了解决问题,问题是决策的起点。管理者的理想与面临的现实之间会产生差距,环境变化、威胁产生、矛盾激化等情况的出现会引发问题,问题需要决策给出答案。发现问题还依赖于信息的精确程度,系统、准确、全面、及时地收集有关信息和情报,发现并提出有价值的问题,才能掌握决策的主动权。

(二)明确决策目标

决策目标是根据要解决的问题确定的,是针对问题的现状、要求和被解决的可能性提出决策者所希望达到的结果。明确目标应注意以下几点。

1.分析问题

在确定目标之前的过程中,必须把要解决问题的性质、结构、症结及其原因分析清楚,才能有针对性地确定出合理的决策目标。

2.科学协调

在许多决策问题中,目标往往不止一个,而且多个目标之间有时还会有矛盾,因此必须要进行科学协调。首先,要尽量减少目标数量,尽可能把目标集中起来。其次,把目标按照重要程度不同进行排列,重要的优先,次要的后延,以减少目标之间的冲突。最后,应该对总目标下的次级目标进行统一、协调。如果利润、时间、质量都可能是决策所要求的目标,决策者就必须科学分析、主次清晰、统筹兼顾、降低、甚至放弃某些目标,从而实现全局性目标。

3.限定效果

对于目标执行的结果要做效果分析,对正面效果和负面效果加以界定,一旦转向负面效果就要及时停止实施,将决策的不利影响降到最低。

4.便于操作

明确的目标必须概念明确、无异议,可以计量或衡量,有确定的责任人,规定了时间期限。这样的目标才能符合实际,具有很强的可操作性。

（三）拟订决策方案

目标确定以后,要考虑各种不同因素,拟订出能够达到组织目标的各种不同方案。决策质量的好坏,很大程度上取决于备选方案的质量。拟订方案的步骤有两步:首先,分析问题,研究影响事物未来运动趋势和发展状况的内部因素和外部条件,根据组织目标提出解决问题的初步设想;其次,对这些初步设想进行筛选和补充,尽量留下相对有效的、可操作性强的方案。

拟订方案的过程应注意以下两点。

(1)善用智囊团。要广泛运用专家团队或专门机构,这样可以获取尽量多的可行性方案。可供选择的可行性方案越多,被选择方案的相对满意程度就越高,决策质量的保障性就越好。

(2)遵循限制性因素原则。所谓限制性因素,就是指妨碍组织实现所期望目标的因素。知道了限制性因素,在其他因素不变的情况下,只要改变限制性因素,就能更加容易地实现所追求的目标。因此,在拟订方案时,对达到所要求的目标起限制性作用的因素越清楚,就越能准确地拟订出各种可行性方案。

（四）评价备选方案

备选方案列出以后,需要对每个备选方案进行优点与缺点的分析和评价,评价主要从以下几个方面进行。

(1)合法性。确保备选方案的合法性,方案的行动要在法律和政策规定之内。

(2)经济可行性。论证备选方案在经济上的可行性,对需要付出的成本和收益进行具体量化评估,确定哪一个方案会带来最佳的经济回报。

(3)实用性。管理者必须确定组织是否拥有实施备选方案的资源和能力,确保备选方案的实施不会影响组织其他目标的实现。

(4)风险性。对方案实施中可能遇到的风险及活动失败的可能性要做充分的评估。

(5)客观性。采用统一客观的标准,可以防止主观臆断,要尽可能使用定量分析,提高评估过程的科学性。

上述5项标准有时可能是相互冲突的,最终如何取舍取决于这些标准对实现组织目标的相对重要性。

（五）选择和实施方案

在备选方案中选择最优方案，是决策的核心，通常叫作"拍板定案"。在实际工作中，"最优"往往很难实现，所以最终选择的一般是"最满意"方案。实施决策，一是要制定执行决策的行动计划，包括宣布决策、解释决策、分配实施决策所涉及的资源及行动计划中应该包括何事、在何处、于何时、由何人、如何完成等内容；二是要做好控制，要考虑决策在实施中可能遇到的问题，特别是当原有的决策将危及组织目标实现时，就应该采取控制或根本性的修正；三是要选好执行者，再好的决策计划也需要人来执行，特别是执行者中的责任人，必须深刻把握决策的内涵，有坚定的执行力。

（六）评价方案

决策的最后一个程序是对决策执行的效果进行评估，以确认方案实施后是否真正解决了问题。如果问题依然存在，决策者就要对决策本身进行仔细分析：研究哪个环节出了错；是否没有正确认识问题；是否对方案的评价不正确；是否是方案正确但实施不当……诸如此类的问题，必须深入追溯，甚至可以重新制订可行的决策方案并再次进行评估和选择。这强调了实践的作用，明确了执行的重要性。科学的决策，实际上是一个"决策—执行—再决策—再执行"的动态、循环的过程。

第三节　决策方法

随着决策理论的不断完善，人们在决策中使用的方法也不断增加和丰富，这些方法通常可分为定性决策方法和定量决策方法两种。

一、定性决策方法

定性决策方法主要依靠决策者本人或有关专家的经验和智慧进行决策。下面介绍主要的几种定性决策方法。

（一）专家会议法

专家会议法是指根据要解决的问题及决策目标的要求，邀请相关专家参加会议；专家围绕主题进行充分讨论，互相启发，集思广益，提出各自意见，然后由组织者对专家意见整理分析，最后作出判断和决定。这种方法的优点是能够听取较多意见，专家彼此能够互相交流、取长补短；缺点是一些专家易受权威或其他专家观点的影响，往往形成"一边倒"的结论。

（二）德尔菲法

德尔菲法是一项技术性很强，也很实用的预测、决策方法。这种方法最早由美国兰德公司于 20 世纪 50 年代初提出并用于预测，后被广泛应用到决策中来。德尔菲是古希腊传说中的神谕之地，城中的阿波罗神殿可以预测未来，因而借用其名。这种方法克服了专家会议法的缺点，专家不能就预测、决策问题交换思想，所以是一种"背对背"的集体判断法。

1. 德尔菲法的技术性要求

德尔菲法主要的技术性要求包括：选择专家参与这种性质的活动，应事先征得专家本人的同意；人选构成上要充分考虑各方面特质的专家，达到合理匹配；所设计的调查表要简明扼要，所提的问题不能模棱两可；每位专家至少有一次修改自己主观意见的机会。

2. 德尔菲法的实施过程

（1）拟定征询调查表。征询调查表是根据决策目标设计出专家应当回答问题的调查表，其质量将直接影响征询结果的优劣。

（2）选择专家。这是德尔菲法最关键的一步。除了一定要选择在相关领域知名度高、经验丰富的业内精英外，为了优化专家组成的知识结构，还要考虑边缘学科、社会学或经济学方面的专家。然后，组织者将征询调查表送交专家，专家将自己的意见以无记名的方式填于表内。

（3）不断反馈。工作小组对第一轮征询的结果进行汇总整理，并将处理后的意见分布和要询问的新问题在第二轮征询调查表中加以反映。将此轮的征询调查表分送给各位专家，然后收回并汇总整理第二轮对专家的征询结果。如果意见较集中，就可结束这次决策问题的征询活动；若需要，还应继续根据情况再设计第三轮征询调查表，由各位专家继续填写。最后，分析处理最后一轮的专家意见，写出总结报告，交给决策者。

3. 德尔菲法的优缺点

德尔菲法有三个优点，具体如下：匿名性，应邀参加征询的专家彼此不知是谁，这可以使专家较客观地发表意见，消除"权威者"的影响；集体性，专家从工作小组人员的反馈中得知集体的总体意见，并据此作出自己新的判断，最后得出的调查结论是集体意见的集中；统计性，为了保证决策结果的客观、规范，采用统计方法进行量化评估，最终得到的是综合统计的评定结论。

德尔菲法也有一些缺点：缺乏严格论证，由于各种条件的限制，专家对所征询的问题基本上只能做直观分析，可能难以进行严格的论证分析；受主观制约，决策的准确程度受专家的学识、偏好、认识全面性等因素的制约。

（三）头脑风暴法

头脑风暴法由被称为"风暴思考之父"的美国创造学家亚历克斯·奥斯本（Alex F. Osborn）提出，是搜集人们对某一特定问题看法的一种最古老方法之一。该方法最早在军事上广为使用，然后各行各业都开始效法。头脑风暴法是吸收专家创新性思维、产生新观点的最有效方法。一般来说，先要将对所要解决问题感兴趣的一群人召集在一起。这种方法最适于在教室里进行，把要解决的问题写在黑板上，让大家看清楚。主持者向大家解释所要解决的问题和运用的规则，规则一般是：排除一切判断，考虑全部有关某一问题意见之前，不对任何意见加以批评和评价；欢迎荒诞的想法，越荒诞越好，压制和放弃某种意见往往是容易的，但产生一种想法却很难；追求数量，而不是质量，意见越多，产生好意见的机会就越大；寻求相互结合和改进，鼓励参加者补充和修改他人的建议，整个系统就会就得到原建议者想像不到的改进，然后主持者请两个或更多的人在黑板上简单明了地写出他们的意见，让大家有讨论的基础。

一般来说，意见产生的速度刚开始很慢，然后变快，最后又慢下来。这可能是由于某人提出了一个新颖的想法，而别的人很快地超过他，意见交换常常具有感染性，于是意见产生的速度加快。第三个人也许会想出更新奇的主意，但并非只是修正前两种意见，而是要创新，这样速度可能又会下降。经过不断的建议，最后任何个人看法都无意义了，几个意见的结合会产生单独个人所想像不到的想法。每次会议会产生很多的意见，但这些意见中只有一部分值得认真考虑，还有很多是不切合实际的。要想把那些不值得进一步考虑的意见区分开来，就要将所有意见分类，有价值的保留，其余删除。头脑风暴法最适用于问题简单而专一的决策。头脑风暴法的缺点是极为费时、费用较高。会议本身和随之而来的分类评价都是很费时的。复杂的问题要分解成许多部分进行评价，每一部分要有明确的概念，以便去掉那些不适用部分，有时也可能会发现所有意见都没有价值。尽管如此，这种方法还是相当流行的，因为许多管理者相信参与决策的人们会将在决策中受到的激励带到公司的其他活动中去。而且，如果选择那些对所有要解决的问题感兴趣并有所了解的人员参加，那么头脑风暴法所花费的时间就会降到最低。

二、定量决策方法

定量决策方法是应用现代科学技术成就与方法（如统计学、运筹学、管理科学、计算机技术等），对备选方案进行定量的分析计算，选择出满意方案的方法。根据环境因素的不同可以将定量决策分为确定型决策和不确定型决策。特别需要注意的是，这里的定量决策方法的前提均为非对抗性决策。

（一）确定型决策

确定型决策是指决策主体对未来情况有十分明确的把握,事物出现的各种自然状态是完全稳定和明确的。它一般具备以下条件:存在着决策主体希望达到的一个明确目标;存在一种确定的自然状态;虽然有两个以上的多种方案,但满意方案在客观上是确定存在的。常用的确定型决策有以下几种。

1.直观判断法

直观判断法是从已有的定量分析资料中,直观、方便地选择有利方案的方法,这种方法通常只用于简单的决策。

【例4-1】某公司拟向三家银行贷款而利率不同,如表4-1所示。

表4-1 银行利率

银 行	甲	乙	丙
利率/%	7.5	7.2	8.0

解:该公司通过直观判断,在其他条件相同的情况下,选择向乙银行贷款。

2.线性规划法

线性规划是运筹学的一个重要分支,研究如何合理安排人力、物力资源,合理组织生产过程,在条件不变的情况下,统筹安排,使总的经济效益最好。从决策的角度看,线性规划就是寻求整个问题的某个整体指标最优的过程。

【例4-2】某工厂在计划期内要安排生产甲、乙两种产品,已知生产单位产品所需的设备台时及A、B两种原料的消耗见表4-2。

表4-2 某工厂生产条件

项 目	甲	乙	消耗
设备/台时	1	2	8
原材料A/千克	4	0	16
原材料B/千克	0	4	12

该工厂每生产1件甲产品,可获利2元,每生产1件乙产品,可获利3元。问如何安排甲、乙产品的生产计划能使该工厂获利最多?

解:设 x_1、x_2 分别表示计划期内甲、乙的产量,因为设备的有效台时是8,是限制产量的条件,所以确定甲、乙产品产量时,总的有效台时不能超过8,用代数式表达为

$$x_1 + 2x_2 \leqslant 8$$

同样,由于原材料 A、B 的限制,可以得代数式为

$$4x_1 \leqslant 16$$
$$4x_2 \leqslant 12$$

该工厂的目标是在不超过所有资源限量的条件下,如何确定产量 x_1、x_2,以达到最大利润。如果用 z 表示利润,则有 $z = 2x_1 + 3x_2$。所以该决策问题可用数学模型表示为

目标函数:$\qquad\qquad\qquad \max z = 2x_1 + 3x_2$

满足约束条件:$\qquad\qquad x_1 + 2x_2 \leqslant 8$
$$4x_1 \leqslant 16$$
$$4x_2 \leqslant 12$$
$$x_1 \geqslant 0$$
$$x_2 \geqslant 0$$

用图解法求解。把 x_1、x_2 看成坐标平面上点的坐标,那么满足约束条件中每一个不等式的点集就是一个半平面。因为约束条件是由 5 个不等式组成的,所以满足约束条件的点集是 5 个半平面的相交部分,即图 4-2 中凸多边形 OABCD。凸多边形 OABCD 上(包括边界点)任何一点的坐标,都同时满足约束条件中的 5 个不等式;凸多边形外任何一点的坐标都不能同时满足这 5 个不等式。所以凸多边形 OABCD 上的每个点的坐标都是这个线性规划问题的一个可行解,而凸多边形上点的全体构成这一线性规划问题的可行解全体,称为可行解集。

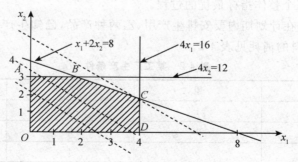

图 4-2　线性规划图解法

在全体可行解中,找一个使目标函数值最大的可行解,即为最优解。为此,给定目标函数 z 一个值,如 $z = 5$,$2x_1 + 3x_2 = 5$ 是坐标平面上一条直线,这条直线介于凸多边形区域中的线段上任一点都能使目标函数值为 5,这样的线称为等值线。再令目标函数 z 等于 8、10 … 作平行直线,可形成一组平行线。如图 4-2 中虚线所示,z 的数值越大,直线离开原点越

远。因此,该题就变成了在上列平行线中,找出一条与多边形 OABCD 相交,又尽可能离原点最远,即在约束条件下目标值最大。从图中可明显看到,经过 C 点的直线符合要求。

解
$$\begin{cases} 4x_1 = 16 \\ x_1 + 2x_2 = 8 \end{cases}$$

这样,可得到最优解坐标为(4,2),计算结果得 $z = 14$。所以,该工厂最优生产计划方案为,生产甲产品 4 件,生产乙产品 2 件,可得最大利润 14 元。

3. 盈亏平衡分析法

盈亏平衡分析法又称量本利分析,其基本原理是根据产品的销量(产量)、成本和利润三者的关系,分析各种方案对盈亏的影响,从中选出最佳方案的定量决策方法。确走盈亏平衡点是这一方法的关键。所谓盈亏平衡点,是指直角平面坐标系中企业利润为零的点,即销售收入总额与成本总额相等的点。

产品的成本可以分为固定成本和变动成本。固定成本是指成本总额在一定业务量(销量或产量)范围内,不受业务量增减影响,如固定资产折旧费、管理费等。变动成本是指成本总额随业务量变动而变动,如原材料、燃料、生产工人工资等费用。图 4-3 表达了销量、成本和利润之间的关系,E 点的销售收入和总成本相等,为盈亏平衡点。

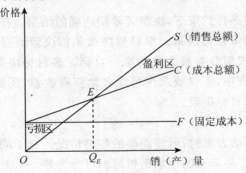

图 4-3　盈亏平衡分析

通过绘制盈亏平衡图,可以看出:当 $Q > Q_E$ 时,企业将盈利;当 $Q < Q_E$ 时,企业将亏损;当 $Q = Q_E$ 时,企业将保本经营。

盈亏平衡点的计算公式为

$$盈亏平衡点的销(产)量 = \frac{固定成本}{单位产品价格 - 单位变动成本}$$

记作

$$Q_E = \frac{F}{P - V}$$

式中:Q_E 为盈亏平衡点销(产)量;F 为固定成本;P 为单位产品价格;V 为单位变动成本。

【例 4-3】某公司生产某种产品,固定成本为 3 000 元,销售单价为 20 元,单位变动成本为 5 元。试计算:①该公司的盈亏平衡点是多少? ②如果销量为 300 个,利润是多少?

解:根据公式,可得

$$Q_E = \frac{F}{P-V} = \frac{3\,000}{20-5} = 200(个)$$

如果销量超过 200 个,则有利润,销量为 300 个的利润为

$$(P-V) \times Q - F = (20-5) \times 300 - 3\,000 = 1\,500(元)$$

(二)不确定型决策

不确定型决策是指决策者在有关条件不能确定的情况下进行的决策。求解不确定型决策问题一般用到概率统计的方法。按照对各种客观条件发生概率了解程度不同,不确定型决策可以分为完全不确定型决策和风险型决策。

1. 不确定型决策的相关概念

在学习不确定型决策之前,需要了解以下概念。

1)决策目标

决策目标是指在一定条件约束下,决策者希望达到的结果。按照决策目标的多少,决策问题可分为单目标决策和多目标决策。单目标决策是指决策所要求的目标只有一个,如个人在证券投资中,一般以投资收益最大化为唯一目标。多目标决策是指决策所要求的目标不止一个,如产业项目投资中,不仅要求尽可能多地获得收益,还要将环境污染控制在一定程度内。下面将只研究单目标决策。

2)自然状态

自然状态是指实施行动方案时,可能面临的各种情况。对于同一个决策问题,各种情况不会同时出现,如一种新产品未来的市场销售情况可分为好、中、差,这就是关于该产品市场销售的 3 种自然状态。

3)收益矩阵表

收益矩阵表一般由以下 3 部分组成。

(1)可行性方案。其为根据决策目标考虑约束条件后研究出来可能的行动方案。

(2)自然状态及其发生的概率。把方案实施可能发生的状态列出来,如各种状态发生的概率一概不知,则不用列出,这是完全不确定型决策;如主观给出或客观掌握,则应列出,这是风险型决策。

(3)方案的结果。不同可行性方案在不同自然状态下,可应用综合方法计算出收益值

（收益值为负，则表示损失），这些收益值构成的矩阵表就称为收益矩阵表。

【例 4-4】某企业按批生产某产品并按批销售，每件产品成本为 30 元，批发价格为每件 35 元。若每月生产的产品当月销售不完，则每件损失 1 元，工厂每投产一批是 10 件，最大月生产能力是 40 件，决策者可选择的生产方案为 0，10，20，30，40。请将以上条件用收益矩阵表描述。

解：决策者可选的可行性方案有 5 种，这就是可行方案，用 $\{S_i\}$ 表示，$i=1,2,3,4,5$。销售的自然状态为 0，10，20，30，40，用 E_j 表示。此例没有告诉概率，则不必列出概率。这样就可以计算出相应的收益值，并将其列入表中相应位置，如当选择月产量为 20 件时，销出量为 10 件时，收益值为

$$10 \times (35-30) - 1 \times (20-10) = 40 (\text{元})$$

收益值记做 a_{ij}，那么该企业的收益矩阵表如表 4-3 所示。

表 4-3　某企业收益矩阵表

S_i \ E_j		自然状态				
		0	10	20	30	40
方案	0	0	0	0	0	0
	10	−10	50	50	50	50
	20	−20	40	100	100	100
	30	−30	30	90	150	150
	40	−40	20	80	140	200

2.完全不确定型决策

完全不确定决策是指在对各种自然状态发生的概率一无所知的情况下进行的决策，需要用一定的标准来选择满意方案。这些标准就是完全不确定型决策的准则。

1）最大的最大收益准则

最大的最大收益准则又称乐观准则，即"好中求好"原则。其特点是决策者对待风险的态度非常乐观，绝不放弃任何一个可获得最好结果的机会。其具体做法是，先选出各自然状态下每个方案的最大收益值，然后再从中选取最大者，相应方案即为所选方案。用公式表达为

$$S_k^* \rightarrow \max_i \max_j (a_{ij})$$

用该准则计算，例 4-4 的选择应该是 $\max\{0,50,100,150,200\} = 200$，即方案 5，如表 4-4 所示。

表 4-4 最大的最大收益准则

S_i \ E_j	自然状态					max
	0	10	20	30	40	
方案 0	0	0	0	0	0	0
10	−10	50	50	50	50	50
20	−20	40	100	100	100	100
30	−30	30	90	150	150	150
40	−40	20	80	140	200	200←max

2)最大的最小收益准则

最大的最小收益准则又称悲观准则,即"坏中求好"原则。与乐观准则相反,其特点是,决策者对面临的各种事件发生概率不清楚时,考虑到决策失误的严重后果,态度比较悲观谨慎。其具体做法是,先选出各自然状态下每个方案的最小收益值,再从中选出最大者,相应方案即为所选方案。用公式表达为

$$S_k^* \rightarrow \max_i \min_j (a_{ij})$$

用该准则计算,例 4-4 的选择应该是 $\max\{0, -10, -20, -30, -40\} = 0$,即方案1,如表 4-5 所示,表示什么也不做。

表 4-5 最大的最小收益准则

S_i \ E_j	自然状态					min
	0	10	20	30	40	
方案 0	0	0	0	0	0	0←max
10	−10	50	50	50	50	−10
20	−20	40	100	100	100	−20
30	−30	30	90	150	150	−30
40	−40	20	80	140	200	−40

3)最小的最大后悔值准则

后悔值是指由于决策失误而造成的遗憾程度。后悔值越小,所选方案就越接近最优。如果发生 k 事件,各方案收益值为 $a_{ik}, i = 1, 2, \cdots, 5$,其中最大者为

$$\max_i (a_{ik})$$

后悔值的计算方法是,最大可能的收益减去实际收益,用公式表达为

$$a_{ik}' \rightarrow \{\max_i (a_{ik}) - a_{ik}\}, i = 1, \cdots, 5$$

然后在求出后悔值矩阵的基础上,先选出各种自然状态下每个方案的最大后悔值,然后再从中选择最小者,相应方案即为所选方案。用公式表达为

$$S_k^* \rightarrow \min_i \max_j a'_{ij}$$

用该准则计算,例 4-4 的选择应该是 $\min\{200,150,100,50,40\}=40$,即方案 5,如表 4-6 所示。

表 4-6 最小的最大后悔值准则

S_i \ E_j		自然状态					min
		0	10	20	30	40	
方案	0	0	50	100	150	200	200
	10	10	0	50	100	150	150
	20	20	10	0	50	100	100
	30	30	20	10	0	50	50
	40	40	30	20	10	0	40←min

4)折中主义准则

折中主义准则对乐观准则和悲观准则进行了折中,认为不能太乐观,也不能太悲观,应该根据经验给出一个乐观系数,用 α 表示,$0 \leqslant \alpha \leqslant 1$,并以 α 和 $1-\alpha$ 分别作为最大收益值和最小收益值的权数计算期望收益值,收益值用 H_i 表示,用公式表达为

$$H_i = \alpha a_{i\max} + (1-\alpha) a_{i\min}$$

然后,从期望收益值中选择最大者,相应方案即为所选方案用公式表达为

$$S_k^* \rightarrow \max_i \{H_i\}$$

用该准则计算,假定乐观系数 $\alpha = 1/3$,例 4-4 的选择应该是 $\max\{0,10,20,30,40\}=40$,即方案 5,如表 4-7 所示。

表 4-7 折中主义准则

S_i \ E_j		自然状态					H_i
		0	10	20	30	40	
方案	0	0	0	0	0	0	0
	10	−10	50	50	50	50	10
	20	−20	40	100	100	100	20
	30	−30	30	90	150	150	30
	40	−40	20	80	140	200	40←max

5)等可能性准则

等可能性准则认为,由于各种自然状态的概率未知,可以假定其概率是相等的,这样不

会过于极端。计算出各自然状态下的期望收益值,用 $E(S_i)$ 表示,从中选出期望收益值最大的,相应方案即为所选方案。用公式表达为

$$S_k^* = \max_i \{E(S_i)\}$$

用该准则计算,例 4-4 的选择应该是 $\max\{0,38,64,78,80\}=80$,即方案 5,如表 4-8 所示。

表 4-8　等可能性准则

S_i \ E_j		自 然 状 态					$E(S_i)$
		0	10	20	30	40	
方案	0	0	0	0	0	0	0
	10	−10	50	50	50	50	38
	20	−20	40	100	100	100	64
	30	−30	30	90	150	150	78
	40	−40	20	80	140	200	80←max

需要注意的是,最佳方案的确定与所选的决策准则有很大关系,尽管上述例题资料相同,但由于依据的准则不同,选出的最佳方案却不一样。所以在实际应用中,由于完全不确定型决策情况相当复杂,决策准则的选择又取决于决策者的偏好,所以这种决策的主观性还是比较强的。因此,为了提高决策的科学性,选择决策准则时应尽量使客观条件接近该准则的假设前提。例如,最大的最大收益准则是在一种乐观的、假定未来最理想状态发生可能性很大的条件下来选择收益最大的方案,带有一定的冒进性,所以必须是客观条件确实非常乐观,才可以选用该准则。

3.风险型决策

风险型决策是指虽然决策者对决策问题的未来情况不能确定,但对发生各事件的概率是可知的。这里的概率包括客观概率和主观概率。客观概率可来源于推断或估算,一般是通过历史资料推算或随机试验结果计算出来的,如彩票中奖概率就是客观概率。主观概率来源于决策者的经验和知识,通过科学分析和合理估计而主观给出,虽然主观成分较大,但绝不是纯粹猜测。风险型决策中通常采用期望值作为决策准则,具体方法有期望值准则、变异系数准则和决策树法。

1)期望值准则

期望值准则是风险型决策中应用最广泛的一种方法。该准则认为,选择方案应该以收益的期望值大小为依据,期望收益值越大,说明此方案平均收益越大,即所要选择的最佳方

案。期望值用公式表达为

$$\sum p_j a_{ij}, i=1,2,\cdots,n$$

式中：p_j 为自然状态发生概率。

所选方案用公式表达为

$$\max_i \sum_j P_j a_{ij} \rightarrow S_k^*$$

如果例 4-4 中各自然状态概率已知（如表 4-9 所列），则根据该准则，选择应该是 $\max\{0, 44, 76, 84, 80\}=84$，即方案 4。

表 4-9　期望值准则

S_i \ E_j	自然状态					期望收益
	0	10	20	30	40	
	0.1	0.2	0.4	0.2	0.1	
方 案 0	0	0	0	0	0	0
10	−10	50	50	50	50	44
20	−20	40	100	100	100	76
30	−30	30	90	150	150	84←max
40	−40	20	80	140	200	80

2）变异系数准则

收益的期望值反映的是一种平均趋势，如果两个方案期望值相差不大，选择的时候还要考虑其离散程度。离散程度越小，风险越小；离散程度越大，风险越大。因此，在期望值接近的情况下，应该以变异系数作为选择的标准，变异系数低的，就是要选择的最佳方案。

3）决策树法

决策树法是风险型决策中常用的方法。它可以使决策问题形象化、图形化、方便化，在实际决策中应用非常广泛。具体来讲，决策树是以树形图表示可行性方案和事件发生的各种可能（自然状态及其概率），用分枝和剪修进行决策的方法。

1）决策树的含义

决策树是决策者对一个决策问题未来发展及其结果所做的预测在图上的反映，因此绘制决策树的过程就是对未来可能发生的各种情况及其相互之间逻辑关系的周密思考和深入分析的过程。其由决策点、方案枝、机会点、概率枝和结果点组成。

（1）决策点和方案枝。在风险型决策中，决策者会面临许多备选方案，必须对方案做出选择，通常用"□"表示决策点，用从决策点引出的方案枝表示各备选方案。假如决策者必须

要对 A_1、A_2 两个备选方案进行决策,就可以做出如图 4-4 所示的形状。

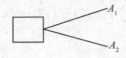

图 4-4　决策点和方案枝

(2)机会点、概率枝和结果点。在风险型决策中,每一种备选方案可能会有好几种不同的自然状态(结局),通常在方案枝后用"○"表示机会点,用从机会点引出的概率枝表示不同的自然状态,并在分枝上标出状态及其发生的概率 P,在概率枝的末端标出各自然状态下取得的收益值(结果点,用△表示),这样一个完整的决策树就形成了。假如决策者对各方案自然状态 R_1、R_2、R_3 及概率 P_1、P_2、P_3 已知,就可以做出如图 4-5 所示的形状。

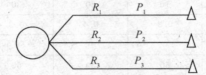

图 4-5　机会点、概率枝和结果点

2)决策树绘制的步骤

决策树的绘制是按时间的进展过程,从左向右、从树根向树梢方向进行的。用决策树决策的步骤如下。

(1)绘制决策树。根据备选方案、自然状态及其概率、各自然状态下的收益值,由树根开始,到树梢为止,画出完整的决策树。

(2)计算各节点的期望值。机会节点按期望收益的计算方法计算其期望收益值,决策节点则在各方案枝中选择期望收益最大方案的期望收益为决策节点的期望收益。

(3)最终决策。在计算各决策节点的期望收益时,实际上对每一决策都做出了选择,此时只要从树梢向树根逐级选择,保留每一层次最优方案,并在未选方案枝上标记淘汰(双竖线),最后保留下来的决策点即为最终决策。

【例 4-5】某企业为生产某种产品而设计了两个基本方案,建设一个大生产线或建设一个小生产线。大生产线需投资 300 万元,小生产线需投资 140 万元,两条生产线的使用期都是 10 年。估计在此期间,产品销路好的概率是 0.7,销路差的概率是 0.3,两个方案的年度收益值如表 4-10 所示。

请用决策树法选出最优方案。

表 4-10　某企业年度收益值

方案	收益值	自然状态 概率	销路好 0.7	销路差 0.3
建大生产线/万元			100	−20
建小生产线/万元			40	30

解:第一步,绘制决策树,如图 4-6 所示。

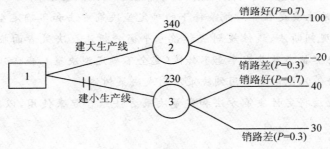

图 4-6　决策树

第二步,计算方案期望收益值。其计算式为

各方案期望收益值＝年度期望收益值×10－投资额

建大生产线期望收益值＝$[100×0.7＋(−20)×0.3]×10－300＝340$(万元)

建小生产线期望收益值＝$[40×0.7＋(30×0.3)]×10－140＝230$(万元)

把两个结果填入决策树相应位置。

第三步,剪枝决策。比较两个方案的计算结果,建大生产线的期望收益值大于建小生产线,所以最佳决策方案是建大生产线。同时,将未选方案枝剪去,决策点处只留下最佳方案枝。

本章小结

1.决策是指组织或个人为了实现某种目标而对未来一定时期内有关活动的方向、内容及方式的选择或调整的过程。决策在管理中具有重要的作用,是管理活动的核心。

2.决策按照不同标准、从不同角度可以分为不同的类型,即长期决策和短期决策;战略决策、战术决策和业务决策;集体决策与个人决策;单项决策和序贯决策;程序化决策与非程序化决策;对抗性决策与非对抗性决策;确定型决策与不确定型决策。

3.决策的程序从识别问题开始,然后是明确决策目标、拟订决策方案、评价备选方案、选择和实施方案,最后是评价方案。

4.常用的决策方法分为定性决策方法和定量决策方法。定性决策方法主要依靠决策者或有关专家的经验和智慧进行判断;定量决策方法主要应用现代科学技术成就与方法,对备选方案进行定量的分析计算,使决策更加科学和准确。

5.定性决策方法主要包括专家会议法、德尔菲法和头脑风暴法。

6.定量决策方法主要是在非对抗条件下的确定型决策方法和不确定型决策方法。确定型决策方法包括直观判断法、线性规划法和盈亏平衡分析法。决策者面临更多的是不确定性决策,决策者对自然状态及其概率毫不知情(完全不确定型决策),或者决策者知道自然状态的概率(风险型决策),这时需要用到决策准则或决策树法。

7.在实践中,应该将定性决策方法和定量决策方法结合起来使用,以确保决策的科学、及时和准确。

复习思考题

一、单项选择题

1.决策要素中起决定性作用的应该是( )。

A.决策信息　　　B.决策环境　　　C.决策者　　　D.决策理论与方法

2.决策过程的第一步是( )。

A.确定目标　　　B.发现问题　　　C.搜集信息　　　D.调查研究、分析情报资料

3.某企业生产某种产品,固定成本为 16 000 元,单位变动成本为 1 000 元,每台售价1 200元,试计算该产品的盈亏平衡点是( )台。

A.60　　　　　　B.12　　　　　　C.75　　　　　　D.80

4.完全不确定型决策和风险型决策的主要区别是( )。

A.风险的大小　　B.可控程度　　　C.能否确定概率　　D.环境的稳定性

5.决策树的构成要素是（　　）。

A.决策点、方案枝、机会点、概率枝、结果点

B.决策枝、方案点、机会枝、概率点、结果点

C.决策点、方案枝、机会点、概率点、结果点

D.决策枝、机会点、状态枝、期望枝、结果点

二、简答题

1.什么是决策？它有什么特点？

2.决策的原则和程序是什么？

3.拟订决策方案时应该注意什么？

4.简述德尔菲法的含义和步骤。

5.尝试作为组织者，拟定一个问题并召集同学运用头脑风暴法进行决策。

6.在实践中如何将定性决策方法与定量决策方法更好地结合起来为决策服务？

 案例讨论

迪斯尼如何不断地翻新花样

从1989年的小美人鱼开始，一系列可爱的动画卡通人物让迪斯尼公司赚得了50亿美元。不论从哪个方面来说，这都是一笔很大的财富，不仅满足了该公司一直想要赢得更为丰厚利润的野心，又很好地利用了那帮"常常让人感到棘手，但你又离不开"的家伙——"有创造力的家伙们"。最重要的是，迪斯尼公司十分注重鼓励各方面员工多想好主意，并利用这些好主意在最后时刻把电影拍摄完成。Peter Schneider，45岁，是负责动画片的总裁。他举了"公演"这个例子，来说明这项为所有员工开展的活动是如何鼓励各方面发表意见的，更别说和首席执行官Michael Eisner一起打乒乓的活动了，他可是个知道什么时候该输的人。

公演活动是怎样让你获得最好的想法的呢？我们的办法是让人们不断地想我们下一步该怎么做。但这幢房子里的许多其他人，包括秘书，也都想发表他们的意见。因此他们一年有三次要向我、Michael Eisner、Roy Disney和我的执行副总裁Tom Schumacher演示他们认为什么样的题材能制作出一部精彩的动画电影。

这帮观众是不是很吓人？不过，有想法的员工可以让同事帮帮忙。开发人员可以帮助他们润色底稿，比如把片子压缩成可以在3～5分钟之内完成的演示片，教他们怎样运用各种可能要用到的图像处理技术等。如果你害怕得要死，还可以让别人在你做演示的时候紧握住你的手。在公演活动这天，一切都非常正式。我们四个人都坐在一张桌子旁，屋子里满

是想发表想法的人,这样所有的人都能够听到所有的想法。当然你不是一个人在那里演示,有一个小组在支持你。我们通常有大约 40 个人要演示。当天早晨我们会随机地抽一些人的名字,所以事先不排定顺序,但每个人都知道什么时候轮到他(她)。

要让员工站起来向 Michael Eisner 说出他们的真实想法还是很困难的,而这才是关键。你必须创造出一种氛围,让员工敢于说出他们的想法。你必须自己先做个榜样。高级经理人有责任说:"Michael,你错了。"当员工看到我们这样说了以后,他们也敢这样说了。

当所有员工把想法都演示完后,我们四个人会讲一讲我们喜欢哪些方面,其他的哪些方面我们不喜欢,等等。有的人可能思路很好,但编出来的故事并不吸引人。我们不能当面一套,背后一套,当面说:"哦,太棒了! 真精彩,小子!"然后等他们走了以后小声说:"这是什么呀,太糟糕了!"你必须和他们进行直接的交流,不要老担心是不是会打击他们的自信心或感情,或者怎样才能做得缓和一些。你必须直截了当地告诉他们为什么这个想法不行,言辞犀利些没什么关系。如果你老是这样做,而且员工也没有被解雇或降职,他们就会明白,不管他们的想法是好是坏,是多么与众不同,都可以说出来,都可以被接受或考虑。

通过公演活动出现了哪几部影片呢? 实际上大多数迪斯尼的动画片都是通过这种方式产生的。那提供最初创意的这个人是否得到奖赏呢? 如果我们买下这个底稿,演示人会得到一笔报酬,和我们付给的第一次加工费一样多(Schneider 不会给特别费用,但通常会在接受底稿和电影投放市场这一段时间总共支付 2 万美元的费用)。

好想法是怎样变成生意的呢? 首先我们为每个故事构思一个核心价值。我讨厌把什么都叫作使命陈述,但我觉得这个核心价值可以这么称呼。核心价值使过程富有创意,我们把它写下来,然后讨论。它并不神秘,也不是虚无缥缈的。我们必须靠它来判断我们的工作是好是坏。我们要描述的故事和我们以前商定的是不是一致的? 你如果没有事先达成统一的目标和方向,就无法管理好任何事。

你们如何达成一致意见呢? 这是一个十分讲究集体合作的过程。我们花了大量时间开会、讨论、论证,并努力达成一致意见。但讨论也不能是毫无时间限制的,我们必须在合适的时间开始电影的制作。

最后期限真能帮你划定实施界限,并在激发创造力方面发挥重要作用吗? 确实,它们是创造力的一项重要因素。如果你让人们在毫无约束的情况下在一张白布上作画,他们想得时间会过长。而设定一个最后期限,比如说"明天 5 时之前,你必须把这个故事构思出来,不管它是好,是坏,也不管它有没有用"。他们就会在那个时候都赶过来,并一起讨论。我们就会有东西可以讨论,而这又会激发出其他想法。

由谁来设定最后期限呢? 谁来管呢? 这说不清楚。当然导演和制片人是管理日常事务的人。但 Michael、Roy、Tom 和我自己都会有很多这样那样的意见。我们四个人经常讨论

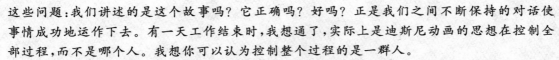

这些问题：我们讲述的是这个故事吗？它正确吗？好吗？正是我们之间不断保持的对话使事情成功地运作下去。有一天工作结束时，我想通了，实际上是迪斯尼动画的思想在控制全部过程，而不是哪个人。我想你可以认为控制整个过程的是一群人。

人们越来越习惯于这种不分我们和他们的思想观念。我们的一位经理人还在去年的午饭时间组织了一次乒乓球锦标赛，胜者可以和 Michael Eisner 及总裁 Mike Ovitz 决赛。他们说："哦，上帝，Michael，在我们楼里打乒乓球呢！哇，我觉得很重要。"我不能肯定他们的原话是不是这样，但在其他什么地方会看到 CEO 和一个业余乒乓球爱好者打乒乓球吗？这个大个子家伙输了比赛，向人们传达了这样一条信息：员工们并不觉得一定得让 Eisner 赢。等级的界限其实在这里已经很模糊，不管你是谁都可以参加。

资料来源：王毅捷.管理学案例100.上海：上海交通大学出版社，2003年.

讨论

1.迪斯尼公司是怎样激发员工的创造力和革新精神的？

2.试描述迪斯尼公司的决策方法。

第五章　计划职能

知识点

1. 理解计划的含义及作用；
2. 熟悉计划的分类；
3. 掌握计划编制的程序；
4. 了解现代计划方法；
5. 掌握目标管理的实施过程。

案例导入

福特的 Focus

福特公司目前已经建立了新世纪的全球发展战略规划。根据该战略规划,福特公司推向市场的第一个产品是 Focus,这是一款四缸节油型中型轿车。福特公司开发 Focus 是为了取代已具有 30 年历史并销售了 2 000 万辆的 Escort。

福特 Focus 是在四个不同的国家中进行生产和组装的,这四个生产地点是德国的萨尔路易斯、墨西哥的埃米希洛、西班牙的巴伦西亚和美国密歇根的韦恩市。福特公司计划每年将生产超过 100 万辆 Focus,并在全球 100 多个国家销售。其设计与以前的车型是完全不同的。在设计过程中,福特公司所采用的关键战略是开发一种全球化平台,汽车 85％的金属外壳设计仍然保留着全球标准化,但 15％则根据当地消费者需要和口味进行调整,使 Focus 的风格与外形经过调整与修改后,适应当地市场的特殊需要与特征。其他的关键性设计特征是使用了智能型空间,这种设计的一个主要目的是为驾驶员提供更多的空间。福特公司认为,Focus 车型的设计是从内部开始的,其结果是,福特 Focus 比其他中型轿车提供了更多的内部空间。

福特 Focus 的目标是在世界市场上使该车型成为销售量的领先者,成为世界性的汽车。目前,Focus 在欧洲和世界其他地方的销售非常理想。事实上,在 2000 年,福特公司在全球大约销售了 100 万辆 Focus。由这种销售量所带来的规模经济使福特公司可以非常低的价格销售福特 Focus。福特 Focus 在 2001 年获得了《车与驾驶员》杂志第 19 届"十佳轿车"评选大奖。高级舒适的座椅,宽敞的内部空间,漂亮的抛光漆,使福特 Focus 在市场中非常具有吸引力。

福特公司对 Focus 的目标定位非常明确——在世界市场上使该车型成为销售量的领先者,成为世界性的汽车。为达到此目标,福特公司提出了"全球思考,地区行动"的战略举措,即其产品既要实现全球范围内销售,实施跨国经营,使之变成世界的,同时又要考虑到不同国家不同民族的不同文化底蕴和不同的审美观与消费需求,实行地区性差异销售。具体来讲,全球性思考体现在:一是 100 万辆车在 100 多个国家销售;二是汽车 85% 的金属外壳设计仍然保留着全球标准化,体现出企业的总体特色的专一性。而地区性行动体现在:一是其生产与组装放在四个不同的国家,体现一种地区的优势特色;二是汽车 15% 的金属外壳设计根据当地消费者的需要和口味进行调整,使 Focus 的风格与外形经过调整与修改后适应当地市场特殊的需要与特征。福特公司保持其汽车产品 85% 的统一标准的好处是,保持了福特的品牌形象与产品特色,以及一贯的质量标准与质量要求,使消费者无论走到哪里,一看到 Focus 就知道并记住"福特",同时又体现了福特的灵活性和以人为本的服务理念。相反,如果采用 100% 的统一标准生产和在世界范围内销售其产品,则不能体现地区行动的战略思维。这种不充分考虑地方特色的行为会直接影响到 Focus 的销售,因为不同地区人们的审美观与消费需求不同,用同一个模式去应对千差万别的消费需求,只会降低其产品的适应能力和市场占有率,最终影响到企业总体目标的实现。

资料来源:余敬,刁凤琴.管理学案例精析.武汉:中国地质出版社,2006.

第一节　计划的含义与作用

计划是管理的一项重要职能,任何管理者都必须制订计划。国家为了确保未来的发展,需要制订五年计划;一个企业为了推出某种新产品,需要制订新产品的开发、销售计划;一个学校为了完成教学任务,需要制订教学计划。对美国 500 家大型企业的调查表明,它们当中有 94% 进行长期计划。

一、计划的含义

对于计划学者们有不同的观点。法国管理学家亨利·法约尔认为,计划是管理的一个基本部分,包括预测未来和在此基础上对未来的行动予以安排;美国学者西斯克(H. L. Sisk)认为,计划工作在管理职能中处于首位,是评价有关信息资料、预计未来的可能发展、拟订行动方案的建议说明的过程;而以诺贝尔经济学奖获得者赫伯特·西蒙为代表的决策理论学派认为计划是组织根据社会需要和自身特点,确定出一定时期的目标和任务,并将这些目标和任务进行分解,落实到组织的具体部门、环节和个人,从而保证组织工作有序进行和组织目标得以实现的过程。

综上所述,计划是指组织根据内外部环境,经过科学预测确定的未来一定时间内的行动目标和实现目标的方案。

计划有广义和狭义之分,广义的计划包括制订计划、执行计划和检查计划执行三个紧密衔接的工作过程;狭义的计划仅指制订计划。本书所讨论的主要是狭义的计划。

二、计划的内容

计划是对未来活动的预先安排,它的内容可以概括为5W1H。

(1)Why——为什么要做? 原因和目的。

(2)What——做什么? 活动与内容。

(3)Who——谁去做? 人员安排。

(4)Where——在什么地方做? 地点。

(5)When——在什么时候做? 时间。

(6)How——怎样做? 手段和方法。

这6个方面是任何一项计划都必须包含的基本内容,缺少其中任何一项,计划都不全面和不完整。

三、计划的特征

(一)目的性

各种计划及其辅助性计划,都应该有助于完成组织的目标。美国著名管理学家哈罗德·孔茨说过,"组织是通过有意识的合作,来完成群体的目标而生存的",而计划就是要为组织制定明确的目标,使组织成员明白他们要完成的是什么。

(二)普遍性

虽然计划工作的特点和范围随着各级管理者的层次、职责不同而不同,但制订计划是全体管理人员的一项必备职能。再聪明的高层管理者,不可能也没必要包揽全部计划工作,否则就不能做到有效管理。高层管理人员只负责制订战略性计划,而那些具体计划则由下级完成。

（三）效率性

衡量一个计划的效率,就是要看这个计划对目标的贡献。这里讲的贡献,是指扣除在制订和实施这个计划时所需要的费用与其他因素后,能得到的总额。如果一个计划为了达到目标,付出了太大的代价,那么这个计划就是低效率的。

（四）创新性

计划往往要解决新的情况、新的问题,寻找新的机会、新的优势,所以制订计划的过程也是创新的过程。组织的发展依赖于成功的计划,成功的计划则依赖于不断的创新。

四、计划的作用

"凡事预则立,不预则废",计划在管理实践中具有重要的作用,计划能使组织明确实现预期目标的路径和方法,正如哈罗德·孔茨所言:"计划工作就像一座桥梁,它把我们所处的此岸和我们要去的彼岸连接起来。"计划的作用具体表现在以下几个方面。

（一）计划为管理提供了依据

管理者在制订计划之后,还需要通过计划进行管理。他们要按计划分派任务,根据任务确定下级的权利和责任,促使组织中全体人员的活动方向趋于一致,从而形成一种复合的、巨大的组织化行为,以保证达到计划所设定的目标。

（二）计划是降低风险、掌握主动的手段

计划是针对未来的,未来则是不确定的,而管理者在制定计划的时候,就要根据过去和现在的信息推测未来可能出现哪些变化,这些变化将对达成组织目标产生何种影响,在变化确实发生的时候,应该采取什么对策,并制订出一系列的备选方案。如果出现变化,就可以及时采取措施,不至于无所适从。通过计划工作,进行科学的预测,可以使管理者保持主动,把未来的风险降低到最小程度。

（三）计划可以促进资源的有效筹措和合理配置

管理活动就是要使组织有限的资源发挥最大效益。为了使组织的目标活动以尽可能低的成本顺利实现,必须在规定时间提供组织活动所需的规定数量的各种资源。资源提供不足,可能导致组织活动中断;而提供数量过多,又会造成资源浪费。计划工作通过规定组织的不同部门在不同时间应从事何种活动,告诉组织成员何时需要何种数量的何种资源,从而促进资源的有效筹措和合理配置。

（四）计划为控制提供了依据

计划和控制是管理的一对"孪生子"，没有控制的计划会产生偏离，没有计划的控制则毫无意义。一切有效的控制方法首先就是计划方法；控制是为了实现目标和计划；来自控制阶段的信息反馈会反映出制订新计划的需要，或者对现行计划提出调整要求。所以，计划为控制提供标准，控制为计划提供保障。

第二节　计划的类型和程序

一、计划的类型

人类的活动十分复杂，而计划包含了任何将来行动的方针，因此计划的种类也是多种多样的。根据不同角度可对计划进行以下分类。

（一）按计划的形式分类

按照计划的具体形式可以将其分为宗旨、目标、战略、政策、规则、程序、规划和预算等，它们的关系可以描述为一个等级层次，如图 5-1 所示。

图 5-1　计划的层次体系

1. 宗旨

宗旨反映的是组织的价值观念、经营理念和管理哲学等根本性问题。企业的宗旨是生产、分配商品或服务;法院的宗旨是解释和执行法律;大学的宗旨是教学研究和育人。世界500强企业都有其明确的宗旨。英特尔(INTEL)公司的宗旨是:"在工艺技术和营业这两方面都成为并被承认是最好的、是领先的、是一流的。"麦当劳公司的宗旨是:"占领全球的食品服务业。在全球范围内处于统治地位及在建立客户满意度标准的同时,通过执行我们'服务便利、增加价值、履行承诺'的战略,提高我们的市场占有率和盈利率。"

2. 目标

目标是任何一项活动的预期结果,它不仅代表计划的终点,而且也代表组织、领导和控制等各项职能所要达到的终点。组织中各个管理层次都要建立自己的目标,组织的低层次目标必须与组织的高层次目标保持一致。

3. 战略

战略是为实现组织的长远目标所选择的发展方向、确定的行动方针和资源分配方案的总纲。战略的目的是通过一系列的主要目标和政策来决定组织的未来发展,为组织提供指导思想和行为框架,至于如何完成目标,则是无数主要的和次要的辅助性计划的任务。世界早已进入战略制胜的时代,战略的运用非常关键。例如,日本的汽车公司为了进入欧美市场,早就制定了在石油短缺情况下的发展战略,尽量开发节油型小轿车;而在20世纪60年代末期,美国汽车工业三大巨头——通用、福特和克莱斯勒几乎不约而同地作出了集中生产体积大、耗油多轿车的决策。石油危机爆发后,这三家企业无法应付市场的突变,而日本的汽车公司却如鱼得水,最终登上了轿车市场的霸主地位。

4. 政策

政策是预先确定的用来指导或沟通决策过程中的思想和行为的一种限定活动范围的计划。它规定了组织成员行动的方向和界限。

政策具有以下特点。

(1)政策是多层次的、全面的。各层次、各部门都有自己的政策,从组织的重大政策、部门的主要政策到基层单位的小政策。这些政策相互协调,服从组织整体利益。

(2)稳定性和明确性。政策一旦确定,就要持续到新的政策出现为止。政策还应该用文字明确地表示出来。

(3)政策要有灵活性。政策应该允许对某些事情有酌情处理的自由,否则就成为规则了。因为政策制定者不一定是政策的执行者,而为了充分调动下级的积极性,应尽可能发挥他们的判断能力,使他们作出更合乎实际的决定,政策应该灵活一些。

5.规则

规则是一种形式最简单的计划,明确规定了必须行动和非必须行动,如"按时到岗"、"禁止吸烟"等。与政策相比,政策具有指导性,并有酌情处理的余地;而规则更具强制性,必须遵守。

6.程序

程序是指按时间顺序对必要的活动进行的安排。它是行动指南而不是思想指南,为管理中反复出现的活动确定一个标准。例如,董事会要遵循一定的议事程序,财务部门要有一定的预算审批程序,人事部门要有一定的人员录用程序。与规则相比,程序具有时间顺序,其实质就是按时间顺序排列的一系列规则。

7.规划

规划是一项综合性计划,包括目标、政策、程序、规则、任务分配、执行步骤、资源分配等内容。规划通常都有预算支持。规划有大有小,主要规划以派生的辅助性规划为基础,长期规划以中短期规划为基础。规划之间应该相互协调,如果辅助性规划的任何环节出现问题,都会延误主要规划的完成时间或造成不必要的费用和利润损失。

8.预算

预算是用数字表示预期结果的一份报表。它是"数字化"的计划,使管理者能够更为精确地执行计划。因为预算是量化的计划,使控制有了明确的标准,所以预算也是一种重要的控制方法。

(二)按计划期限分类

按计划期限可以把计划分为长期计划、中期计划和短期计划。

(1)长期计划。长期计划一般是组织的长远目标、大政方针,具有纲领性。

(2)中期计划。中期计划来自于长期计划,但更为具体详细,衔接了长期计划和短期计划。

(3)短期计划。短期计划比中期计划更为具体和详细,是基础性的计划,具有很强的可操作性,能满足具体实施的需要。

一般来说,人们习惯把5年以上的计划称为长期计划,1~5年的计划称为中期计划,1年以下的计划称为短期计划。但这也是相对的划分,不同的组织计划期限有很大差异。例如,一个航天项目的短期计划可能也需要5年,而一家服装厂的长期计划也许只有1年。

（三）按计划层次分类

按计划制定者的层次可以把计划分为战略计划、管理计划和作业计划。

1.战略计划

战略计划是由高层管理者制定的，它是确定组织主要目标及基本政策的一种总体规划。战略计划的特点如下。

（1）要以组织与环境的长期关系为核心。一次计划可能涉及面很广，能决定相当长时期各种资源的运动方向。

（2）战略计划是指导性计划，所以有很多因素无法量化。

（3）战略计划一般具有单值性，仅使用一次。

2.管理计划

管理计划是由中层管理者制定的，是为实现战略计划而制定的确切目标和政策，具有较大的灵活性。战略计划与管理计划的关系是全局与局部、长远利益与当前利益的辩证统一。战略计划以问题为中心，而管理计划以时间为中心。

3.作业计划

作业计划是由基层管理者制定的，它是以战略计划和管理计划为指导，在时间预算、工作程序、利润、产量等更为具体的目标上制定的能满足实施需要的计划。作业计划所涉及的时间跨度短，可以安排到每一天的工作，计划任务具体明确并有可操作性。与战略计划相比，其风险程度低得多。

（四）按计划对象分类

按计划对象可以把计划分为综合计划、局部计划和项目计划。

1.综合计划

综合计划是包含多方面内容、多个目标的全局性计划。例如，一个企业组织的主要活动可以概括为"人财物，供产销"六个方面，而综合计划涉及人事计划、劳资计划、供应计划、生产计划、销售计划、财务计划、成本计划等几乎所有内容，如预算年度计划就是一个综合计划。综合计划的编制应放在首要位置，因为它可以使各个部门计划相互联系、相互协调，使资源在各个部门合理分配。

2.局部计划

局部计划是指各种职能部门制订的职能计划及执行计划的部门制订的部门计划，是综合计划的一个子计划。例如,财务计划研究如何从资本的提供和利用上促进综合计划的有效进行;人事计划分析如何为综合计划中组织规模的维持和扩大提供人力资源保证。应该注意,各局部计划也有相互制约的关系,如资源供应计划会影响生产计划和销售计划的制订。

3. 项目计划

项目计划是针对组织的特定课题作出决策的计划。例如,某种新产品的开发计划、企业的扩建计划、职工俱乐部的建设计划等都是项目计划。项目计划可以为管理者提供一个系统的文字记录程序,使其能够发现那些需要完成的任务并确定该项任务的紧迫程度,给每个人分配任务,以及根据确定的期限监督任务的进展情况。

(五)按计划的约束力分类

按计划的约束力可以把计划分为指导性计划和指令性计划。

1. 指导性计划

指导性计划是由上级部门下达的具有参考作用的计划,只规定出某些一般的方针和原则,给予下级较大的自由处置权。下级单位可以根据本单位的实际情况来决定是完全执行还是部分执行。例如,新产品开发中指导性计划可能规定在今后 2～3 年内开发出几种适用于某个领域的具有竞争力的产品,但没有明确何种产品、具体何时完成。

2. 指令性计划

指令性计划是指由上级部门下达的具有行政约束力的计划,有明确规定的目标,下级单位要完全遵照执行,努力完成计划任务。与指导性计划相比,它的可操作性和可控制性更强。新产品开发中,指令性计划可能会规定两年内要开发出何种产品、具体的研发方案、具体由谁完成等。

根据以上原则分类是为了研究问题方便,实际上任何一种计划都可能具有其他分类原则下某种计划类型的特征。

二、计划的程序

美国管理学家彼得·德鲁克说过:"计划如果不能变为行动,那它是无用的。"计划编制本身也需要变为行动,任何完整计划的编制,无论是大型计划还是小型计划,都必须经过估量机会、确定目标、确定前提条件、拟订可供选择的方案、评价备选方案、选择方案、拟定辅助性计划和编制预算几个步骤,只是小型计划的某些步骤容易完成而已。计划的程序如图 5-2 所示。

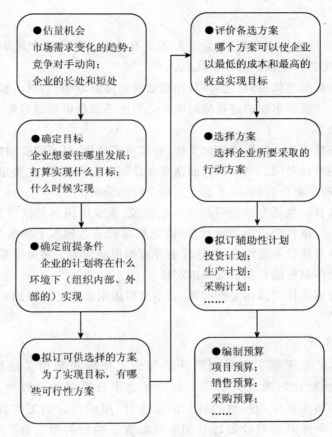

●估量机会
市场需求变化的趋势；
竞争对手动向；
企业的长处和短处

●确定目标
企业想要往哪里发展；
打算实现什么目标；
什么时候实现

●确定前提条件
　企业的计划将在什么
环境下（组织内部、外
部的）实现

●拟订可供选择的方案
　为了实现目标，有哪
些可行性方案

●评价各选方案
　哪个方案可以使企业
以最低的成本和最高的
收益实现目标

●选择方案
　选择企业所要采取的
行动方案

●拟订辅助性计划
投资计划；
生产计划；
采购计划；
……

●编制预算
项目预算；
销售预算；
采购预算；
……

图 5-2　计划的程序

（一）估量机会

在编制计划之前,先应该对组织所处的外部环境和组织的内部条件进行认真分析,结合自身的优势和劣势来确定组织所处的地位,对未来可能的机会进行实事求是地判断,这样才会确立切合实际的目标。如果是制订战略性计划,就可以用 SWOT 分析法。这种方法是管理人员对组织的优势（Strengths）和劣势（Weaknesses）、环境中的机会（Opportunities）和威胁（Threats）进行确定,然后根据"利用机会、抵制威胁、建立优势、改善劣势"的原则制订出一套能够实现组织目标的计划。

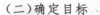

（二）确定目标

目标是组织活动的出发点和归宿，它支配着所有计划。确定整个组织及下属各部门的目标十分重要。确定目标应该注意以下几点。

（1）体现组织目标的整体协调。整体目标确定后还要确定部门目标，较小部门甚至个人也要有自己的目标，这就要求在确定目标时既要适当给下属自由掌握目标的权力，又要使整体目标一致，形成合力。

（2）目标必须具体明确。目标不能太笼统，要尽可能量化，以便检验和控制。

（3）选择适当的目标时间。完成目标的期限在计划中应该明确，在决定这个期限时应该充分估计实际工作所需要的时间，而不能受其他条件的影响。

（4）既要有定性目标也要有定量目标。一般来说，企业组织更关注定量目标，如销售部门往往只注重销售额、销售费用等定量目标，而忽视像营销管理水平的提高、员工的职业生涯规划、营销培训体系建设等定性目标，这样会导致销售经理为了完成定量目标而透支企业所有资源，使企业总体目标或长期目标难以实现。

（5）目标应该有现实性。目标定得太低，就不会对组织成员产生激励；定得太高，又会挫伤组织成员的积极性。

（三）确定前提条件

计划前提条件是关于要实现计划的环境假设。把握和利用关键性的计划前提条件，并设法使参与编制计划的人员取得一致意见是十分重要的。因为凡承担编制计划的人越彻底地理解和同意使用一致的计划前提条件，组织的计划工作就越协调和有效。这里的关键性前提条件是指对计划的贯彻实施最有影响的假设条件。预测在确定计划前提条件方面很重要，如对经济形势的预测，一般情况下，经济形势的好坏会对销量产生一定的影响；还有对政策的预测，税收政策、价格政策、信贷政策、能源政策、技术政策都与企业目标的实现息息相关。

（四）拟订可供选择的方案

实现目标的途径不是单一的，因此先应该尽可能找到可供选择的方案，然后减少可供选择方案的数量，以便节省精力，找到最经济、最合算、最有希望的方案。

（五）评价备选方案

确定可供选择的方案后，就要根据计划目标和前提来权衡各种因素，比较各个方案的优劣，对各个方案进行评价。评价实质上是一种价值判断，它一方面取决于评价者所采用的标

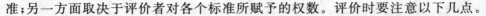

准；另一方面取决于评价者对各个标准所赋予的权数。评价时要注意以下几点。

（1）注意发现各个方案的制约因素，制约因素是指那些妨碍目标达成的因素。

（2）既要考虑到许多有形的、可用数量表示的因素，也要考虑到许多无形的、不能用数量表示的因素。

（3）要用总体的效益观点来衡量各个方案，以保证各部门利益的协调，从而顺利实现组织的总体目标。评价方案的方法可以采用运筹学中的矩阵评价法、层次分析法及多目标评价法。

（六）选择方案

选择方案是计划程序中最关键的、最实质性的一步。不同性质的组织选择的依据也不同，政府往往依据公平和效率进行选择，企业则依据成本和效益进行选择。选择通常都是建立在经验、研究分析和实验的基础上。经验是最好的老师，某一项已成功的计划，如果重要的因素没有变化则没有理由相信同样的计划会失败。而研究分析要建立数学模型，这样更为准确和简化。实验和试点可以解决一些依靠经验和数学分析不能作出正确决定的问题。有时候，可供选择的方案有两个，这时必须确定一个首选方案，而将另一个方案进行完善后作为备选，这样可以增加计划工作的弹性。

（七）制订辅助性计划

辅助性计划就是总计划下的分计划，如一家高校的发展战略计划中有招生计划、学科建设计划、校园建设计划、学习计划、教师培训计划等辅助性计划。总体计划要靠辅助性计划来支持，而辅助性计划又是总体计划的基础。

（八）编制预算

编制预算是使计划数字化。组织的资源是有限的，预算实质上是资源的分配计划，是组织各种计划的综合反映，同时又是衡量计划完成情况的重要标准。它既是计划职能的一部分，又是控制职能的一部分。企业的全面预算体现为收入和支出的总额、所获得的利润或者盈余及主要资产负债表项目的预算。

第三节　现代计划方法

计划工作的效率和质量与计划方法有直接的关系，在广泛应用的现代计划方法中，这里主要介绍以下几种。

一、目标管理法

(一)目标管理的背景

目标管理又称成果管理或标的管理,是由美国管理学家彼得·德鲁克教授于1954年在《管理的实践》一书中首先提出的。他主张采用行为科学理论及人性参与管理的方法,使各级主管和部属共同协商,制定共同目标,确定彼此的成果责任,并自我控制、自我评核,借以激励组织成员的责任心与荣誉感,发挥工作潜能。

目标管理的基本思想是:组织必须明确自身的发展目标;目标的实现完全取决于如何管理;每项业务目标都必须同整个组织的目标一致;必须根据为实现目标所做贡献的大小进行考核和奖励;充分实行权力下放和民主协商,让职工自己管理自己,独立自主地完成目标。我国从20世纪80年代初引进目标管理技术,在一些大型企业和社会组织中试行,取得了显著的成效。目前,目标管理已经成为我国各级政府、各类企事业组织普遍使用的一种行之有效的管理方法。

(二)目标管理的特点

1. 明确目标

美国马里兰大学的研究发现,在许多公共组织中,目标含糊不清对管理人员来说是一件难事。明确的目标比只要求人们尽力去做有更好的效果,高水平的业绩是与高目标相联系的。

2. 参与决策

传统的目标制定采用自上而下的方式,由组织管理者制定出组织目标并层层分解落实到组织的多个部门;而目标管理采用参与方式决定目标,主张由上级和下级共同协商讨论确定。这样,目标的实现者也是目标的制定者,在组织中形成了一种民主、平等、参与的宽松氛围。

3. 自我控制

倡导目标管理,就必须相信人是社会人和"Y理论",要具备新的人性观,即人并非生来就是懒惰的,要求工作是人的本能;在适当条件下,人们不但愿意并且能够主动承担责任;个人目标与组织目标能够统一;个人对所参与的工作目标能实行自我控制。

（三）目标管理的过程

目标管理在实际中的运作可以分为以下 3 个阶段。

1. 建立目标体系

实现目标管理首先要建立一套完整的目标体系。组织应该在对其内部条件和外部环境充分分析研究的基础上，通过上下沟通，反复商讨、评议、修改，将组织的总目标分解到各部门、各单位，直至员工个人，保证每个部门都有明确的目标，每个目标都有人员负责。在制定目标时，管理人员也要建立衡量目标完成的标准，并把衡量标准与目标结合起来。

2. 组织实施

目标管理重视结果，强调自主、自治和自觉，但这并不等于高级管理者可以放手不管。相反，由于已经组成了目标锁链和目标系统，一环失误可能牵动全局，因此高级管理者在目标实施过程中的管理工作是不可缺少的。斯蒂芬·P·罗宾斯（Stephen P. Robbins）的研究表明，若高层管理者对目标管理高度负责，并且亲自参与目标管理的实施过程，生产率的平均改进幅度达 56%；而高层管理者对目标管理是低水平的承诺和参与，生产率的平均改进幅度仅为 6%。组织实施目标管理的过程中，高层管理者应该注意三点：要进行定期检查，这种检查应是外松内紧，利用双方经常接触的机会和正常的信息反馈渠道自然地进行；高层管理者要以指导、协助和提供信息为主，不能随意训斥、指责下级，更不能推卸责任；高层管理者要把更多的权力交给下级人员，充分依靠执行者的自我控制来完成目标任务。

3. 检查和评价

对各级目标的完成情况，企业要进行定期检查，方式可以采取自检、互检和责成专门的部门进行，检查的依据就是事先确定的目标。对于最终结果，应当根据目标进行评价，并根据评价结果进行奖罚。一般来说，应由下级提出书面报告，上下级一起对目标的完成情况进行考核，作出对工资的增加或减少、职务的提升或降免的决定，并同时讨论下一轮的目标，开始新循环。如果目标没有完成，就要分析原因，总结教训，切忌相互指责，以保持彼此信任的气氛。

二、滚动计划法

滚动计划法是一种将短期计划、中期计划和长期计划相结合的动态编制计划的方法，适用于长期计划和有确定因素的计划。其编制方法是在已编制出计划的基础上，每经过一段固定的时期（如一年或一个季度，这段固定的时期就称为滚动期），便根据变化了的环境条件和计划的实施情况,从确定要实现的计划目标出发,对原有计划进行调整,每次调整时保持原计划期限不变,而将计划期顺序向前推进一个滚动期。这种"近细远粗"计划的连续滚动,既切合实际,又使计划有弹性,避免由于变化所造成的不确定性而产生的负面影响。图 5-3 为滚动计划法的示例。

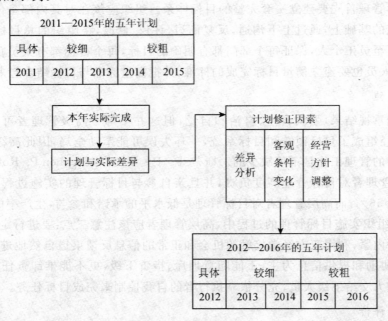

图 5-3　五年滚动计划

三、网络计划技术

网络计划技术是运用网络图的形式来组织生产和进行计划管理的一种科学方法,适用于规模大、环节多、建设周期长的大型项目。

网络计划技术是在关键路径法(Critical Path Method,CPM)和计划评审技术(Program Evaluation and Review Technology,PERT)两种计划技术的基础上发展起来的。CPM 借助于网络表示各项工作与所需时间及各项工作的相互关系,通过网络分析研究工程费用与工期的相互关系,并找出在编制计划时和计划执行中的关键路线,主要应用于以往在类似工程中已经取得一定经验的承包工程。1957 年美国兰德公司为杜邦公司在建造一座新的化工厂时采用此法,第一年就为杜邦公司节省了 100 多万美元。PERT 同样应用了网络分析方法与网络计划,但更注重对各项工作安排的评价和审查,更多地应用于研究和开发项目。1958 年美国海军武器部采用此法,使北极星导弹的工程工期由原计划的 10 年减少为 8 年,节约了 10%～15% 的成本。20 世纪 60 年代我国也开始推广这种技术,当时称为统筹方法。CPM 和 PERT 虽然有一定的差别,但基本原理都是通过网络的形式对项目进行优化,因此将这两种方法统称为网络计划技术。网络计划技术的具体做法如下。

（一）网络图的制定

假设某项工程的各个工序与所需时间及其之间相互关系如表 5-1(表中的时间与顺序根据有关资料和经验等提前做出)所示。

表 5-1　某工程基本资料

工序	工序代号	所需时间/天	紧后工序
产品设计与工艺设计	a	60	b,c,d,e
外购配套件	b	45	l
下料、锻件	c	10	f
工装制造 1	d	20	g,h
木模、铸件	e	40	h
机械加工 1	f	18	l
工装制造 2	g	30	k
机械加工 2	h	15	l
机械加工 3	k	25	l
装配调试	l	35	/

1. 网络图的构成

网络图由工序、事项和路线 3 个主要部分及辅助部分(即虚工序)构成。

(1)工序,是指一项需消耗时间、资源和人力才能完成的作业活动,通常用箭头"→"表示,箭杆上方标明工序名称,下方标明工序所需时间。

(2)事项,是一个或若干个工序的开始或结束,是相邻工序在时间上的分界点,不消耗时间和资源,用圆圈和里面的数字表示,数字是节点的编号。

(3)路线,是指从始点事项顺着箭线到达终点事项的各条通道。根据表 5-1 所给的条件可以做出如图 5-4 所示的网络图。

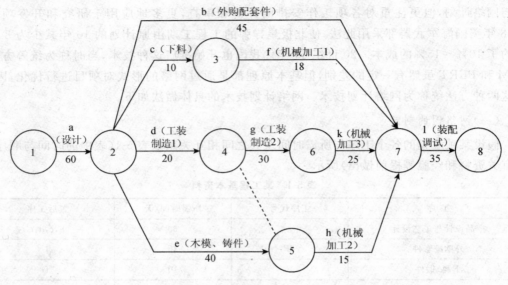

图 5-4 网络图

2.绘制网络图应注意的问题

为了正确反映工程中各个工序的相互关系,在绘制网络图时,应注意以下几点。

(1)紧前工序和紧后工序。例如,在图 5-4 中,只有工序 a 结束后,工序 b、c、d、e 才能开始,工序 a 是工序 b、c、d、e 的紧前工序,工序 b、c、d、e 则是工序 a 的紧后工序。

(2)虚工序。虚工序是为了用来表达相邻工序之间的衔接关系而实际并不存在的工序,如图 5-4 中④→⑤工序 d 结束后,工序 h 才能开始。(3)平行作业。在工艺流程和生产组织条件允许的情况下,某些工序可以同时进行,即平行作业。在图 5-4 中,工序 b、c、d、e 即可平行作业。应该注意的是,在工序平行作业结束后转入下一个工序的情况下,考虑到便于计算网络时间和确定关键路线,选择在平行作业的几个工序中所需时间最长的一个工序,直接与其紧后工序衔接,其他工序则用虚工序与紧后工序衔接。

(二)确定关键路线

在各条路线上,完成各个工序的时间之和是不完全相等的,其中完成各个工序所需时间最长的路线就为关键路线。掌握和控制关键路线是网络技术的精华。图 5-4 中各路线组成及所需时间如表 5-2 所示。

表 5-2 某工程路线时间

路线	路线组成	各工序所需时间之和/天
1	1→2→7→8	60＋45＋35＝140
2	1→2→3→7→8	60＋10＋18＋35＝123
3	1→2→4→6→7→8	60＋20＋30＋25＋35＝170
4	1→2→4→5→7→8	60＋20＋15＋35＝130
5	1→2→5→7→8	60＋40＋15＋35＝150

从表 5-2 可知,第三条路线为关键路线,组成关键路线的工序就为关键工序。如果能够缩短关键工序所需时间,就可以缩短工程的完工时间。因此,对关键工序要优先安排人、财、物等资源、尽量压缩所需时间,对于非关键路线上的工序,只要不影响工程完工时间,则可以尽量调整资源支持关键路线,以达到合理利用资源、缩短工期的目的。

（三）选择最优方案

确定关键路线后,得到一个初始方案,通常还要经过调整和完善,根据各个作业之间的关系综合平衡后得出最优方案。

四、投入产出法

投入产出法是由美国哈佛大学教授瓦西里·里昂惕夫（Wassily Leontief）在 1936 年提出的,这是一种应用极为广泛的现代计划方法。它不仅适用于国民经济各部门等宏观层次计划的制订,还适用于企业生产经营活动等微观层次计划的制订。这种方法的核心是一张根据调查和统计结果精心编制的投入产出表。其基本原理是,任何系统的经济活动都包括投入和产出两大部分,投入是指社会在组织物质生产时对各种原料、燃料、动力、辅助材料、机器设备及服务等的生产性消耗;产出是指生产出来的产品数量及其分配去向。从全社会角度看,总投入等于总产出。投入产出法就是根据这种数量关系编制投入产出表,建立投入产出模型,以此对投入与产出的数量关系进行科学分析,反映国民经济各部门再生产环节的内在联系。

投入产出表蕴涵着精深的经济学思想,但其基本形式却非常简单。其基本形状为曲尺形,就像一个横条和竖条交叠在一起,是两张统计表的组合。表 5-3 是一张价值型投入产出表(产品部门×产品部门表)。

表 5-3　投入产出表(产品部门×产品部门表)

产出＼投入	中间使用		中间使用合计	最终使用								出口	最终使用合计	进口	总产出
	产品部门1	…… 产品部门n		最终消费					资本形成总额						
				居民消费		政府消费	合计		固定资本形成额	存货增加	合计				
				农村居民消费	城镇居民消费	小计									
中间投入　产品部门1 ┆ 产品部门n	第Ⅰ象限			第Ⅱ象限											
中间投入合计															
增加值　劳动者报酬　生产税净额　固定资产折旧　营业盈余　增加值合计	第Ⅲ象限			第Ⅳ象限											
总投入															

表 5-4　标有数学符号的投入产出简表

产出＼投入	中间使用				合计	最终使用	总产出
	1	2	……	n			
中间投入　1	x_{11}	x_{12}	……	x_{1n}	W_1	Y_1	X_1
中间投入　2	x_{21}	x_{22}	……	x_{2n}	W_2	Y_2	X_2
┆	┆	┆		┆	┆	┆	┆
n	x_{n1}	x_{n2}	……	x_{nn}	W_n	Y_n	X_n
合计	C_1	C_2	……	C_n	C	Y	X
增加值	N_1	N_2	……	N_n	N		
总投入	X_1	X_2	……	X_n	X		

　　为简单起见,通常使用标有数学符号的投入产出表,见表 5-4。第 I 象限是由名称相同、排列次序相同、数目一致的若干个产品部门纵横交叉而成的 n 行 n 列的流量矩阵,其主栏为中间投入,宾栏为中间产出或中间使用。其每一元素 X_{ij} 都具有双重意义,从横行的方向反映产出部门的产品或服务提供给各投入部门作为中间使用的数量;从纵列的方向反映投入部门在生产过程中消耗各产出部门的产品或服务的数量。这一部分充分揭示了国民经济各部门之间相互依存、相互制约的技术经济联系,反映了国民经济各部门之间相互依赖、相互提供劳动对象以供生产和消耗的过程,是投入产出表的核心。

　　第 II 象限是第 I 象限在水平方向上的延伸,主栏和第 I 象限部门分类相同;宾栏是投资、消费等最终使用。第 II 象限描述了已退出或暂时退出本期生产的产品和服务的过程,体现了国内生产总值经过分配和再分配后的最终使用。

　　第 III 象限是第 I 象限在垂直方向上的延伸,主栏是固定资产折旧、劳动者报酬、生产税净额、营业盈余等各种最初投入;宾栏的部门分组与第 I 象限相同。此象限反映各产品部门的最初投入(即增加值)的构成情况,体现了国内生产总值的初次分配。

　　第 I 象限和第 II 象限组成的横表,反映国民经济各部门的产品或服务的使用去向,即各部门总产出的中间使用和最终使用的数量。

　　第 I 象限和第 III 象限组成的竖表,反映国民经济各部门在生产经营活动中的各种投入来源及产品价值构成,即各部门总投入的中间投入和增加值的数量。

　　第 IV 象限位于表的右下方,通常认为是反映国民经济中再分配关系的。但由于再分配关系的复杂以及资料搜集的困难,目前它仍为一个空象限。

　　根据投入产出表中各部门之间的关系,可以开发出各种模型,用以分析经济关联和复杂影响。例如,只要规划出计划期末的最终产品数量、构成和分配比例,即确定出最终产品,就可以将计划期内各部门的总产品(生产值)数量预测出来,这样就为各部门制订计划提供了依据。

五、经济计量学方法

　　经济计量学的开拓者是挪威经济学家、第一届诺贝尔经济学奖得主费里希(R. Frisch)和荷兰经济学家、统计学家丁伯根(J. Tinbergen)。这种方法以数理经济学和数理统计学为理论基础和方法论基础,以客观经济系统中具有随机性特征的经济关系为研究对象,用数学模型方法研究具体的经济变量关系,然后把计量的结果和实际情况进行对照。经济计量学在实际应用中一般有以下步骤。

（一）建立模型

经济计量模型是对现实经济系统的数学抽象，要求认真分析构成系统的要素和外部条件，坚持定性分析与定量分析相结合，建立规模适度的模型。

（二）估计参数

估计参数是指根据样本数据和方程的随机干扰项的统计性质，选择适当的统计估计方法，正确确定模型的参数值。

（三）检验模型

检验模型包括两方面的工作，一是统计检验，即通过计算某些特定的统计量来判别模型参数估计量的统计性质；二是运用经济理论知识或经验判断方法和计算机仿真技术判断模型参数估计量的可信度及模型的功效等。

（四）应用模型

应用模型是经济计量工作的最终目的，它包括运用模型作出经济预测、进行经济结构分析、评价经济政策和通过政策模拟提供制定经济政策的依据等内容。

近些年来，经济计量学理论和方法都有长足发展，如美国著名经济学家萨缪尔森所说："第二次世界大战后，经济学是经济计量学的时代。"经济计量学应用到计划工作中，能够使计划更加完善、更加科学。

本章小结

1. 计划是指组织根据内外部环境，经过科学预测确定的未来一定时间内的行动目标和实现目标的方案。

2. 计划职能的特征包括目的性、普遍性、效率性和创新性。

3. 计划职能在管理中的重要作用是，为管理提供依据；是降低风险、掌握主动的手段；可以促进资源有效筹措和合理配置；为控制提供了依据。

4. 计划按不同的标准可以分为多种类型：按形式分为宗旨、目标、战略、政策、规则、程序、规划、预算等；按期限分为长期计划、中期计划和短期计划；按层次分为战略计划、管理计划和作业计划；按对象分为综合计划、局部计划和项目计划；按约束力分为指导性计划和指令性计划。

5. 计划工作的一般步骤是估量机会；确定目标；确定前提条件；拟订可供选择的方案；评

价备选方案;选择方案;制订辅助性计划;编制预算。

6.目标管理是目前普遍使用的行之有效的管理方法,它主张设定目标要明确,制定目标要民主,组织成员能做到自我控制。

7.现代计划方法中的滚动计划法、网络计划法、投入产出法、经济计量法都被广泛应用于实际工作中。

复习思考题

一、单项选择题

1.在行动或工作之前预先拟定组织目标和行动方案是管理的(　　)。

A.领导职能　　　　B.组织职能　　　　C.控制职能　　　　D.计划职能

2.计划是控制的(　　)。

A.纽带　　　　　　B.展开　　　　　　C.标准　　　　　　D.目的

3.目标管理的特点是(　　)。

A.强调监督　　　　B.强调过程控制　　C.参与试管理　　　D.权力集中

4.计划制订中的滚动计划法是动态的、灵活的,它的主要特点是(　　)。

A.按前期计划执行情况和内外环境变化,定期修订已有计划

B.不断逐期向前推移,使短、中期考虑有机结合

C.按近细远粗的原则来制定,避免对不确定性远期计划过早过死的安排

D.以上三方面都是

5.计划评审技术是一种利用(　　)制订计划的技术。

A.预算　　　　　　B.程序　　　　　　C.网络图　　　　　D.统计资料

二、简答题

1.计划的含义及特征是什么?

2.计划的作用是什么?

3.确定目标应该注意什么?

4.简述计划的编制过程。

5.目标管理的过程是什么?

案例讨论

通用电气公司的战略计划

通用电气公司是美国最大的电气公司。该公司拥有职工近40万人,制造、销售和维修的产品约13万种,其中包括飞机引擎、原子反应堆、医疗器械、塑料和家用电器等,业务范围遍及144个国家和地区。1978年,公司的销售额约达200亿美元,利润超过了10亿美元,其中40%来自国际市场。但是,随着规模的不断扩大,公司需要制订新的计划以不断适应形势的变化。

1.战略计划的由来

由于通用电气公司的规模越来越大,产品的种类越来越多样化,公司在经营管理上,面临着以下几个关键问题:一是冒一定的风险使利润迅速增长,还是使利润持续不断低速增长;二是需要一个分权式的组织机构以保持组织上的灵活性,还是建立一个集权式的组织机构以加强对整个公司的控制;三是如何对付环境、技术和国际等方面的新挑战。经过研究,通用电气公司选择了利润高速增长的经营战略。但是,怎样管理这样一个机构,并对付来自环境、政治、经济、技术和国际上的各种挑战?通用电气公司的答案是需要制定战略性计划。

通用电气公司管理制度的演变大体经过了3个阶段。

(1)20世纪六七十年代的分权时期,促进了该公司的业绩增长和经营的多样化。

(2)20世纪70年代战略计划的制订,使公司扩大了规模,增加了产品的种类并使利润持续不断地增长。而战略计划的重点就是建立战略计划经营单位,以及把各个下属单位的战略需要和整个公司的财源分配战略结合起来。

(3)20世纪80年代公司进入了第三个时期,即战略经营管理时期。

在20世纪60年代,通用电气公司有一个高度分权的利润中心结构。这种结构共分4层,最下层是事业部,共有175个,每个事业部都有一个利润中心。这些事业部由45个部管辖,而这45个部又由10个大组管辖,这10个大组形成最高管理层,它们向公司最高办公室报告工作。最下层部分的销售额,一般不超过5 000~6 000万美元,如果超过这个限度,这个事业部就分为两个事业部。当时,在通用电气公司占统治地位的管理哲学是控制幅度,这个幅度要"小到一个人足以管理得起来的程度"。这套高度分权的利润中心结构,在20世纪60年代曾极大促进了公司的发展。

随后通用电气公司碰到了一个新问题,即公司的销售额大幅度增长了,但每股的红利并没有随着增长,与此同时,公司的投资报酬率也下降了。出现这种情况的原因是:①由于事业部数目的猛增,事业部之间在竞相使用各种资源时发生了重复努力;②在繁荣时期,没有对公司各下属企业的前途进行充分的比较就进行投资,而实际上并非所有下属企业都需要投资。有些企业应该尽力使其利润不断增长,但由于这些企业可能在将来被淘汰,因此不需要大量投资;而另一些企业因为很有发展前途,则应为其今后的发展大量投资。

鉴于上述情况,通用电气公司开始革故鼎新。从 20 世纪 70 年代初期开始,公司制订了战略性计划,并建立了一套制定战略性计划的机构、程序。

2. 制订战略计划的机构、程序

从组织机构来说,通用电气公司在传统的事业部和大组的机构之上,又建立了一种制订计划的结构——战略(计划)经营单位。这些经营单位的规模不一,大组、部、部门都可成为战略经营单位,全公司共建立了 43 个战略(计划)经营单位。从定义上来说,一个战略(计划)经营单位,必须有一致的业务、相同的竞争对象,有市场重点及所有的主要业务职能(制造、设计、财务和经销),所有业务都由战略(计划)经营单位的经理负责。在建立战略(计划)经营单位之后,通用电气公司就形成了双重结构和双重任务,即新建的战略(计划)经营单位是计划机构,其职责是制定战略,原有的组织机构的任务是执行战略。

建立了制定战略的机构之后,下一步就是采用一种制订计划的程序。制订战略计划的程序,主要是靠一步一步地进行分析。例如,在观察外界环境时,通用电气公司考虑到社会、经济、政治和技术发展趋势,在过去和将来如何影响市场、顾客、竞争对手和供应厂商,并由此可找出发展机会和对公司的威胁。当分析到本公司的资源时,应考虑到本公司酝酿、设计、生产、销售、资金和管理等方面的能力,由此可以找出本公司的强点和弱点。在分析企业目标时,应考虑公司股东、贷方、顾客、雇员、供应商、政府和社会的期望,并辨别出每一个因素是如何指导或限制着企业发展的。总之,这个过程所强调的是进行全面的分析,在分析时将一切因素考虑进去。该公司认为,经过这种分析,就会出现非常有效的战略。

制订战略计划过程中的每个分析步骤,也使通用电气公司找到了发展业务和进行多样化生产的机会。通用电气公司下属的战略计划经营单位下决心兼并了考克斯广播公司,这使得通用电气公司在广播和可视电报方面有了新的市场。公司之所以如此快地进行这次兼并,是由于通过战略性的分析,预计到在这方面有发展机会。同样,对其他国际公司的兼并,也是出自战略上的考虑。

3. 20 世纪 80 年代的战略管理

为了应付迅速变化的外界环境,公司将保留计划机构和生产组织这种双重结构。为了应付日益扩大的规模,公司建立了一个新的管理层——大部。这个管理层介于公司执行办公室和每个单独的战略计划经营单位之间。全公司共分六个大部,即消费品和服务大部、产

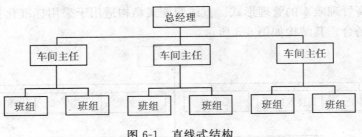

图 6-1 直线式结构

（二）职能式结构

职能式结构又称为多线式结构。这种结构的基本特点是,按照职能专业化分工的管理原则来取代直线式结构"全能式"管理。这种组织结构的具体做法是,在各级主管的直线领导下,按照专业化分工的原则来设置具体的职能机构与职能人员,其在协助主管人员工作的同时,又在各自的业务范围内有权向下级单位或人员发布命令,实行的是多头领导的上下级关系。

职能式管理能适应现代组织管理工作分工较细的特点,每个管理人员可以专司其职,精益求精,最大限度地发挥专业化管理的作用,减轻直线领导的工作负担。但是这一管理结构也存在一些缺点,如下级部门往往感到上级过多,各部门职能权限不明确等。其结构如图 6-2 所示。

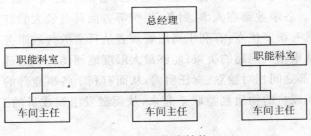

图 6-2 职能式结构

（三）直线职能式结构

将直线式结构与职能式结构的优点结合起来就演化成为直线职能式结构。这样就把组织体系分为两类:一类是直线系统,直接向下级发布命令,对该系统的工作全面负责;另一类是参谋系统,它是直线系统的参谋和助手,并在业务范围内提供建议、进行指导。

这种组织结构的优点在于,它避免了职能式结构多头领导、指挥不统一的缺点,保留了职能式结构管理专业化的长处,又吸取了直线式结构命令统一和责任明确化的优点,因此是一种有助于提高管理效率的管理形式。直线职能式结构适用于采用标准化技术进行常规性大批量生产的场合。其结构如图 6-3 所示。

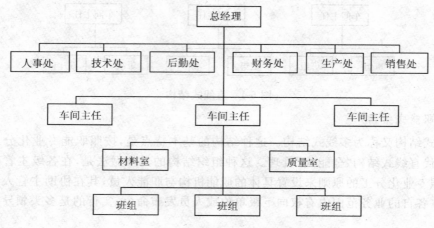

图 6-3　直线职能式结构

（四）事业部式结构

事业部式结构的主要特点是权力下放,按照产品、地区或用户把组织分为若干个相对独立的单位,这些单位被称为事业部。各事业部在最高管理层的统一领导下,实行独立经营、单独核算、自负盈亏。各事业部在人事、财务、组织等方面具有较大的自主权。

这种组织结构具有很多优点:有利于高层管理者从日常的行政事务中解脱出来,使其有更多的时间和精力从事重大问题的决策;能够最大限度地调动各事业部工作的积极性、主动性和创造性;各事业部之间相对独立、责任明确,从而有利于各事业部的良性竞争;便于把组织的经营状况同组织成员的物质利益联系起来,从而激发组织成员的工作积极性。其结构如图 6-4 所示。

（五）矩阵式结构

矩阵式结构是在组织的纵向职能系统的基础上,增加一种横向的目标系统,把按职能划分的管理机构(如生产部、销售部、技术部等)同与按任务(如工程项目、服务项目等)划分的小组交叉重叠起来,使同一名员工既与原职能部门保持组织与业务上的联系,又与任务小组保持横向联系的一种"矩阵"结构。

这种组织结构形式最主要的特点是有利于把管理中的垂直联系与水平联系结合起来,加强各职能部门与目标任务的协作。不足之处是职能部门人员不稳定,会给日常工作带来困难,而且打破了统一指挥原则,存在发生冲突的可能性。其结构如图 6-5 所示。

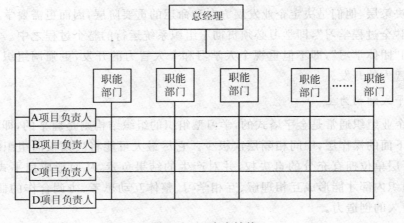

图 6-4　事业部式结构

图 6-5　矩阵式结构

（六）学习型组织

学习型组织是美国麻省理工学院斯隆管理学院教授彼得·圣吉（Peter Senge）在其著作《第五项修炼——学习型组织的艺术与实践》中提出的一种管理理念。"学习型组织"一经提出,立即在全世界掀起了一场创建学习型组织的热潮。彼得·圣吉指出,学习型组织是这样一种组织:组织成员不断持续地扩张他们的能力来创造他们真正想要的结果,学习型组织可培育出新的思考模式,释放出集体灵感,并且组织成员不断学习如何一起学习。学习型组织具有以下特征。

1.组织成员拥有一个共同的愿景

组织的共同愿景是组织所有成员共同愿望的景象,是他们的共同理想。它能使不同个性的人凝聚在一起,朝着组织的目标共同前进。

2.组织由许多创造性个体组成

在学习型组织中,团队是最基本的学习单位,团队本身应理解为彼此需要他人配合的一群人。组织的所有目标都是直接或间接地通过团队的努力来达到的。

3.善于不断学习

善于不断学习是学习型组织的本质特征。其主要有以下4点含义。

(1)强调"终身学习",即组织成员均应养成终身学习的习惯,这样才能形成组织良好的学习气氛,促使其成员在工作中不断学习。

(2)强调"全员学习",即企业组织的决策层、管理层、操作层都要全心地投入学习,尤其是经营管理决策层,他们是决定企业发展方向和命运的重要阶层,因而更需要学习。

(3)强调"全过程学习",即学习必须贯彻于组织系统运行的整个过程之中。

(4)强调"团体学习",即不但重视个人学习和个人智力的开发,更强调组织成员的合作学习和群体智力的开发。

4.以扁平式结构为主

传统的企业组织通常是金字塔式的,学习型组织的组织结构则是扁平的,即从最上面的决策层到最下面的操作层,中间相隔层次极少。它尽最大可能将决策权向组织结构的下层移动,让最下层单位拥有充分的自决权,并对产生的结果负责,从而形成扁平式组织结构。只有这样,组织内部才能形成互相理解、互相学习、整体互动思考、协调合作的群体,才能产生巨大的、持久的创造力。

5.自主管理

学习型组织理论认为,"自主管理"是使组织成员能边工作边学习并使工作和学习紧密结合的方法。通过自主管理,组织成员可以自己发现工作中的问题,自己选择伙伴组成团队,自己选定改革、进取的目标,自己进行现状调查,自己分析原因,自己制定对策,自己组织实施,自己检查效果,自己评定总结。

6.组织的边界将被重新界定

学习型组织边界的界定,是建立在组织要素与外部环境要素互动关系的基础上,超越了传统的根据职能或部门划分的"法定"边界。

7.员工家庭与事业的平衡

学习型组织努力使员工丰富的家庭生活与充实的工作生活相得益彰,达到家庭与事业之间的平衡。

8.领导者的新角色

在学习型组织中,领导者是设计师、仆人和教师。

学习型组织的真谛在于,一方面,学习是为了保证组织的生存,使组织具备不断改进的能力,提高组织的竞争力;另一方面,学习是为了实现个人与工作的真正融合,使人们在工作中领悟到生命的意义。

（七）网络型结构

网络型结构是利用现代信息技术手段建立和发展起来的一种新型组织结构。现代信息技术使企业与外界的联系加强了,利用这一有利条件,企业可以重新考虑自身机构的边界,不断缩小内部生产经营活动的范围,相应地扩大与外部单位之间的分工协作。这就产生了一种基于契约关系的新型组织结构形式,即网络型结构。

网络型结构是一种只有很精干的中心管理机构,以契约关系的建立和维持为基础,依靠外部机构进行制造、销售或其他重要业务经营活动的组织结构形式,如图6-6所示。被联结在这一结构中的两个或两个以上的单位之间并没有正式的资本所有关系和行政隶属关系,而是通过相对松散的契约纽带,通过一种互惠互利、相互协作、相互信任和支持的机制来进行密切的合作。网络型结构使企业可以利用社会现有的资源使自己快速发展壮大起来,是目前国际流行的一种新的组织设计形式。

图6-6 网络型结构

网络型结构的优点是,组织结构具有更大的灵活性和柔性,以项目为中心的合作可以更好地结合市场需求来整合各项资源,而且容易操作,网络中的各个价值链部分也随时可以根据市场需求的变动情况增加、调整或撤并。另外,这种组织结构简单、精练,由于组织中的大多数活动都实现了外包,而且这些活动更多的靠电子商务来协调处理,组织结构可以进一步扁平化,效率也更高。

网络型结构的缺点是,可控性太差。这种组织结构的有效管理是靠与独立的供应商广泛而密切地合作来实现的,由于存在道德风险和逆向选择,一旦组织所依存的外部资源出现问题,如质量问题、提价问题、及时交货问题等,组织将陷入非常被动的境地。另外,外部合作组织都是临时的,如果网络中的某一合作单位因故退出且不可替代,组织将面临解体的危险。由于随时都有被解雇的可能,因此员工的组织忠诚度比较低。

（八）控股型结构

控股型结构是在非相关领域开展多种经营的组织所常用的一种组织结构形式。由于经营业务的非相关或弱相关,大公司不对这些业务经营单位进行直接的管理和控制,而代之以持股控制。这样大公司便成为一个持股公司,受其持股的单位不但对具体业务有自主经营权,而且保留独立的法人地位。

控股型结构建立在企业间资本参与关系的基础上。由于资本参与关系的存在,一个企业(通常是大公司)对另一企业持有股权。基于这种持股关系,对那些企业单位持有股权的大公司便成为母公司,也称为集团公司,处于企业集团的核心层,所以又称为集团的核心企业。被母公司控制和影响的各企业单位则成为子公司(指被绝对或相对控股的企业)或关联公司(指仅被一般参股的企业)。各子公司、关联公司是围绕该核心企业的集团紧密层和半紧密层的组成单位。子公司、关联公司和母公司构成了以母公司为核心的企业集团,如图6-7所示。

图 6-7　控股型结构

集团公司或母公司与所持股的企业单位之间不是上下级之间的行政管理关系,而是出资人对被持股企业的产权管理体制关系。作为大股东,母公司对持股单位进行产权管理控制的主要手段是,凭借所掌握的股权向子公司派遣产权代表和董事、监事,通过这些人员在子公司股东会、董事会、监事会中发挥积极作用而影响子公司的经营决策。

第四节　组织文化

每个人都存在着区别于他人的某些特征，心理学家称之为"个性"。人的个性是由一系列相对持久稳定的特性组成的。当形容某人热情健谈和勇于创新时，描述的便是个性特征。一个组织也有其个性，这种个性就称为组织文化。

一、组织文化的概念

(一)文化的概念

文化一词来源于古拉丁文 cultura，本意是"耕作"、"培养"、"教习"、"开化"的意思。在中国最早把"文"和"化"两个字联系起来的是《易经》："观乎天文，以察时变；观乎人文，以化成天下。"是指圣人在考察人类社会的文明时，用诗书礼乐来教化天下，以构造修身齐家治国平天下的理论体系和制度，使社会变得文明而有秩序。

一般而言，文化有广义和狭义两种理解。广义的文化是指人类在社会历史实践过程中所创造的物质财富和精神财富的总和，其中物质文化可称为"器的文化"或"硬文化"，精神文化可称为"软文化"。狭义的文化是指社会的意识形态，以及与之相适应的礼仪制度、组织机构、行为方式等物化的精神。文化具有民族性、多样性、相对性、沉淀性、延续性和整体性等特点。

(二)组织文化的概念

由于每个组织都有自己特殊的环境条件和历史传统，也就形成自己独特的哲学信仰、意识形态、价值取向和行为方式，于是每个组织都形成了自己特定的组织文化。

组织文化是指在组织系统中居主导地位的价值观体系、管理哲学、道德观念、科学技术文化水平，以及表现这些理念性事物的规章制度等，是组织全体成员共同遵守的道德规范和行为准则及相关因素的有机体系。例如，国际商用机器公司(IBM)确立了"IBM 意味着服务"的企业宗旨，企业上下自始至终贯彻三个信条：一是追求完美；二是尊重个人；三是为顾客提供最多最好的服务。该公司不仅奉顾客为上帝，各项工作围绕顾客展开，而且在组织内消除等级分界线，加强民主管理，并改善工作环境，增加福利设施。这些做法构成了 IBM 的企业文化特色。

二、组织文化的内容和结构

组织文化作为一个整体系统,其内容和结构是由以精神文化为核心的三个层次构成的。

(一)物质文化层

物质文化层是组织文化结构的表层部分,包括组织开展活动所需的基本物质基础,如厂容、厂貌、机器设备,产品的外观、质量、服务,以及厂徽、厂服等企业生产经营的物质技术条件。组织的物质文化都是以物质形态作为载体的,因而是有形物,人们可以直接感受得到。它们虽然以物质形态存在,但往往能够从中反映出组织的精神状态。物质文化的实质是精神文化的物质体现和外在表现。

(二)制度文化层

制度文化层是组织文化结构的中间层部分,包括具有本组织文化特色的为保证组织活动正常进行的组织领导体制、各种规章制度、道德规范和员工行为准则的总和,如企业中的厂规、厂纪,各种工作制度和责任制度,以及人际交往的方式等。制度文化是组织物质文化和精神文化的中介,组织的精神文化通过制度文化层转化为物质文化。

(三)精神文化层

精神文化层是组织文化结构的核心层,是组织文化的灵魂,是指组织在长期活动中逐步形成的,并为全体员工所认同的共有意识和观念,包括组织的价值观念、组织精神和组织道德等。

1. 组织的价值观念

组织的价值观念是组织所推崇的基本信念和奉行的行为准则,是指组织内部管理层和全体员工对该组织的生产、经营、服务等活动,以及指导这些活动的一般看法或者观点。它包括组织存在的意义和目的、组织中各项规章制度的必要性与作用、组织中各层级和各部门不同岗位上人们的行为与组织利益之间的关系等。每个组织的价值观都会有不同的层次和内容,成功的组织总是不断创造和更新组织的信念,不断追求新的、更高的目标。

2. 组织精神

组织精神是指组织经过共同努力奋斗和长期培养所逐步形成的认识和看待事物的共同心理趋势、价值取向和主导意识。组织精神是一个组织的精神支柱,是组织文化的核心,它反映了组织成员对组织的特征、形象、地位等的理解和认同,也包含了对组织未来发展和命运所抱有的理想和希望。组织精神反映了一个组织的基本素养和精神风貌,成为凝聚组织成员共同奋斗的精神源泉。

3.组织道德

组织道德是组织所形成的道德风气和习俗,是指从道德意义上考虑的、由社会向人们提出并应当遵守的行为准则,它通过社会公众舆论规范人们的行为。组织道德既体现组织环境中社会文化的一般性要求,又体现着本组织各项管理的特殊需求。因此,如果高层不能设定并维持高的道德标准,那么正式的伦理准则和相关的工作计划将会流于形式。由此可见,组织道德是传统的组织管理规章制度的补充、完善和发展。正是这种补充、完善和发展,使组织的价值观融入到新的文化中。

物质文化层、制度文化层和精神文化层由外到内的分布形成了组织文化的结构。其中,精神文化层决定了制度文化层和物质文化层;制度文化层是精神文化层与物质文化层的中介;物质文化层和制度文化层是精神文化层的体现。三者密不可分,相互影响,相互作用,共同构成组织文化的完整体系。

三、组织文化的特征

(一)个性与共性的统一

每个组织都有其独特的组织文化,这是由不同的国家和民族、不同的地域、不同的时代背景以及不同的行业特点所形成的。例如,美国的组织文化强调个人奋斗和不断进取;日本文化深受儒家文化的影响,强调团队合作和家族精神。但是也能找出不同公司企业文化中求同存异的因素,从而做到一国公司从另一国公司的文化因素中取长补短。这就是组织文化的个性与共性的统一特性。

(二)无形性与有形性的统一

组织文化所包含的价值观念、道德规范、经营理念、心理因素及行为准则等,并不是指某个员工的自然表现,而是组织制度制约下的群体心理。这种体现群体意志的组织文化具有无形性,是无法度量和计算的。特别是它的发挥程度,更难以确定上下限和边际效应值。这就是组织文化的无形性。然而这种难以"看得见、摸得着"的潜力极大的资源,却通过组织中各种有形的载体,如经销的产品、为扩大本公司产品销路而按本公司战略奋力营销的广大员工的作业行为、该公司的经销设备设施等"硬"件表现出来。从而人们能够通过对组织文化的载体去分析、研究,乃至进一步改进和培育组织文化。这就是组织文化无形性与有形性的统一特性。

(三)定性与变革性的统一

组织文化是组织在长期的发展中逐渐积累而成的,具有较强的稳定性,不会因组织结构的改变、战略的转移或产品与服务的调整而变化。一个组织中,精神文化又比物质文化具有更强的稳定性。然而,这种稳定性从历史潮流的角度看不是绝对的,其顺应组织生存发展环境的变迁而变迁却是绝对的。这种稳定性与变革性的辩证统一,要求管理者在建设组织文化的同时必须自觉地进行观念更新;否则,他领导下的组织必将因组织文化的封闭僵化而导致本单位工作缺乏创新。

（四）观念性与实践性的统一

组织文化表现为一种群体意识。这种群体意识是组织成员跟随着组织领导者在常年的社会实践中产生并发展起来的。只要该组织的管理层善于运用文化的无形推动力,那么这个组织特有的组织文化必然反作用于行为,使组织的各种业务处于某种意识形态的影响支配之下。也就是说,组织文化最终是为组织的实践服务的。这也同马克思主义关于存在决定意识、意识又反作用于现实存在的观点相一致。

（五）约束性与强制性的统一

组织文化一般都表现为不成文的道德规范或行为准则,它不是指奖惩严明的管理制度所规定的那些纪律,而是一种"认可"或"认同感",表现为组织成员普遍的自觉性和主观能动性,这是组织领导者通过反复不断地启发和指导或影响而使组织成员达到的一种自控自律。然而,这种软约束之中又隐藏着"强制感",使员工个体具有一种如果不遵守组织文化中的某种规范或准则就觉得对不起自己所在组织的自责。这种"自责"其实是组织文化的作用,使其形成的一种习惯或者是一种风气。这种成为主流作用的习惯或风气不但会使组织成员产生自责,而且会使他周围的众多成员保持某种舆论,这种舆论往往比规章制度的作用范围更广。

四、组织文化的功能

组织文化是一种新型的经营管理理论,它不仅强化了以往经营管理理论的功能,而且还具有传统管理理论不可替代的功能。

（一）导向功能

组织文化的首要功能就是引导成员个人的奋斗目标并统一到组织所确定的某一时期、某一领域的经营目标上来。组织文化的导向功能表现在价值观对该组织主体行为的引导,即该组织领导层与成员队伍群体行为的引导,从而使组织内自上而下地接受同一性的价值观,形成一种合力向着战略目标努力奋斗。

（二）凝聚功能

由于组织文化能体现强烈的群体意识,可以将组织成员分散的个体力量汇集成有组织有领导的整体合力。在这里,组织文化起着一种"黏合剂"的作用。这种"黏合剂"作用具有一般硬性管理所达不到的内在凝聚力和感召力,它使组织的每个成员产生浓厚的归属感、荣誉感和服从总体目标的责任感。

（三）激励功能

组织文化有助于激励组织成员培养自觉为组织发展而积极工作的精神。组织文化的这种激励作用,一方面是由于组织文化是一种以人为中心的管理,承认人的价值,尊重人,爱护人,注重对人的思想、行为的"软"约束,从而起到传统激励方式起不到的作用;另一方面,组织文化的激励功能不是消极被动地去满足人们对自身价值的心理需求,而是通过组织的共同价值观的形成,使其转化为成员实现自我激励的动力,自觉地为生存和发展而工作。

（四）约束功能

组织文化具有对组织成员的思想和行为进行约束与规范的作用。由于组织文化是组织群体的文化,其必然影响组织中每个成员的认识、感觉、思想、伦理、道德等心理过程。如果组织的共同价值观深入到每个成员的头脑中,那么成员的心里就会产生与之相适应的感觉和认识,自觉或不自觉地按共同价值观行事,一旦违反这种价值观念,无论别人知道与否,自己都会感到内疚和不安,从而在思想和行为上做出调整,以服从价值观念的规范。

（五）辐射功能

组织文化对组织内外都有着强烈的辐射作用。对内,组织文化通过强烈的传播力量对成员产生着影响。无论成员的来去、职位的调动,甚至领导者的改换,都难以影响组织文化的固有力量。组织文化也可以向组织外部传播,通过各种渠道对社会产生影响。例如,通过高质量的产品和满意的服务,使顾客感受到组织独特的文化特色;通过利用各种宣传手段,如电视、广播、报纸、书刊、会议等传播方式,宣传组织文化等。组织文化对内、对外的辐射过程正是组织形象的塑造过程,因而对组织的发展有着重要的意义。

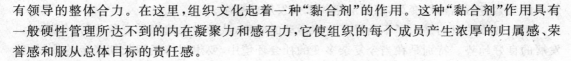

第五节　组织变革

一、组织变革的含义和影响因素

任何设计得再完美的组织,在运行一段时间后也必须进行变革,这样才能更好地适应组织内外部条件变化的要求。组织变革是指组织根据外部环境和内部条件的变化,及时对组织中的要素进行结构性变革,以适应组织未来发展的要求。

组织变革的目的是为了不断提高组织活动的效率,从而增强组织的竞争优势,保持组织发展的良好趋势。特别是在当今复杂多变的社会环境中,要想保持组织长期稳定的发展,就必须根据现实情况随时对组织进行必要的变革。

导致组织变革的需要并决定组织变革方向和内容的主要因素有以下几个方面。

(一)战略

组织在发展过程中需要不断地对其战略的形式和内容作出调整。新的战略一旦形成,组织结构就应该进行调整、变革,以适应新战略实施的需要。结构追随战略,战略的变化必然带来组织结构的更新。

组织战略可以在两个层面上影响组织结构:一是不同的战略要求开展不同的业务和管理活动,由此影响管理职务和部门的设计;二是战略重点的改变会引起组织业务活动重心的转移和核心职能的改变,从而使各部门、各职务在组织中的相对位置发生变化,相应地要求对管理职务及部门之间的关系作出调整。

(二)环境

环境变化是导致组织结构变革的一个重要影响力量。组织作为社会经济大系统的一个组成部分,它与外部的其他社会经济子系统之间存在着各种各样的联系,所以外部环境的发展和变化必然会对组织结构的设计产生重要的影响。

(三)技术

组织的任何活动都需要利用一定的技术和反映一定技术水平的特殊手段来进行。技术以及技术设备的水平不仅影响组织活动的效果和效率,而且会对组织的职务设置与部门划分、部门间的关系,以及组织结构的形式和总体特征等产生影响。

(四)组织规模

组织的规模往往与组织的成长或发展阶段相关联。伴随着组织的发展,组织活动的内容会日趋复杂,人数会逐渐增多,活动的规模和范围会越来越大,组织结构也必须随之调整,才能适应成长后的组织的新情况。

(五)成长阶段

组织变革伴随着组织成长的各个时期,不同成长阶段要求不同的组织模式与之相适应。

二、组织变革的动力和阻力

组织变革时常面临着动力和阻力这两种力量的较量。对待组织变革所表现出来的推动

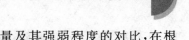

和阻止这两种不同的态度,以及由此产生的方向相反的作用力量及其强弱程度的对比,在根本上影响着组织变革的进程、代价,甚至决定组织变革的成功和失败。

（一）组织变革的动力

组织变革的动力是指发动、赞成和支持变革并努力实施变革的驱动力。总的来说,组织变革的动力来源于人们对变革的必要性及变革所能带来好处的认识。例如,组织内外各方面客观条件的变化,组织本身存在的缺陷和问题,各层次管理者(尤其是高层管理者)居安思危的忧患意识和开拓进取的创新意识,变革可能带来的权力和利益关系的有利变化,以及能鼓励革新、接受风险、赞赏失败并容忍变化、模糊和冲突的开放型组织文化,这些都可能形成变革的推动力量,引发变革的动机、欲望和行为。

（二）组织变革产生的阻力

组织变革的阻力是指人们反对变革、阻挠变革的制约力。这种制约组织的力量可能来源于个体、群体,也可能来自组织本身甚至外部环境。组织变革阻力的存在,意味着组织变革不可能一帆风顺,这就给变革管理者带来更严峻的变革管理的任务。

1. 组织变革阻力产生的原因

组织变革是一场革命,在组织变革的过程中,那些既得利益者会以各种借口来阻碍变革。一般来说,反对组织变革的理由主要有以下 3 个方面。

（1）对不确定性的回避。组织成员大多数已经适应和习惯了已有的组织制度和惯例,对变革以后可能带来的不确定很担心,他们认为如果变革失败了,还不如维持现状。

（2）担心失去既得利益。组织变革必然带来利益关系的变化,当变革威胁到了既得利益者的切身利益时,他们必然会反对组织变革。

（3）对组织变革的认识不一致。由于信息不对称等原因,会导致组织成员对变革的重要性、紧迫性的认识产生差异,人们就可能反对组织变革;或者由于沟通不足的原因,有些组织成员认为变革不是为了组织大局而是个别人的别有用心,也会反对变革。

2. 降低组织变革阻力的对策

为了确保组织变革的顺利实施,有必要通过各种方法来降低在组织变革中所遇到的各种阻力,主要的方法有以下几种。

（1）教育与沟通。对于信息不对称,或沟通不足所造成的组织变革阻力,可以通过对员工进行教育和沟通,帮助他们了解变革的真实原因,当这些组织成员真正了解到全部事实以后,这种阻力就会自然消失。

（2）邀请参与。一个人要是参与了组织变革的决策,一般就不容易形成变革的阻力。因此,在界定组织变革的时候,需要将持反对意见的人吸收到变革决策过程中来。如果他们能一起为组织变革服务,那么他们的参与既能降低变革的阻力,又能提高变革决策的质量。

(3)促进与支持。变革者可以通过提供一系列支持性措施来减少阻力。如果员工对变革的恐惧和忧虑很强,那么提供给员工的心理咨询和治疗、新技能培训及带薪的短期休假等都有可能促进他们心理的调整。

(4)谈判。谈判是以某种有价值的东西来换取阻力的减少。例如,如果变革的阻力集中在少数有影响的人中,可以通过谈判形成某一种方案使这一部分人的需要得到满足,从而减少变革的阻力。

(5)操纵与合作。操纵就是将努力转换到施加影响上。例如,有意地扭曲或者隐瞒事实真相而使变革显得更有吸引力,制造不真实的信息使员工接受变革。合作是介于操纵和参与之间的一种形式,通过"收买"反对变革的关键人物参与变革决策来降低阻力。

(6)强制。强制就是直接对反对变革者使用威胁力和控制力。例如,对反对变革的人采取调换工作、不予升职、负面的绩效评估等。

三、组织变革的过程和程序

(一)组织变革的过程

成功而有效的组织变革,通常需要经历解冻、改革、冻结这三个有机联系的过程。

1. 解冻阶段

由于任何一项组织变革都会或多或少地面临来自组织自身及其成员的一定程度的抵触力,因此组织需要有一个解冻阶段作为实施变革的前奏。解冻阶段的主要任务是发现组织变革的动力,营造危机感,宣传改革乃是大势所趋,在采取措施克服变革阻力的同时具体描绘组织变革的蓝图,明确组织变革的目标和方向,以形成有待实施的比较完善的组织变革方案。

2. 改变阶段

改变阶段的任务就是按照变革方案的要求开展具体的组织变革运动或行动,以使组织从现有结构模式向目标模式转变。这是变革的实质性阶段,通常可以分为试验与推广两个步骤。这是因为组织变革涉及面较为广泛,组织中的联系错综复杂,往往"牵一发而动全身",这种状况使组织变革方案在全面实施之前先进行一定范围的典型试验,以便总结经验,进一步修正变革方案。在试验取得初步成效后再进入大规模的全面实施阶段。

3.冻结阶段

组织变革完成之后,人和组织都有一种退回到习惯的行为方式的倾向。为了避免出现这种情况,变革管理者就必须采取措施保证新的行为方式和组织形态能够不断地得到强化和巩固。

(二)组织变革的程序

有效的组织变革一般包括以下几个步骤。

1.进行组织诊断,发现存在问题

组织变革的第一步是对组织的外部环境和内部条件进行系统地分析,发现组织在运行过程中所存在的问题。在组织诊断的过程中,要大量搜集各方面的信息资料,包括组织的外部环境、内部条件和今后的发展趋势等,通过对信息资料的分析,发现组织运行中存在的差距,明确变革的迫切性。

2.分析问题的原因,制订变革方案

发现问题以后,接下来就要找出存在这些问题的原因,然后根据原因制订出相应的变革方案。在分析组织运行存在问题的原因时,一定要分析这些问题的影响范围、严重程度、产生的原因及问题的性质,在此基础上制订出几个可行性方案,以备决策者选择。

3.选择较优的方案,进行组织变革

变革方案制订出来以后,就要对所有的备选方案进行比较论证,从中选择出一个较优的方案进行实施。在选择方案时,要充分占有各种信息,选择成本小而收效大的方案来进行变革。

4.总结变革经验,及时进行反馈

组织变革是一种非程序化决策,也是一个复杂的系统工程,所以不可能一步到位。而且所有的变革方案都不可能是十全十美的,也不可能取得百分之百的效果。因此,在组织变革的过程中,要及时总结变革的经验,及时反馈,使决策者能够根据变革的具体情况及时地做出各种调整和修正,以确保变革的顺利完成。

本章小结

1.动词意义上的组织是指管理的组织职能,即通过组织的建立、运行和变革去配置组织资源,完成组织任务和实现组织目标。

2.组织设计是以组织结构安排为核心的组织系统的整体设计工作,其基本功能是协调组织中人员与任务之间的关系,保持组织的灵活性与适应性。组织设计是一项操作性很强的工作,它是在组织理论的指导下进行的。组织设计的目的是,发挥整体大于部门之和的优势,使有限的人力资源形成最佳的综合效果。

3.组织设计的原则主要有目标原则、分工协调原则、统一指挥原则、权责对等原则和管理层级原则等。

4.组织设计的内容包括职能设计、层次设计、部门设计、职权设计和职务设计。

5.典型的组织结构包括直线式结构、职能式结构、直线职能式结构、事业部式结构、矩阵式结构、学习型组织、网络型结构、控股型结构等。

6.组织文化是指在组织系统中居主导地位的价值观体系、管理哲学、道德观念、科学技术文化水平,以及表现这些理念性事物的规章制度等,是组织全体成员共同遵守的道德规范和行为准则及相关因素的有机体系。

7.组织文化作为一个整体系统,其内容和结构包括物质文化层、制度文化层和精神文化层。组织文化的功能主要有导向功能、凝聚功能、激励功能和约束功能。

8.组织变革是指组织根据外部环境和内部条件的变化,及时对各要素进行结构性变革,以适应组织未来发展的要求。组织变革应包括解冻、改变和再冻结三个步骤。

复习思考题

一、单项选择题

1.直线式结构的特点是(　　)。

A.多头领导　　　　　　　　　　B.指挥统一、职责分明

C.发挥专业人员作用　　　　　　D.结构简单、应用广泛

2.管理幅度是指主管人员(　　)。

A.直接而有效地指挥和管理下属部门的数量

B.直接而有效地指挥和管理下属的数量

C.指挥和管理的全部下属的数量

D.职责与权力的范围

3.矩阵式结构的主要特点是(　　)。

A.参加项目小组的成员容易产生临时观点

B. 这种结构导致权力高度集中

C. 各部门的职责具有明显的界限

D. 适用于产品品种较多且变化较大的组织,特别适用于研究单位

4. 职能式结构的优点是实现了( )。

A. 管理现代化 　　　　B. 管理专业化 　　　　C. 统一指挥 　　　　D. 统一领导

5. 确定合理的管理幅度是进行组织设计的一项重要内容。下列说法正确的是( )。

A. 管理幅度越窄,越易控制,管理人员的费用也越低

B. 管理幅度越宽,组织层次越少,但管理人员的费用会大幅度上升

C. 管理幅度应视管理者能力、下属素质、工作性质等因素的具体情况而定

D. 管理幅度的确定并不是对任何组织都普遍重要的问题,无须过多考虑

二、简答题

1. 简述组织设计的原则和主要内容。

2. 简述管理层次和管理幅度的关系。

3. 简述组织变革的阻力与克服方法。

4. 简述各种组织结构的优缺点。

5. 组织文化的功能有哪些?

6. 简述组织变革的过程。

 案例讨论

西安杨森的企业文化

西安杨森制药有限公司(以下简称"西安杨森")是中国与比利时杨森制药公司于 1985 年合资兴建的现代化制药公司,1989 年试车投产,同年将产品推向市场。在短短的几年中,借着改革开放的东风,西安杨森一跃成为中国医药界目前最成功的合资企业之一。自 1991 年起,连续 4 年被誉为中国十大最佳合资企业,并两次独占鳌头,被评为全国十佳第一。1996 年国家医药管理局组织的中国医药行业 50 强评选中,西安杨森又一次荣登榜首。

西安杨森以强生公司"我们的信条"作为核心价值观,融合东西方文化精粹,形成独具一格的企业文化——强调"信条为本、止于至善";"忠实于科学,献身于健康",致力于提高中国人民的健康水平是西安杨森的企业宗旨。西安杨森散发人性魅力的企业文化,帮助公司成为员工心目中值得信赖与托付的"大家庭",凝聚了一大批优秀的人才,同时也对整个行业产生了积极的影响。

一、西安杨森的信条

信条是美国强生公司创始人罗伯特·伍德·强生将军在1943年创立的。它强调公正、诚实、尊重他人并赢得信赖的准则,坚持以"信条为本",做到"对客户负责、对员工负责、对社会负责和对股东负责"。

60多年来,信条指导强生公司成为一家信誉卓著的全球公司,信条的精髓已经成为强生大家庭所有成员不变的目标和动力源泉。20多年来,西安杨森在信条的指引下,同样在中国赢得业内同仁的尊敬和员工的爱戴。

信条是西安杨森价值观的核心,是西安杨森作出正确抉择的依据。在信条的指引下,"忠实于科学,献身于健康"的企业宗旨成为鼓励杨森人锲而不舍,追求前进的巨大动力。

信条是企业的灵魂,是企业经营价值观与员工人生价值观的高度统一。今天,信条已经深植在西安杨森每个员工的心中,成为全体员工的共识,是规范每个人行为的准则,是企业经营理念和价值观的体现,是企业处理内外关系的指南,也是西安杨森获得巨大成功的关键。信条的丰富内涵和实践信条的坚定信念,形成了西安杨森企业文化的核心内容。

坚持信条为本,认真履行四个负责,西安杨森成功地树立了一个良好的企业形象:客户信任,员工爱戴,社会推崇,同行尊敬。无论杨森人走到哪里,都是西安杨森品牌和企业形象的缩影,如此强大的影响力已经成为推动西安杨森持续发展的有力保证。

西安杨森的企业文化,在强调"信条为本"的同时,还以"止于至善"作为企业的座右铭,要求:产品质量追求"至善",让病人吃放心药;市场营销追求"至善",建立销售网络并科学宣传产品,创造辉煌的销售业绩;企业管理追求"至善",通过推行流程优化等一系列国际先进管理手段和方法,不断实现管理的快速高效,形成强有力的竞争优势;公司发展追求"至善",致力于从成功不断走向伟大,努力创建世界一流的企业;杨森的未来仍要追求"至善",希望通过数代人的努力,使西安杨森雄踞于世界的东方,基业长青。

"忠实于科学,献身于健康"就是"信条为本,止于至善"在西安杨森的生动体现。西安杨森以严谨的态度进行科学研究和开发,生产高质量的药品;西安杨森以人类的健康为己任,为患者和客户提供全面的服务,精心守护人们的健康。

"信条为本,止于至善"是在西安杨森20多年的创建和发展过程中逐步形成的,这种融西方先进的科学管理制度和经营理念,与中国传统伦理道德于一体的结晶,正在杨森人中间形成巨大的凝聚力,成为杨森迈向成功的基石。

二、忠实于科学,献身于健康

美国强生公司是比利时杨森制药公司的母公司,该公司有100年的经营历史,并以拥有强有力的经营理念闻名于世。同样,在杨森博士领导的比利时杨森制药公司,也有一个持续不断发明新药,解除患者病痛的理念,使该公司在 30 多年中发明了 70 多种新药,其中 5 种被列入世界卫生组织基本用药名单,并以最著名的新药研究中心闻名于世。

正是在美国强生公司、比利时杨森制药公司的经营管理理念影响下,西安杨森于建立初期就提出了"忠实于科学,献身于健康"的企业宗旨,倡导"客户重视、员工爱戴、同行尊敬、社会推崇"的企业文化。同时编制了员工文明礼貌的规范。从仪容、公共卫生、上下班、打电话、进餐、开会、接待来客、外出办事和人际交往等 11 个方面对员工进行入厂教育和培训。公司的"司歌",歌词这样写道:"我们的胸怀像八百里秦川一样宽广,我们的道路像古老的半坡源远流长。从布鲁塞尔到古城西安,一个宗旨,一个愿望,忠实于科学,献身于健康,一份爱心,一份力量。啊,西安杨森,我愿为你发扬光大;啊,西安杨森,永远谱写新篇章。"

好理念能改变工作观。只要观念能自上而下地渗透整个公司,每个部门和员工都能感受并视为理所当然,并在自己的本职工作中自觉地实施。例如,西安杨森也经历过类似强生公司的"泰诺事件"。自 1989 年投产以后,西安杨森一直经营"易蒙停液剂",它同"易蒙停胶囊"一样在中国市场销售不错。但 1991 年,比利时杨森制药公司在印度的分公司发现易蒙停液剂对儿童使用不安全,立即将临床试验结果发布世界各子公司,同时收回全部易蒙停液剂。

三、家的吸引力

公司董事长郑鸿女士说:"西安杨森——员工之家!这是一个幸福的家,一个给你带来自豪的家,一个能够帮助你成长的家。"家,温暖的家,这正是西安杨森员工的感受。每当外地的销售人员回到公司时,他们都会看到"热烈欢迎销售雄鹰回家来"的标语。餐厅也有温馨的欢迎"兄弟姐妹回家来"的横幅。员工们说:"我爱杨森大家庭!"这正是西安杨森独特的企业文化。

围绕着"家"这个主题,西安杨森组织过一系列丰富多彩的活动。1995 年 10 月 15 日西安杨森 10 岁生日时,公司举办了以"我与西安杨森"为主题的征文大赛;矗立了一座刻有全体员工签名的丰碑;为"老杨森"颁发了服务荣誉牌;举办了一场趣味运动会;组织了一台西安杨森人自编自演的文艺晚会;还操办了一次职工集体婚礼……郑鸿董事长在讲话中首先感谢员工们的太太、先生、父母及子女,感谢员工们的家人多年来对公司的支持。有这样温暖的集体,有这样一批好的员工:有的医药代表顶着倾盆大雨抱着幻灯机,换乘几次车按时赶往事先约好的医院,为医生们做药理演讲;有的员工怀有身孕仍谢绝了领导的关心,加班干到深夜一点多钟才由丈夫扶着回家。至于每天加班加点工作十几个小时甚至 20 多个小时的员工就更是大有人在。

每当逢年过节,即使总裁在国外出差、休假,也不会忘记邮寄贺卡,捎给员工远在重洋的祝福;开会学习,总不会忘记员工的生日;员工生病休息,部门负责人、甚至总裁都会亲自看望或写信问候;员工结婚或生小孩,公司都会把他们视为自己家庭的喜事而给予热烈的祝贺,西安杨森创办《通讯》和《我们的家》等刊物,成了大家沟通信息、联络感情、相互关怀的桥梁。

资料来源:http://www.xian-janssen.com.cn,2009-09-10。

讨论

1.西安杨森组织文化的核心是什么?

2.西安杨森成功地运用了哪些传统管理文化因素?

第七章　领导职能

知识点

1. 掌握领导的含义和作用;
2. 理解权力的来源;
3. 熟悉领导者的素质理论;
4. 了解领导特质理论、行为理论和权变理论;
5. 掌握领导艺术的含义和特点;
6. 熟悉领导艺术的内容。

▶ **案例导入**

特纳的成功

特纳桌上有一句座右铭:"要么领导,要么服从,别无他途。"特纳选择了领导,他把一生的精力投入到一次又一次的大胆冒险中,在所有"权威"部门认为他必败无疑之时,他却获得了一个又一个的成功。

1973 年特纳 24 岁时,开始经营一家濒临倒闭的广告牌企业,短短几年,特纳就使企业有了明显转机。随后,他购买了亚特兰大的一家独立的小型电视台,取名为"超级电视台",他把最新的卫星转播技术与尚未开发的有线电视市场相结合,从而使超级电视台获得了极大成功。1981 年,特纳认定 24 小时新闻直播必有市场,创立了有线电视新闻网,取得了令人难以置信的效益。

发现别人看不到的机遇和大胆追求成功的能力,使特纳明显地区别于一般的企业经理。

资料来源:朱秀文.管理概论.天津:天津大学出版社,2004.

第一节　领导的含义与作用

一、领导的含义和性质

领导是管理的重要职能,是指对组织成员的行为进行引导和施加影响的活动过程,其目的是带领和指挥组织的全体成员同心协力地执行组织的计划,实现组织的目标。领导包含下面 3 层含义。

(1)领导是对人的领导。领导者必须有部下,没有部下的领导者不称其为领导。

(2)领导通过影响力来实施对下属的领导。领导必须运用影响力,领导者要有影响部下的能力或力量。这些能力或力量既有组织赋予的职位权力,也有领导者个人所具有的影响力。

(3)领导的目的是为了实现组织目标。领导是为了达到一定的目标,这个目标也就是组织的目标,是领导者进行领导工作的目的。

二、领导权力的来源

领导的实质是对他人施加影响力,而领导者的影响力主要来自两个方面:一是职位权力。这种权力是由于领导者在组织中所处的位置,由上级和组织赋予的,这样的权力随职务的变动而变动,在职就有权,不在职就无权。人们往往出于压力不得不服从这种职位权力。二是个人权力。这种权力不是因为领导者在组织中的位置高低,而是由于领导者自身的某些特殊条件才具有的。例如,领导者具有高尚的品德、丰富的经验、卓越的工作能力、良好的人际关系等。这种权力不会随着职位的消失而消失,而且对人的影响是发自内心的、长远的。目前对于权力来源的解释理论依据主要是 J. 弗兰奇(J. French)和 B. 瑞文(B. Raven)在《社会基础权力》一书中提出的五种来源,即强制权、奖赏权、法定权、专家权和感召权。

(一)职位权力

(1)强制性权力,又称为惩罚权。它是指通过精神、感情或物质上的威胁,强迫下属服从的一种权力。它是组织中等级制度所规定的正式权力,被组织、法律、传统习惯等所认可。强制性权力通常来自上级的任命,与合法的职位紧密联系在一起。组织机构正式授予领导者的法定地位,从而使领导者占据权势地位和支配地位,能对他人施以影响力。惩罚权源于被影响者的恐惧,部下感到领导者有能力将自己不愿意接受的事实强加于自己,使自己的某些需求得不到满足。惩罚权在使用时往往会引起愤恨、不满,甚至报复行动,因此必须谨慎对待。

(2)奖赏性权力。它是基于被影响者执行命令或达到工作要求而对其进行奖励的一种权力。在组织中,奖赏可以是金钱、良好的绩效评估、职位晋升、有趣的工作任务和良好的工作环境,如友好的同事、有利的工作转换等。行使奖赏权的关键是奖赏内容与被影响者的需求相一致,奖赏权的大小取决于人们追求这些东西的程度。例如,领导者给予某下属一些重要责任,自认为对其是一种信任与提拔,但下属却认为这样会使自己太累,心里感到不高兴。在这种情况下,领导者实际上没有真正行使奖赏权。

(3)法定性权力。它是指组织内各管理职位所固有的法定的、正式的权力。按照组织条例或法规的规定,主管作为下属的上级,就合法地掌握对下属所做的事情的决定权和指挥权。合法权源于被影响者内在化的价值观,下属认为领导者有合法的权力影响他,他就必须接受领导的影响。

(二)个人权力

(1)专家性权力。它是指由个人的特殊技能或某些专业知识而产生的权力。由于世界社会经济发展日益取决于技术的进步,专门的知识技能也由此成为权力的主要来源之一。工作分工越细,专业化越强,目标的实现就越依赖专家。

(2)感召性权力。这是与个人的品质、魅力、经历、背景等相关的权力,也常被称为个人的影响权。一些体育、文艺明星,传奇的政治领袖都具有这种权力,有着巨大而神奇的影响力。

三、领导和管理

(一)领导和管理的区别

关于领导与管理的区别,西方学者进行了长期的探讨和研究。他们认为领导与管理的最大区别主要是,领导是一种变革的力量,而管理是一种程序化的控制工作。如哈佛商学院的亚伯拉罕·扎莱兹尼克(Abraham Zaleznik)指出:"管理者和领导者是两类完全不同的人,他们在动机、个人历史及想问题做事情的方式上存在着差异。"具体讲,领导和管理的区别主要有以下几个方面。

(1)权力的来源不同。管理是建立在合法的、有报酬的和强制性的权力基础上对下属命令的行为。下属必须遵循管理者的指示,在这过程中,下属可能尽最大的努力去完成任务,也可能只尽一部分努力去完成工作。而领导则不同,领导可能建立在合法的、有报酬的和强制性的权力基础上,但更多的是建立在个人影响权、专家权及模范作用的基础之上。因此,一个人可能既是管理者，也是领导者，但二者也可能发生分离，一个人可能是领导者但并不是管理者。

（2）各自的功能不同。领导是为组织的活动指出方向、创造态势、开拓局面的行为；管理则是为组织的活动选择方法、建立秩序、维持运转的行为。在层次上，领导体现出管理过程的战略性，因而具有综合性。从整个管理过程看，领导处在不同阶段之中，集中起来表现为独立的职能，即为了实现组织目标，使计划得以实施，使建立的组织得以运转。

总之，领导与管理两者是有区别的。有的管理者是领导者，而有的则不是。在任何组织中，这两种人都是需要的，管理者能让机构顺利运作，而领导者则为机构制定长远的方向和目标。

（二）领导与管理的联系

领导与管理之间也存在一定联系。在组织的实际运作过程中，二者并不是泾渭分明的，彼此的区别是相对的。领导与管理的联系主要体现在以下两个方面。

（1）领导是从管理中分化出来的。

（2）领导活动和管理活动在现实生活中，具有较强的复合性和相容性。一个人在从事管理工作的时候，也在担负领导工作。

四、领导的作用

在带领、引导和鼓励部下为实现组织目标而努力的过程中，领导者要营造一个高效的组织结构，通过领导，促使部下全心全意、全力以赴、自觉自愿地实现组织目标。而营造高效的组织氛围则依赖于领导者发挥指挥、协调和激励三个方面的作用。

（一）指挥作用

在群体活动中，需要有头脑清晰、胸怀大局，能高瞻远瞩、运筹帷幄的领导者帮助人们识别所处的环境和形势，指明活动的目标和达到目标的途径。领导者只有站在群体的前面，用自己的行动带领人们为实现目标而努力，才能真正起到指挥作用，发挥领导职能。

（二）协调作用

在组织活动中，即使有统一的目标，但因个人的才能、理解能力、工作态度、进取精神、性格作风等不同，加之外部各种因素的影响，人们之间在思想上发生各种分歧、行动上偏离目标等是不可避免的。因此，需要领导者协调群体行为，协调群体间的关系和活动，使组织正常发展，实现共同的目标。所以，对于一个组织来讲，协调就是这个生命有机体的血液循环，而领导者则是信息传播者和信息接收者的信息处理系统，起着协调人与人关系的作用。

（三）激励作用

激励就是领导者通过使组织成员的需要、愿望、欲望等得以满足，来引导下属按照组织或领导者期望的方式行事。在复杂的社会生活中，组织的每个成员都有各自不同的经历和遭遇，使每个下属都保持旺盛的工作热情，最大限度地调动他们的工作积极性，就需要领导者为他们排忧解难，通过满足他们的需要，激发和鼓舞他们的信心，发掘、充实和加强他们的积极进取精神，引导他们做出预期的行为。

五、领导者的素质

领导者的素质对于组织工作至关重要。一个组织的领导者，犹如一支交响乐队的指挥。好的指挥能调动乐队中每一个成员的激情，并使整个乐队协调配合，奏出和谐自然、优美动听的乐章。没有优秀的指挥，即使每一位乐手都很出色，也不可能有出色的演奏。因此，从某种意义上讲，领导者素质的高低常常决定了组织的生死存亡。作为一个领导者，必须具备的基本素质和条件包括思想素质、知识素质、能力素质、心理素质和身体素质。

（一）思想素质

思想素质是指领导者应具有强烈的事业心、责任感和创业精神，有良好的工作作风，品行端正、模范遵守规章制度和道德规范，能一心为公，不谋私利，谦虚谨慎，平等待人，有较高情商，具有影响他人的魅力。

（二）知识素质

合理的知识结构，是领导者必需的基本条件。领导者思想素质和业务能力的高低，在很大程度上与知识水平的高低有着密切的联系。领导者必须有较高的科学文化知识、专业知识和合理的知识结构才能适应组织发展的需要。

（三）能力素质

领导活动是一种综合性的实践活动，因此对能力素质的要求较高。领导者要适应现代化需要，必须具备以下能力：统筹兼顾的筹划能力；多谋善断的决断能力；调兵遣将的组织能力；循循善诱的教育引导能力；正确交流的表述能力。

（四）心理素质

心理素质是指一个人的心理活动过程和个性方面表现出来的持久而稳定的基本特点。领导工作具有突出的紧张性、繁重性、风险性和创新性，这就决定了领导者在工作中会承受着更为沉重的心理压力。一个成功的领导者必须具有自信心、好奇心、耐心和恒心。

（五）身体素质

作为一个领导者，要负责指挥、协调组织活动的进行，这不仅需要足够的心智，而且需要消耗大量的体力，因此领导者必须有强健的身体、充沛的精力。身体素质主要是指领导者的精力、外表、气质等，领导者一定要精力充沛，这是领导效能的重要决定因素。如果没有良好的身体素质，就无法胜任繁重的工作。

六、领导集体

领导效率不仅取决于单个领导者的素质，还取决于领导集体的构成是否合理。领导集体的素质，首先取决于领导集体中个体的素质。只有每个领导者都具备了较高的素质，集体素质才有坚实的基础。其次，集体素质取决于群体结构，即内部成员的构成。系统论的基本原理认为，系统中的每个要素的功能强大并不一定必然导致系统整体功能强大，只有各构成要素的结构合理，系统的整体功能才强大。领导集体本身也是一个系统，作为其构成要素的各成员结构是否合理是影响领导集体效能的重要因素。同时，各成员之间的动态协调配合能力也制约着领导集体的效率。合理的群体结构是静态的，领导则是动态过程。只有通过动态的协调配合，静态的群体功能才能得到发挥，其合理性才能得到证实。合理的领导集体构成包括下列几方面内容。

（一）年龄结构

不同年龄的人具有不同的智力、不同的经验，因此寻求领导集体成员的最佳年龄结构是非常重要的。领导集体应该是老、中、青相结合，向年轻化的趋势发展。人的经验与年龄一般成正比关系，年老的人经验往往比较丰富，但知识水平的提高与年龄的增长不是正比关系，吸收新知识的优势无疑属于青年人，因此领导集体中老、中、青结合，有利于发挥各自的优点。

领导集体的年轻化是现代社会的客观要求，是组织现代化大生产的需要，但年轻化绝不是青年化，而是指一个领导集体中应有一个合理的老、中、青比例，有一个与管理层次相适应的平均年龄界限，既要防止领导老化，又要保证领导的继承性。

（二）知识结构

知识结构是指一个领导群体中各种不同的知识水平成员的配比组合。知识既包括理论知识，也包括实践经验。人的知识有多有少，知识面有宽有窄，知识水平有高有低。要求所有领导成员都有同样的知识是不可能的，即使这些成员知识水平都相近，这种平面的知识结构也不是一个优化的结构。合理的知识结构必须是立体形式的，由不同知识水平的人按照一定的比例排列组合而成,并随着经济、科技和社会的发展不断地予以调整,使具有不同知识水平的人互相配合,构成一个优化的有机整体。

一般而言,职能部门的领导和中层、基层领导要涉及大量的业务,因而应有较多的专业知识;综合部门领导、高层领导者主要从事决策、协调工作,因而应有较多的管理知识和经验。

（三）能力结构

能力结构是指整个领导集体拥有的各种能力的组成比例。领导集体中应包括不同能力类型的人才,既要有思想家,又要有组织家,还要有实干家。只有这样,才能形成最优的能力结构,在组织管理中发挥作用。领导者应当具备较强的思维能力、决策能力、组织指挥能力、人际关系能力、用人能力和创新能力,这些能力都是履行领导职能所必需的。但是,这些方面的能力都很强的"全才"型领导者,实际生活中是很少的。大部分都在某一两个方面的能力比较突出,而其他方面则较差。在组建领导集体时,要按照能力互补的原则,把具有各种能力特长的干部配合在一起。

（四）专业结构

专业结构是指领导集体应由各种专门的人才组成,形成一个合理的专业结构,从总体上强化集体的专业力量。任何组织或团体都有其社会功能,要实现其功能,其成员必须具有一定的科学知识。但是现代科学技术知识浩如烟海,一个人全部掌握是不可能的,所以形成许多专业。而任何社会活动,都不能仅靠掌握一种专业的人去单独完成,必须进行精细的分工与高度的综合。因此,任何组织或团体都有一个专业结构问题。领导群体的专业结构,不只有自然科学方面各类学科的知识、技能,还包括社会科学方面的各种专业知识。

第二节　领导理论

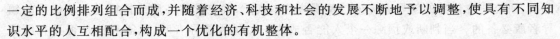

20 世纪 30 年代以来,很多西方学者对领导理论进行了广泛研究,取得了丰硕的成果。总体来说,领导理论可以分为领导特质理论、领导行为理论和领导权变理论三大类。

一、领导特质理论

领导者的个人品质或特征是决定领导效果的关键因素。领导特质理论就是通过比较和分析,研究一位优秀的领导者应该具备哪些基本素质,确定哪些品质或特征是一位优秀的领导者所必备的。当判断或预测一个人能否成为一位优秀领导者时,只需看他是否具有所需的品质和特征。对于成功的领导者应该具有什么样的特质,研究者各持己见。

(一)斯托格迪尔的领导特质理论

斯托格迪尔(R. M. Stogdill)认为,与领导才能有关的品质很多,包括 5 项身体特征、16 项个性特征、6 项工作特征、9 项社交特征和 2 项社会性特征。

(1)5 项身体特征,包括精力、外貌、身高、年龄、体重。

(2)16 项个性特征,包括适应性、进取心、热情、自信、独立性、外向、机警、支配力、有主见、急性、慢性、见解独到、情绪稳定、作风民主、不随波逐流、智慧。

(3)6 项工作特征,包括责任感、事业心、毅力、首创性、坚持、对人的关心。

(4)9 项社交特征,包括能力、合作、声带、人际关系、老练程度、正直、诚实、权力的需要、与人共事的技巧。

(5)2 项社会性特征,包括社会经济地位、学历。

(二)奥莫尔的领导特质理论

美国普林斯顿大学的奥莫尔(Amal)认为,领导者应具备 10 个条件,即合作精神、决策能力、组织能力、精于授权、善于应变、敢于求新、勇于负责、敢担风险、尊重他人和品德高尚。

(三)德鲁克的领导特质理论

美国管理学家彼得·德鲁克认为,领导者应该具备五项特征:知道时间应该花在什么地方,善于系统地安排和利用时间;有效的领导者是为成果而工作的,不是为工作而工作,他们致力于最终的贡献;重视发挥自己的、同事的、上级的和下级的优势;懂得确立优先次序,集中精力于关注领域,做好最重要的、基本的工作;能够作出切实有效的决定。

(四)吉沙利的领导特质理论

吉沙利(E. Ghiselli)将个人性格与管理成功的关系,按照重要性进行了分类。他重点研究了 13 种特性,以及这些特性在领导才能中体现的价值,如表 7-1 所示。

表 7-1　吉沙利的品质理论

品　　质	重　要　性
监督能力	100
职业成就	76
智　力	64

品　　质	重　要　性
自　立	63
自　信	62
决断力	61
冒　险	54
人际关系	47
创造性	34
不慕财富	20
对权力的追求	10
成　熟	5
男性化与女性化	0

领导特质理论多集中于归纳和总结哪些品质是一个有效领导者所具备的,这些理论在后期基本上也没有更大发展,原因有二:一是这些学者所提出来的品质特征几乎涵盖了人类性格特征的所有方面,没有一个人能集所有自然天赋才能于一身;二是研究结果也很不一致,甚至相互矛盾,往往有的品质在某项研究中对领导者的成就有积极的影响,但在另一项研究中则是否定的结论。在实践中,这些品质仅仅与选择领导者有关,而与他们的成就没有太大关系。

二、领导行为理论

领导行为理论的研究者把目光集中于具体的领导者表现出的行为本身上,希望了解有效领导者的行为是否具有独特之处。例如,他们如何分配任务、如何与下属及员工沟通、如何激励下属和员工、如何完成任务等。有别于天赋的特质,行为是可以学习的。因此,领导行为理论所带来的实际意义与领导特质理论截然不同,对于个体可以进行适当的培训而使人们成为领导者。

领导行为理论成果众多,最为流行的是结构维度—关怀维度理论、领导方式的连续统一体理论、管理方格理论、勒温的领导方式理论和利克特的四种领导方式。

（一）结构维度—关怀维度理论

20 世纪 40 年代末期,美国俄亥俄州立大学的研究人员弗莱西曼(E. A. Fleishman)和他的同事对领导者行为进行了全面的研究,提出领导行为方式的结构维度—关怀维度理论。

结构维度是指领导者更愿意界定和建构自己与下属的角色，建立旨在达到工作目标的结构。它包括试图设立工作、工作关系和目标的行为。具有高结构的领导者会向小组成员分配具体工作，要求员工保持一定的绩效标准，强调工作的完成时间和完成情况。

关怀维度代表的是一个人具有信任和尊重下属的看法与情感的程度。高关怀的领导者帮助下属解决个人问题，他友善而平易近人，公平对待每一个下属，并关心下属的生活、健康、地位和满意度等。

以关怀维度和结构维度概念为框架，可以确定领导者在每种维度中的位置。如图 7-1 所示，根据这样的分类，领导者可以被分成四种基本类型：高结构—高关怀型、低结构—高关怀型、高结构—低关怀型和低结构—低关怀型。大量研究发现，在结构和关怀方面均高的领导者（高关怀—高结构型领导者），常常比其他三种类型的领导者更能使下属达到绩效和高满意度。

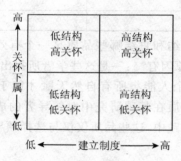

图 7-1　结构维度—关怀维度理论

总之，俄亥俄州立大学的研究说明，高结构—高关怀型风格能够产生积极效果。一个领导者可能在关心员工和建立结构两方面都很突出、可能都不突出，也可能一方面突出、另一方面不突出。因此，只有根据具体情况，将建立结构和关心员工组合得恰如其分，才能达到最佳状态。

（二）领导方式的连续统一体理论

领导方式的连续统一体理论是坦恩鲍姆（Robert Tannenbaum）和施密特（Warren H. Schmidt）于 1958 年提出的。这个理论认为，领导方式从专权型到放任型存在着多种过渡形式，不是固定不变的，要根据内外环境条件、工作性质和时间等具体情况适当决定。他们根据以下属为中心的领导方式和以上级为中心的领导方式的不同程度，概括描述了 7 种典型的领导方式，如图 7-2 所示。

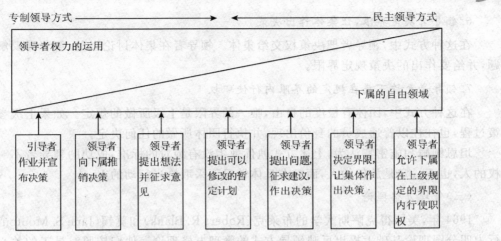

图 7-2 领导方式的连续统一体理论

1. 领导者作出并宣布决策

在这种方式中,上级确定一个决策,然后向下属宣布以便执行,他不给下属参与决策的机会,下级只能服从他的决定。

2. 领导者向下属推销决策

在这种方式中,领导者承担确认问题和作出决策的责任,但他不是简单地宣布这个决策,而是说服下属接受他的决策。

3. 领导者提出计划并征求意见

在这种方式中,领导者作出了决策,并期望下属接受这个决策,但他向下属提供一个有关他的想法和意图的详细说明,并允许提出问题。这样,便于下属更好地了解他的意图和计划,这个过程使领导者和他的下属能深入探讨这个决策的意义和影响。

4. 领导者提出可以修改的暂定计划

在这种方式中,领导者允许下属对决策发挥某些影响作用。他先对问题进行考虑,并提出一个计划,但只是暂定的计划,然后把这个计划交给有关人员征求意见,但确认问题和决策的主动权仍控制在领导者手中。

5. 领导者提出问题,征求建议,作出决策

在这种方式中,虽然确认问题和作出决策仍由领导者来进行,但下属有建议权。

6.领导者决定界限,让集体作出决策

在这种方式中,领导者把决策权交给集体。领导者在集体讨论以前,解释需要解决的问题,并给要作出的决策规定界限。

7.领导者允许下属在规定的界限内行使职权

在这种方式中,团体有极度的自由,唯一的界限是上级所做的规定。如果上级参加了决策过程,也往往以普通成员的身份出现,并执行团体所做的任何决定。

坦恩鲍姆和施密特认为,上述方式孰优孰劣没有绝对的标准,成功的领导者不一定是专权的人,也不一定是放任的人,而是在具体情况下采取恰当行动的人。

(三)管理方格理论

1964 年,美国得克萨斯大学的布莱克(Robert R. Blank)和莫顿(Jane S. Mouton)在领导行为四分图理论基础上提出反映领导方式的管理方格理论。他们按照对员工的关心和对工作的关心这两个变量画成一个方格图,横轴表示领导者对工作的关心,纵轴表示领导者对员工的关心,每轴分为 9 个小格,第一格代表关心程度最低,第九格表示关心程度最高,整个方格图共有 81 个方格,每一小方格代表对"工作"和"员工"关心的不同程度组合形成的领导方式,如图 7-3 所示。

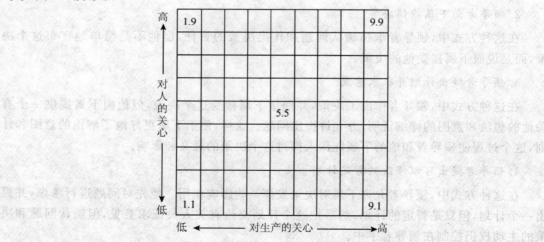

图 7-3 管理方格理论

布莱克和莫顿列举了 5 种典型的领导方式。

(1)9.1 型方式。这种方式高度地关注工作,只注重任务的完成,而不重视人的因素,是以工作为中心的领导方式。这种领导是一种专权式的领导，下属只能奉命行事，员工没有进取精神，不愿用创造性的方法去解决问题，不愿施展才能。

(2)1.9型方式。这种方式与9.1型相反，是高度地关注人、但对工作关注不够的一种俱乐部式的领导方式。这种方式的领导者认为，只要员工精神愉快，生产自然就会好，所以不管生产好不好，都要重视员工的情绪。这种管理的结果比较脆弱，一旦和谐的人际关系受到影响，生产就会随之下降。

(3)5.5型方式。这种方式同等地关注工作和人，是中庸型的领导方式。这种方式对工作和员工都不过于重视，努力保持和谐和妥协，以免顾此失彼，遇到问题总是敷衍了事，从长远而言，会使组织落伍。

(4)1.1型方式。这是一种既不关心工作，又不关注人的不称职领导方式。

(5)9.9型方式。这种方式高度关注工作和人，是一种团队式集体型的领导方式。在这种方式下，员工在工作上希望相互协作、共同努力实现组织目标；领导者也诚心诚意地关心员工，努力使员工在完成组织目标的同时，满足个人需要。应用这种方式的结果是，员工都能运用智慧和创造力进行工作，关系和谐，出色地完成任务。

从上述不同方式的分析中，显然可以得出以下结论：作为一个领导者，既要发扬民主，又要善于集中；既要关心组织任务的完成，又要关心员工的正当利益。只有这样，才能使领导工作卓有成效。

(四)勒温的领导方式理论

著名心理学家勒温(P. Lewin)根据领导者如何运用职权，把领导者的行为方式划分为独裁式领导、民主式领导和放任式领导。

1.独裁式领导

独裁式领导是指领导者个人决定一切，然后布置下属执行。具有这种作风的领导者从不考虑别人的意见，很少参加群体的社会活动，与下级保持相当的心理距离，所有决策都由他自己作出，下级没有权力和机会参与决策，只能服从。其主要靠行政命令、纪律约束、训斥惩罚来维护领导者的权威，很少或只有偶尔的奖励。

2.民主式领导

民主式领导是指领导者在采取行动方案或作出决策之前会主动听取下级意见，或者吸收下级人员参与决策的制定。具有这种作风的领导者在工作中主要应用个人权力和威信使下属服从；在分配工作时尽量照顾到个人的能力、兴趣和爱好；积极参加群体活动，与下级没有任何心理上的距离；鼓励下属参与决策，下属拥有相当大的工作自由和灵活性。

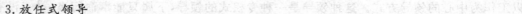

3.放任式领导

放任式领导是指领导者极少运用其权力影响下属,而给下级以高度的独立性,从而达到放任自流的程度。

领导方式的这 3 种类型,各具特色,也各适用于不同的环境。根据勒温的研究,放任自流的领导行为能达到社交目的,关系协调,但效率最低,有可能完不成工作目标;而独裁式领导虽然通过严格管理完成了目标,但组织成员没有责任感,士气低落,情绪对抗;只有民主式领导工作效率最高,不但能完成工作目标,而且组织成员关系融洽,工作积极主动,富有创造性。

(五)利克特的四种领导方式

美国密歇根大学的利克特(R. Likert)教授和他的同事进行了长达 30 年的研究,将领导行为连续统一体理论进一步推演。他们以数百个机构为对象,进行领导方式的研究,提出了四种领导方式。

1.专制—权威式

采用这种领导方式的领导者非常专制,决策权仅限于最高层,对下属很少信任,激励也主要是采取惩罚的方法,沟通采取自上而下的方式。

2.开明—权威式

采用这种方式的领导者对下属有一定的信任和信心,采取奖赏和惩罚并用的激励方法,有一定程度的自下而上的沟通,也向下属授予一定的决策权,但自己仍牢牢地掌握着控制权。

3.协商式

这种方式的领导者对下属抱有相当大但并不完全的信任,主要采用奖赏的方式来进行激励,沟通方式是上下双向的,在制定总体决策和主要政策的同时,允许下属部门对具体问题作出决策,并在某些情况下进行协商。

4.群体参与式

采用这种方式的领导者对下属在一切事务上都抱有充分的信心与信任,积极采纳下属的意见,更多地从事上下级之间及同级之间的沟通,鼓励各级组织作出决策。

利克特的调查结论是,采用第四种方式的领导者较其他方式的领导者能取得更大的成绩。实行群体参与领导方式的企业,生产效率要比一般企业高出 10%～40%。利克特把这些归因于员工的高程度参与管理及在实践中的高程度相互支持。利克特认为,单纯依靠奖惩来调动员工积极性的管理方式已经过时了,只有依靠民主管理,从内在因素来调动员工的

积极性,才能使其潜力充分地发挥出来。

三、领导权变理论

领导权变理论认为,领导行为的有效性不单纯取决于领导者个人行为,某种领导方式在实际工作中是否有效主要取决于具体的情景和场合,因此没有最好的领导模式,只有最合适的领导模式。领导方式的有效与否取决于领导者所面临的具体环境,取决于各种各样的权变因素。换句话说,领导与领导者是某种既定环境的产物,领导方式受领导者特征、追随者的特征和环境三个变量影响。领导者特征主要指领导者的个人品质、价值观和工作经历;追随者的特征主要指追随者的个人品质、工作能力和价值观等;环境主要指工作特性、组织特征、社会状况、文化影响和心理因素等。菲德勒模型、情境领导理论和路径—目标理论是领导权变理论的代表。

(一)菲德勒的领导权变理论

弗雷德·菲德勒(Fred E. Fiedler)的领导权变理论是具有代表性的。该理论认为,各种领导方式都可能在一定的环境内有效,这种环境是多种外部和内部因素的综合作用体。

1. 确定领导环境

菲德勒将领导环境具体化为三个方面,即职位权力、任务结构和上下级关系。所谓职位权力,是指领导者所处的职位具有的权威和权力的大小,或者说领导的法定权、强制权、奖励权的大小。权力越大,群体成员遵从指导的程度越高,领导环境也就越好;反之,则越差。任务结构是指任务的明确程度和部下对这些任务的负责程度。如果任务越明确,并且部下责任心越强,那么领导环境越好;反之,则越差。上下级关系是指群众和下属乐于追随的程度。如果下级对上级越尊重,群众和下属乐于追随,那么上下级关系越好,领导环境也越好;反之,则越差。

2. 确定领导者的领导方式

菲德勒通过问卷来测定领导者的领导方式。菲德勒认为,影响领导成功的关键因素之一是领导者的基本领导风格。为监测领导者的基本领导风格,他设计了最难共事者(LPC)问卷,通过问卷询问领导者对最不愿与自己合作的同事(LPC)的评价。如果领导者对这些同事的评价大多用敌意的词语,那么这种领导者趋向于工作任务型的领导方式(低LPC型);如果评价大多用以善意的词语,那么这种领导者趋向于人际关系型的领导方式(高LPC型)。

3.领导者与领导环境的匹配

菲德勒认为,环境的好坏对领导的目标有重大影响。对低 LPC 型领导来说,他比较重视工作任务的完成,如果环境较差,他将首先保证完成任务;当环境较好,任务能够确保完成时,他的目标将是搞好人际关系。对高 LPC 型领导而言,他比较重视人际关系,如果环境较差,他将首先将人际关系放在首位;如果环境较好,人际关系也比较融洽,这时他将追求完成工作任务。

菲德勒根据调查建立了菲德勒模型,如图 7-4 所示。

上下级关系	好				差			
任务结构	明确		不明确		明确		不明确	
职位权力	强	弱	强	弱	强	弱	强	弱
情景类型	1	2	3	4	5	6	7	8
领导所处的情景	有利				中间状态			不利
有效的领导方式	任务导向				关系导向			任务导向

图 7-4 菲德勒模型

菲德勒根据领导情境中的 3 个变量组合成 8 种不同的环境条件。根据关于领导情境的 8 种分类和关于领导类型的两种分类(高 LPC 值的领导和低 LPC 值的领导),菲德勒对 1 200 个团体进行了抽样调查,得出了以下结论:领导环境决定了领导的方式。在环境较好的 1、2、3 和环境较差的 7、8 的情况下,采用低 LPC 领导方式,即工作任务型的领导方式比较有效;在环境中等的 4、5、6 的情况下,采用高 LPC 领导方式,即人际关系型的领导方式比较有效。

(二)赫塞—布兰查德的情境领导理论

保罗·赫塞(Paul Hersey)和肯尼斯·布兰查德(Kenneth Blanchard)于 1976 年发展了卡曼(A. K. Korman)的领导生命周期理论,提出了情境领导权变理论。美国心理学家卡曼于 1966 年首创了领导生命周期理论。他认为,领导者采取什么样的领导行为,应与领导者的年龄、知识经验、技术水平和自我控制能力水平相适应,否则将影响领导效果。情境领导权变理论是在此基础上的进一步发展,包括以下 4 部分内容。

1.基本假设与逻辑结构

(1)领导的效能取决于下属接纳领导者的程度。无论领导者的领导风格如何、领导行为如何,其效果最终是由下属的现实行为决定的。

(2)领导者所处的情境是随着下属的工作能力和意愿水平而变化的。下属的技能、能力

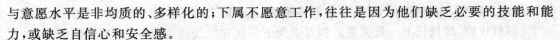

与意愿水平是非均质的、多样化的；下属不愿意工作，往往是因为他们缺乏必要的技能和能力，或缺乏自信心和安全感。

（3）领导者应对下属的特征给予更多的关注和重视，根据下属的具体特征确定适宜的领导风格。

2.根据成熟度对下属特征进行考察

所谓成熟度，是指个体对自己的直接行为负责的能力和意愿。其包括两个方面：一是工作成熟度，指一个人的知识和技能，工作成熟度高的下属得到良好的教育和培训，拥有足够的知识和能力，经验丰富，能够不需要他人指导而独立完成工作任务；二是心理成熟度，指一个人做某事的意愿和动机，心理成熟度高的下属自信心强，工作积极主动，他们不需要太多的外部激励，而主要靠内部激励。

赫塞和布兰查德根据下属的成熟度将其成长分为四个阶段。

第一阶段：下属缺乏执行某项任务的技能和能力，不胜任工作，而且他们又不情愿去执行任务，缺乏自信心和积极性。

第二阶段：下属目前还缺乏完成工作任务所需的技能和能力，但他们愿意执行必要的工作任务，具有积极性。

第三阶段：下属有较高的工作技能和较强的工作能力，但他们却不愿意干领导希望他们做的工作。

第四阶段：下属既有能力又有很高的工作意愿。

3.根据两个维度考察领导风格的类型

领导行为的两个维度是指任务行为和关系行为。赫塞和布兰查德认为，每一维度又有高低之分，可以组合成4种具体的领导风格。

（1）指导型，即高任务—低关系。领导者制定所有决策，为下属确定角色，告诉下属应该干什么、怎么干以及何时、何地去干。

（2）推销型，即高任务—高关系。领导者既是一个以任务为中心的权威型领导，同时又是一个以员工为中心的支持者。作为领导者，制定所有决策，为下属确定角色，指导下属的行为；作为支持者，领导者对下属的要求不超过其力所能及的范围，愿意向下属解释自己的决策，公平、友好地对待下属并帮助下属解决个人问题，在下属很好地完成任务时给予赞赏和表扬。

（3）民主式参与型，即低任务—高关系。领导者允许下属讨论组织的政策，并且鼓励他们参与重要决策，鼓励下属参与群体活动，领导者的主要角色是为下属提供便利条件和进行协调沟通。这样,在企业内创造良好的群体感觉,提高职工的工作满意度和士气。

(4)授权型,即低任务—低关系。领导者为下属树立挑战性的目标,并充分信任下属,允许他们独立地进行决策,确定自己的工作内容;领导者提供极少的指导或支持。

4.具体情境下领导风格的确定

随着下属成熟水平的不断提高,领导者可以减少对下属活动的控制,同时减少关系行为。在员工成长的第一阶段,下属需要得到明确而具体的指导。在第二阶段,领导者需要采取高任务—高关系行为,高任务行为能够弥补下属能力的欠缺,高关系行为能够给下属提高技能和能力的愿望以更大的激励。在第三阶段,领导者运用支持性、非指导性的参与风格能够有效地满足下属的参与欲望,消除其现实的挫折感,从而向下属提供更强的内在激励。在第四阶段,领导者无须做太多的事情,因为下属既愿意又有能力完成工作任务。

(三)路径—目标理论

路径—目标理论由罗伯特·豪斯(Robert House)等人提出,是以期望理论和领导行为四分图理论为基础而发展起来的。该理论认为,领导者的工作就是帮助下属达到他们的目标,并提供必要的指导与支持,以确保下属目标与组织总体目标相一致。路径—目标理论就是明确指明下属的工作目标,指明实现工作目标的途径,为下属清理各种障碍和危险,并通过奖励和报酬提高下属完成任务的内在激励,可以有效地实现组织目标,从而提高领导的效能。路径清晰意味着领导者必须接近下属,以帮助他们认识和掌握圆满完成工作任务和获得奖酬所必须采取的正确行动。提高奖酬则意味着领导者必须接近下属,以了解对下属来说哪些奖酬是最有价值的。领导者的责任就是提高下属渴望得到的奖酬的价值,并使下属得到清晰的奖酬路径。

这一模型包括了三种权变因素,即领导风格、环境变量和奖酬的运用。

1.领导风格

领导风格分为指示型领导、支持型领导、参与型领导和成就导向型领导4类。

(1)指示型领导非常详细地告诉下属他希望下属做什么,包括制定计划、制定工作进度表、建立绩效目标和作业标准及严肃规章制度。

(2)支持型领导对员工福利和个人需求极为关心,其领导行为是开放的、友善的和平易近人的,领导者能够创造一种团队氛围,对下属平等相待。

(3)参与型领导能够与下属一起进行决策。其领导行为包括向下属征询意见和建议,鼓励下属参与决策,鼓励集体决策和书面建议。

(4)成就导向型领导能够为下属确立明确的具有挑战性的目标。其领导特点是强调超越目前水平的、高质量的绩效和成就,对下属充满信任,并帮助他们了解如何去实现目标。

领导者可以根据具体的情境来选择合适的领导风格。

2.环境变量

路径—目标理论认为影响领导风格的环境变量有以下两个。

(1)群体成员的个性特征,指下属的能力、技能、需要等因素。

(2)工作环境包括:①任务结构的优良程度,包括任务的确定程度和复杂程度;②权力系统特征,包括领导者拥有的合法权力的大小,以及对下属行为的制度化约束程度;③群体的特征,指下属受教育程度及人际关系质量。

3.奖酬的运用

奖酬的运用是指领导的责任就是明确下属获得奖酬的路径或提高奖酬,来增加下属的满意度和提高工作绩效。

路径—目标理论的环境因素和领导行为的关系如图7-5所示。

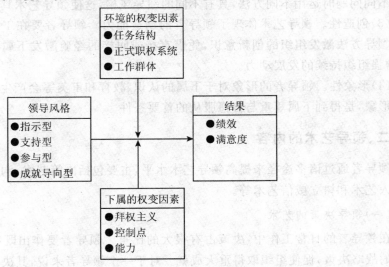

图 7-5　路径—目标理论

成功的管理者拥有决定领导行为种类的诀窍,这些领导行为在不同的情境下能发挥不同的作用,能有效地提高领导效果。

第三节　领导艺术

一、领导艺术的特征

领导工作既是一门科学,也是一门艺术。作为一种行为艺术,领导艺术是指在实施领导的方式、方法上所表现出来的创造性。领导艺术可以体现在所有的领导活动过程中,只要有领导活动存在,就有领导艺术。领导艺术一般具有以下 4 个特点。

(1)灵活性。领导艺术不完全等同于领导方式,没有固定的模式,也不存在既定的做法,它要求领导者善于根据环境的变化,灵活巧妙地用各种领导方法处理各种问题。

(2)多样性。领导艺术在不同性格、气质、能力的领导者身上表现也不同,不同领导者在处理不同问题时运用不同方法,具有不同的领导风格,这使领导艺术具有了多样性的特点。

(3)创造性。领导艺术体现了领导者的创造能力。领导者要在工作中善于运用新颖独特的领导方法激发组织的创新意识,凭借直接或间接的经验激发下属的进取精神和创业热情,增强组织持续的发展动力。

(4)形象性。领导者的形象对于下属的认识、教育和审美等会产生重要的影响。良好的领导形象,是得到下属尊重与自愿服从的首要条件。

二、领导艺术的内容

领导者通过诸多途径来提高领导艺术水平,主要包括决策艺术、沟通艺术、协调艺术、选才用人艺术和树立威信艺术等。

(一)领导决策的艺术

在领导者的日常工作中,决策占有很大的比重。领导者要作出既有事实根据又具有前瞻性的战略决策,促使组织取得重大成就。对于一个领导者来说,其决策能力与其是否能抓住问题的关键有关。决策艺术包括以下 3 个方面。

1. 对不同的决策问题采取不同决策方法的艺术

决策理论学派创始人西蒙认为,决策的关键是时机和信息。一个好的领导者要能够区分出组织中重要的事情与紧急的事情、有效率的事情与有效果的事情之间的区别。如果这个关键抓不住,就很容易造成决策失误,陷入工作的被动之中。

2.尽量实现决策的程序化

程序化决策会减少决策的失误,降低决策的风险,因此要将程序化的事务纳入制度化、法制化的轨道,实现程序化决策,从而提高领导决策的科学性和准确性。

3.熟悉授权的艺术,实现有效授权

一个成功的领导者,并不需要事事亲为,而是通过适当的授权,让下级充分发挥积极性和创造力,从而实现自己的目的。

(二)领导沟通的艺术

沟通是为了达到相互了解和协调一致的效果而在人与人间进行的信息传递。没有人际的信息交流,就不可能有领导。领导者在实施指挥和协调的职能时,必须把自己的想法、感受和决策等信息传递给下属,才能影响下属的行为。同时,为了进行有效的领导,领导者也需要了解下属的反映、感受和困难。这种双向的交流是十分重要的,有利于消除误会,确立互相信任的人际关系,营造良好的工作氛围,增强组织的凝聚力;有利于协调组织成员的步伐,确保组织目标的完成;有利于领导者准确迅速地了解组织及下属的动态,获取高质量的信息,提高领导效率。领导者必须善于沟通,掌握沟通方式,针对具体情况运用不同的沟通艺术。

(三)领导协调的艺术

领导协调是指对影响组织和谐的各种矛盾、冲突进行调整、控制,使组织保持一种平衡状态以实现组织的预定目标。领导协调的对象既有群体中的个人,也有组织中的群体,还包括协调不同的组织。其中,协调领导者与下属之间的关系极其重要。领导者不能只依靠自己手中的权力,与下属之间建立起一种刻板的和冷漠的上下级关系,而应当取得同事和下属的友谊和合作,建立起真诚合作的同志关系。要建立起这种关系,除了要求领导者的品德高尚、平易近人、作风正派外,还要求领导者精通协调艺术。

(四)树立威信的艺术

领导者在群体中的威信和信誉是使下属信任和服从的保障。在工作中,领导者如果有威信、有信誉,下属就会表现出一种心悦诚服的态度,自愿接受其领导。领导者威信越高,下属与其心理距离越小,影响力越大,就能够有效地调动下属的积极性、主动性和创造性。领导者树立威信应注意以下两点。

(1)把握影响领导威信的相关因素,正确运用权力性和非权力性影响力。权力性影响力是由领导者所掌握的一定权力所形成的,其特点带有强迫性。它主要由领导者的职务、资历和传统等因素构成。职务越高权力越大,影响力也就越强。同样,资历深、有水平的领导者往往会使下属产生一种敬重感和服从感。非权力性影响力量由领导者的素质和行为所形成的,是一种自然性影响力。构成这种影响力的因素主要有领导者的道德、品行、性格、作风,以及才干、能力和知识水平等。领导者品格高尚,就会使下属敬爱、信服。有德有才,又有丰富知识和理论修养的领导者就会引起人们的敬佩,产生一种信赖,得到群众的尊重。权力性影响力与非权力性影响力对于领导树立威信都是必要的,相比而言,后者的作用更持久。领导者在已具备权力性影响力的基础上,能否进一步树立和巩固威信、增强影响力,则主要取决于才能、知识和情感等因素,所以加强自身修养、提高自身素质是领导树立威信、增强影响力之所在。

(2)注意克服一些错误做法。领导者要树立威信必须注意摒弃一些错误的做法,如滥用职权、着意讨好上下级等。

(五)选才用人的艺术

善于选才用人是领导者的基本职能,也是其重要职责。对于人才管理,现代领导者应该做到"人尽其才,物尽其用",对人才要有合理分配和调度艺术。能否合理地选拔人才,做到人尽其才,调动每一个人的积极性,是实现领导目标的关键。领导者必须有敏锐的识才能力,有强烈的求才欲望,深厚的爱才情感,豁达的容才度量;能充分信任下级,培养下属的自信心和自豪感,充分发挥下属的主动性和创造性;能在关键时刻保护下属,旗帜鲜明地支持下属改革和锐意进取的精神。如果说无人才可用是一种无奈,而有人才却放而不用、或有人才不知如何用则是一种悲哀。

本章小结

1.领导是管理的重要职能,是指对组织成员的行为进行引导和施加影响的活动过程,其目的是带领和指挥组织的全体成员同心协力地执行组织的计划,实现组织的目标。

2.领导的实质是对他人施加影响力,影响力主要来自两个方面:一是职位权力,包括强制性权力、奖赏性权力和法定性权力;二是个人权力,包括专家性权力和感召性权力。

3.领导作用包括指挥、协调和激励三个方面。

4.领导理论可以分为三大类,即领导特质理论、领导行为理论和领导权变理论。

5.领导特质理论就是通过比较和分析,研究一位优秀的领导者应该具备哪些基本素质,确定哪些品质或特征是一位优秀的领导者所必备的。

6.领导行为理论的研究者把目光集中于具体的领导者表现出的行为本身上,希望了解有效领导者的行为是否有独特之处。最为流行的是结构维度—关怀维度理论、领导方式的连续统一体理论、管理方格理论、勒温的领导方式理论和利克特的四种领导方式。

7.领导权变理论认为,领导行为的有效性不单纯是领导者个人行为,某种领导方式在实际工作中是否有效主要取决于具体的情景和场合,因此没有最好的领导模式,只有最合适的领导模式。菲德勒模型、情境领导理论和路径—目标理论是领导权变理论的主要代表。

8.领导的艺术是指在实施领导的方式、方法上所表现出来的创造性。领导艺术具有灵活性、多样性、创造性和形象性四个特点。领导艺术主要包括决策艺术、沟通艺术、协调艺术、选才用人艺术和树立威信艺术等。

复习思考题

一、单项选择题

1.在菲德勒模型中,下列情况属于较好的领导环境的是(　　)。

A.人际关系差,工作结构复杂,职位权力强

B.人际关系差,工作结构简单,职位权力强

C.人际关系好,工作结构复杂,职位权力弱

D.人际关系好,工作结构复杂,职位权力强

2.管理方格图中,9.1型对应的是(　　)领导方式。

A.任务型　　　　　B.俱乐部型　　　　　C.中庸之道型

D.贫乏型　　　　　E.团队型

3.俱乐部型领导方式位于管理方格图的(　　)格。

A.9.1　　　　B.1.9　　　　C.5.5　　　　D.9.9　　　　E.1.1

4.领导者采取何种领导风格,应当视其下属的"成熟"程度而定。当某一下属不愿也不能负担工作责任,学识和经验较少时,领导对于这种下属应采取如下哪种领导方式(　　)。

A.命令型　　　　　B.说服型　　　　　C.参与型　　　　　D.授权型

5.下列说法属于民主式领导方式的是(　　)。

A.领导事先安排全部的上作,包括程序和方法,下属只能服从

B.分配工作前会和员工沟通,尽量照顾到个人的能力

C.对工作事先没有任何的安排,事后无评估,一切由员工自己决定

D.领导方法的选择取决于领导者的个性

二、简答题

1.如何区分领导者与管理者？

2.简述领导的定义及要素。

3.领导者的权力包括哪些内容？

4.简述管理方格理论。

5.什么是领导行为理论？代表理论有哪些？

6.什么是领导权变理论？代表理论有哪些？

7.领导工作具有很强的艺术性，你认为领导者在领导过程中主要应注意哪些方面？

案例讨论

逐渐巩固领导地位的首席执行官

土星公司与美国硅谷的许多高科技公司一样，以火箭般的速度发展，但也面临着来自东海岸大公司的激烈竞争。公司刚开张时，一切就像闹着玩似的，高层管理人员穿着 T 恤衫和牛仔裤来上班，谁也分不清他们与普通员工有什么区别。然而当公司财务上出现了困境，局面开始有了大改变。虽然原先那个自由派风格的董事会主席留任，但公司聘请了一位新的首席执行官琼斯。琼斯来自一家办事古板的老牌公司，他照章办事，十分传统，与土星公司的风格相去甚远。公司管理人员对他的态度是：看看这家伙能呆多久？看来，冲突矛盾是不可避免的了。

第一次公司内部危机发生在新任首席执行官琼斯首次召开高层管理会议时，会议定于上午 8 点半开始，可是有一个人 9 点钟才跌跌撞撞地进来。西装革履的琼斯瞪着那个迟到的人，对大家说："我再说一次，本公司所有的日常公事要准时开始，你们中间谁做不到，今天下午 5 点之前向我提交辞职报告。从现在开始到我更好地了解你们的那一天，你们的一切疑虑我都担待着。你们应该忘掉过去的那一套，从今以后，就是我和你们一起干了。"到下午 5 点，10 名高层管理人员只有两名辞职。

此后一个月里，土星公司发生了一些重大变化。琼斯颁布了指令性政策，使已有的工作程序改弦易辙。从一开始起，他三番五次地告诫副总经理威廉，一切重大事务向下传达之前必须先由他审批，并提醒他不要抱怨下面的研究、设计、生产和销售等部门之间缺乏合作。在这些面临着挑战的关键领域，土星公司一直没能形成统一的战略。

琼斯还命令全面复审公司的福利待遇制度，然后将全体高层管理人员的工资削减 15%，这引起公司的一些高层提出辞职。研究部主任这样认为："我不喜欢这里的一切，但我不想马上走，开发计算机打败 IBM 对我来说太有挑战性了。"生产部经理也是个不满意琼斯

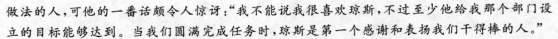

做法的人,可他的一番话颇令人惊讶:"我不能说我很喜欢琼斯,不过至少他给我那个部门设立的目标能够达到。当我们圆满完成任务时,琼斯是第一个感谢和表扬我们干得棒的人。"

事态发展的另一方面是,采购部经理牢骚满腹。他说:"琼斯要我把原料成本削减15％,他还拿着一根'胡萝卜'来引诱我,说假如我能做到的话就给我丰厚的年终奖。但干这个活简直就不可能,从现在起,我另找出路。"

但琼斯对霍普金斯的态度却令人不解。霍普金斯是负责销售的副经理,被人称为"爱哭的孩子"。以前,他每天都到首席执行官的办公室去抱怨和指责其他部门。琼斯采取的办法是,让他在门外静等,冷一冷他的双脚;见了他也不理会其抱怨,直接谈公司在销售上存在的问题。过了不多久,霍普金斯开始更多地跑基层而不是琼斯的办公室了。

随着时间的流逝,土星公司在琼斯的领导下恢复了元气。公司管理人员普遍承认琼斯对计算机领域了如指掌,对各项业务的决策无懈可击。琼斯也渐渐地放松了控制,开始让设计和研究部门更放手地干事。然而,对生产和采购部门,他勒紧缰绳。土星公司内再也听不到关于琼斯去留的流言蜚语了。人们对他形成了这样的评价:琼斯不是那种对这里情况很了解的人,但他确实领我们上了轨道。

资料来源:莱斯特·比特.36小时管理学课程.上海:上海人民出版社,1994.

讨论

1.琼斯进入土星公司时所采取的领导方式是什么?

2.琼斯以其对各项业务无懈可击的决策赢得了公司员工的尊敬,这是来自于哪一方面的影响力?琼斯对研究部门和生产部门各自采取了何种领导方式?

第八章　激励职能

知识点

1. 理解激励的含义和作用;
2. 了解激励的过程;
3. 熟悉人性假设理论;
4. 理解内容型激励理论、过程型激励理论和行为改造型激励理论;
5. 了解激励的基本原则;
6. 熟悉激励方法。

案例导入

IBM 公司:非同一般的激励

美国的 IBM 公司是世界上最大的计算机制造公司,该公司为了激励科技人员的创新欲望,促进创新成功的进程,在公司内部采取了一系列别出心裁的创新人才激励制度。该制度规定,对有创新成功者,不仅授予"IBM 会员资格",而且对获有这种资格的人,还给予提供 5 年的时间和必要的物质支持,从而使其有足够的时间和资金进行创新活动。

这一制度使创新者获取了实物形式的自主权,这种自主权主要表现在以下几个方面。

(1)有选择自己所追求的设想的权利。一个人如果没有充分的时间和资金去追求自己的设想,他就不能自由地选择怎样行动,必须等待公司批准。

(2)有犯错误的权利。没有自己的资金,一个人就要为自己的错误向别人负责;有了自己的资金,他就只需向自己负责。

(3)有把成功带来的财富向未来投资的权利。

(4)有通过自己的勤奋获得利益的权利。

IBM 公司采用这一制度一举数得。它既使创新者追求成功的心理得到满足,也是一种经济奖励,它还可以此留住人才,并促使他们为公司的投资能得到偿还而更加努力地进行新的创新。

资料来源:罗锐韧,曾繁正.人力资源管理.北京:红旗出版社,1997.

第一节　激励的含义与作用

一、激励的含义

西方学者已经提出了许多关于激励的假说,在这些假说和研究成果的基础上,形成了一些对激励的定义。

弗鲁姆(Vroom)把激励定义为,对于个人及低层组织就其自愿行为所做的选择进行控制的过程。激励是诱导人们按照预期的行动方案进行行动的行为。这些活动可能对被激励者有利,也可能对被激励者不利。

佐德克(Zedeck)和布拉德(Blood)认为,激励是朝着某一特定目标行动的倾向。

爱金森(Atchinson)认为,激励是对方向、活动和行为持久性的直接影响。

盖勒曼(Gellerman)认为,激励引导人们朝着某些目标行动,并花费一些精力去实现这些目标。

沙托(Shartle)认为,激励是被人们所感知的从而导致人们朝着某个特定方向或为完成某个目标而采取行动的驱动力和紧张状态。

上述定义从不同侧面、不同角度揭示了激励的含义。

综上所述,激励是指通过满足人的需要,激发人的动机,将其内在的潜力转化为实现目标的行为过程。需要是指人由于缺乏某种生理或心理的因素而产生的与周围环境的某种不平衡状态,是人对延续和发展其生命而必需的客观条件的需求。简而言之,需要就是人对某种目标的渴求与欲望。动机是指诱发、活跃、推动和引导行为指向一定目标的心理过程。激励包括以下 3 个方面的含义。

(1)激励是一种强化作用。管理者将一些外部因素适当地刺激于被管理者,使这种外部的刺激转化为被管理者的内在动力,从而强化被管理者行为的过程。管理者无论是选择物质的还是精神的强化物,都必须是被激励者所缺乏的或所必需的,否则就起不到刺激的作用,更谈不上转化为被激励者的内在动力。

(2)激励是一种心理状态。激励是通过人们的需要或动机来强化、引导或改变人们的行为。从心理学来说,激励就是人潜在的内在动力被激发出来,处于一种强烈的要求满足欲望的状态,并且形成一种对行为的巨大动力。要形成有效激励,关键在于激活动机,产生欲望,推动行为去实现这些需要。

(3)激励是一个持续反复的过程。激励是一个由内在因素与外在因素交织起来持续作用和影响的复杂过程,而不是一个互动式的即时过程。从这一点来讲,也给管理者提出了一定的要求,即管理者对被管理者的激励活动是一个持续的过程。

二、激励的过程

心理学的研究表明,人的行为是由动机支配的,动机则是由需要引起的,行为又是朝向一定目标的。由此可见,人行为的始点是需要。激励过程如图 8-1 所示,当人的需要未能得到满足时,心里会产生一种紧张不安的状态,这种状态就会成为一种内在的驱动力,导致某种行为或行动,从而去实现目标,一旦达到目标就会带来心理和生理上的满足。原有的需要满足了,新的需要又会产生,进而引发新的动机,导致新的行为,如此周而复始地循环。

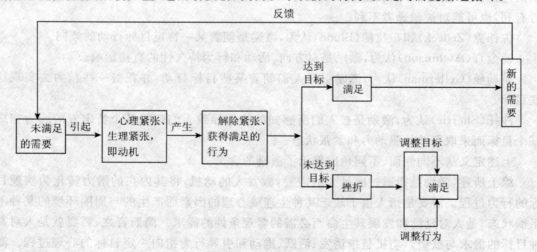

图 8-1 激励的过程

激励过程是一个"需要—动机—行为—满足需要"的过程。其中,需要既是出发点,又是一个过程的终结点;动机是推动行为的内驱力;而行为是实现目标、满足需要的物质力量。激励的实质就是通过影响人的需要或动机来达到引导人的行为的目的,实际上是一种对人的行为的强化过程。

三、激励的作用

美国哈佛大学教授威廉·詹姆士曾经做过这样的实验,在按时计酬的制度下,一个人仅能发挥其能力的 20%～30%,如果他受到正确而充分的激励,就能发挥其能力的 80%～90%,甚至更高。激励的作用概括有以下几点。

(一)有助于实现组织目标

激励可以有效地协调组织目标和个人目标,提高组织的凝聚力。在现代组织中,增强凝聚力是重要的内容和目标,一项好的激励措施能够增强组织的凝聚力。

(二)有助于提高组织绩效

有效的激励还有助于组织吸引优秀人才流入组织。因为每个人都希望自己的才能有一个可以施展和发挥的空间,有效的激励能使外部的人才看到组织能够发挥其作用,从而愿意为组织的发展贡献自己的一份力量。同时,激励还可以挖掘人的潜力。每个人的体力和智力都有很大的潜力,人的潜力与平时表现出的能力存在着巨大的差异。通过激励就能极大地调动人的积极性、主动性和创造性。

(三)有助于形成良好的竞争环境

激励能形成良好的组织文化,造就良好的竞争环境。组织通过激励手段使先进者更加进步,使后进者能意识到自己的差距,从而形成一种良性的竞争环境,这对组织的进一步发展有着非常重要的意义。

第二节 人性假设理论

管理者要进行有效激励,就必须了解员工的特性和心理,从而采取相应的激励方式。事实上每一个管理者都有他对人性的基本假设,这些假设将引导他采取相应的激励方式。一个管理者的激励行为是否真正有效就要看他对人性的假设是否符合客观现实。不同的人性假设产生不同的理论,异彩纷呈的激励理论正是建立在不同的人性假设基础上。

一、麦格雷戈的人性假设理论

麦格雷戈(Douglas M. McGregor)认为,管理首先要处理的是如何看待自己与其他人的关系这个根本问题,这就必然涉及怎么样认识人性的问题。他指出,关于人性有两种截然相反的假设。他称其中一种为"X理论",另一种为"Y理论"。

(一)X理论

麦格雷戈把传统的关于人性的假设称为X理论。该理论的基本假设如下。

(1)一般的人天性厌恶工作,因此只要有可能就一定逃避工作。

(2)由于人的厌恶特性,因此对大多数人来说,都必须通过强迫、控制、指挥和惩罚性的威胁,才能使他们付出努力来完成工作任务。

(3)一般人宁可受别人指挥,也不愿意承担责任,胸无大志,只求太平。

(4)一般人倾向于保守,安于现状,抵制变革。

(5)一般人缺乏必要的理智,容易受到骗子和野心家的鼓励和蒙骗,产生破坏等各种非理性行为。

(二)Y理论

麦格雷戈把自己对人性的假设称为Y理论。该理论的基本假设如下。

(1)一般人天生并不是好逸恶劳的,他们在工作中体力和智力的消耗就像游戏和休息一样自然,人们对工作的喜恶取决于他们对工作带来的满足和惩罚的理解。

(2)严格的控制和惩罚性的威胁并不是使人们工作的唯一方法,如果给每人制定明确的目标,那么他们将会非常愿意朝着自己的目标去工作。

(3)人们对目标的承诺,来源于本身自我实现的需要,这种需要可以促使人们向着组织的目标而努力。

(4)在合适的工作条件下,人们不仅愿意承担责任,而且还勇于承担责任。

(5)在解决组织遇到的问题时所运用的较高的想像力、机智和创造性的能力,不是少数人所独有的,而是大多数人所共有的。

(6)在现代社会中,人们的智慧和潜能只是部分地得到了发挥。

很明显,这两种对人性的假设是根本不同的:前者是悲观的、静态的和僵化的,而后者却是乐观的、动态的和灵活的;前者完全依赖于对人行为的外部控制,而后者则更注重人的自我控制和自我指导。

二、沙因的人性假设理论

美国管理学家沙因(Edgar H. Schein)综合了梅奥的人际关系学说、麦格雷戈的人性假设理论和马斯洛的需求层次理论,提出了四种人性假设。

（一）经济人假设

经济人假设是古典经济学家和古典管理学家对人性的假设,其主要内容与麦格雷戈的 X 理论基本相同。经济人假设的主要内容有以下几个方面。

(1)人工作的主要动机是由于经济原因引起的,目的是为了获得最大的经济效益。

(2)经济诱因在组织的控制之下,因此人只能被动地在组织的操纵、激励和控制下从事各种工作。

(3)人在做任何事情时都要经过精打细算,而且是非常理智的。

(4)人的感情是非理性的,它会影响人对经济利益的合理追求,因此组织必须设法控制个人的感情。

（二）社会人假设

社会人假设的主要内容如下。

(1)人们工作的主要动机是出于对社会的需求,因为通过与同事之间的联系可以获得基本的认同感。

(2)在现代社会中,由于工业革命和工作合理化,使得工作变得单调和毫无意义。因此,必须从工作的社会关系中去寻找工作的意义。

(3)非正式组织的社会作用要比正式组织的经济诱因具有更大的影响力。

(4)人们最期望于领导者的是能够承担并满足他们的社会需求。

（三）自我实现人假设

自我实现人假设是根据马斯洛的需求层次理论提出的人性假设,其主要内容如下。

(1)人的需求有从低到高的各种层次,人们最终的目的是为了达到自我实现的需求,并寻求工作本身的意义。

(2)人们力求在工作上有所成就,实现自我控制和独立,发挥自己的能力和技术。

(3)人们能够自我控制和自我激励,而来自外部的激励和控制往往会对人产生一种威胁,造成不良后果。

(4)个人的自我实现与组织目标的实现并不矛盾,而且有时是一致的。在适当条件下,个人会自动地调整自己的目标,使之与组织的目标相一致。

（四）复杂人假设

复杂人假设是沙因对人性的假设,其基本内容如下。

(1)每个人都有不同的需求和能力。人的工作动机不但是复杂的,而且变动很大。

(2)一个人在组织中所表现出来的动机模式,是他原来的动机与组织经验相互作用的结果。

（3）人们在不同的组织中可能表现出不同的动机模式。

（4）一个人在组织中是否感到称心如意取决于他本身的动机结构及他与组织之间的相互关系。

（5）人们可以依照自己的动机、能力及工作性质，对不同的管理做出不同的反应。

三、孔茨的人性假设理论

孔茨认为，管理者一定要使下属了解在他们为组织做出贡献的同时，也能满足他们的需求，并且能够施展他们的才能。但要真正做到这一点，管理者必须了解人。孔茨的人性假设理论的主要观点如下。

1. 人起着不同的作用

人并非只是一种生产因素，他们也是由许多组织构成的社会系统的成员，他们在不同的组织中扮演着不同的角色，起着不同的作用，发挥着不同的影响力。这些影响力形成了约束人们行为的法律和伦理道德。

2. 没有一般的人

人不仅起着不同的作用，而且人与人之间也是不同的，没有一般的人。所以作为管理者，必须要承认人的个别性，承认每个人都有不同的需要、不同的处事态度、不同的责任感、不同的知识和技术水平和不同的能力。这是一个管理者对下属进行激励时应该明白的基本道理。如果管理者没有认识到人的复杂性和个别性，他们很可能误用激励、领导、沟通等一般说来是正确的原理和概念。

3. 个人的尊严很重要

实现组织的目标固然重要，但实现目标的手段一定不能侵犯人的尊严。无论一个人在组织中职位的高低、贡献的大小，维护个人尊严的权利是平等的。作为一个合格的管理者，必须切记在实现组织目标的过程中绝不能侵犯个人的尊严。

4. 把人作为整体来考虑

孔茨认为，管理者应该从整体上去把握一个人，而不是割裂地看待。如果割裂开来看待人，就无法谈论人的本性了。

四、超 Y 理论

超 Y 理论是美国学者莫尔斯（J. J. Morse）和洛希（J. W. Lorsch）共同提出的。他们认为，不能笼统地说 X 理论是正确的，还是 Y 理论是正确的，有的组织适合于 X 理论，有的组

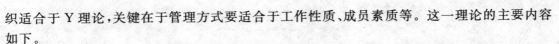

织适合于 Y 理论,关键在于管理方式要适合于工作性质、成员素质等。这一理论的主要内容如下。

(1)人们加入组织的目的有很多种。组织内部的员工加入同一组织的目的是不一样的,有人需要明确的规章制度,不喜欢参与决策和承担责任;有人却需要更多的自治,希望承担更多的责任,有更多的发挥个人创造能力的机会。

(2)组织目标的实现可以激起成员的胜任感和满足感,使之为达到新的、更高的目标而努力。

(3)影响管理结构和管理方式的因素很多。在组织内部,由于不同的组织目标、工作性质、成员的素质都会成为影响管理结构和管理方式的因素。如果管理结构和管理方式与这些因素相适应,那么组织运行的效率就会很高;反之,效率就会比较低。

因此,超 Y 理论主张应根据不同的具体情况,灵活采用 X、Y 或 X+Y 的管理方式。

五、Z 理论

1981 年,日裔美籍教授威廉·大内(William Ouchi)把美国型的企业组织和日本型的企业组织做了对比,并结合美、日企业的长处,设计了 Z 型企业组织的模型,并相应地提出了"Z 理论"。其基本出发点是,以前的理论都是在假设管理部门和职工相分离、甚至对立这一前提下提出来的,而 Z 理论则认为企业管理当局同职工是一致的,所以能把两者的积极性融为一体。其理论要点如下。

(1)采取长期雇佣制度。即使在不景气时,企业一般也不解雇职工,而是通过减少职工工作时间、削减奖金和津贴等来渡过难关,从而使职工的工作有保障,使职工更关心企业利益,职工流动率也比较低。

(2)缓慢地评价和提升。不要仓促地对职工的工作表现及业务能力作出评价,而是经过长时间的考查,对职工作出全面的评价,再予以提升。

(3)让职工得到多方面的锻炼。培养职工"一专多能",使他们既掌握必要的专业知识和技能。又注意多方面的能力培养。

(4)含蓄的控制机制,但检测手段明确正规。利用集体的压力等非正式控制,但检测手段必须明确而又正规。

(5)集体参与决策。在作出重大决策前,要统一思想。

(6)分工负责制。每人都应有明确的职责分工。

(7)对职工全面关心。上下级间应建立融洽的关系。

第三节　激励理论

以人性假设理论为基础,激励理论可以分为内容型激励理论、过程型激励理论和行为改造型激励理论三大类。人有各种不同的需要,内容型激励理论的目的就是要了解和分析可以激励一个人工作的各种需要。其主要有需要层次理论、双因素理论、ERG 理论和成就需要理论等。过程型激励理论主要研究从动机的形成到产生某种行为的心理过程,主要说明人的行为是怎样产生的,是怎样向一定方向发展的,是怎样使该行为保持下去以及怎样终止该行为的整个过程。这方面主要有期望理论、公平理论和目标设置理论等。行为改造型激励理论着重研究激励的目的,而激励的目的正是为了改造和修正行为。这类理论主要有强化理论和归因理论等。

一、内容型激励理论

(一)马斯洛的需要层次理论

美国社会心理学家亚伯拉罕·马斯洛 (Abraham Maslow)于 1954 年发表了《人类动机理论》,提出了需要层次理论。他把人的需要分为 5 个层次,依次为生理需要、安全需要、社交需要、尊重需要和自我实现需要,如图 8-2 所示。

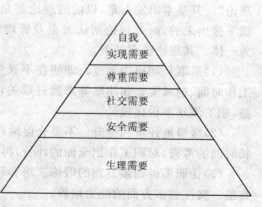

图 8-2　马斯洛的需要层次理论

1.生理需要

生理需要包括维持生活和繁衍后代所必需的各种物质上的需要,如衣食住行等。马斯洛认为这是人最低层次的需要,也是人类的基本需要。生理需要如果得不到满足,人类就无法生存。只有满足了这些生理需要,其他需要才能起到激励的作用。

2.安全需要

安全需要是对危险、恐惧、权利遭到剥夺时的自我保护。马斯洛认为,一个人在受到威胁时,安全需要最迫切。一个人在对安全颇有信心时,可能去冒险去追求新奇的事物。

3. 社交需要

人们在社会活动中，需要与同事、同伴保持良好的关系，渴望得到友谊、爱情和相互关心，希望被个人和组织所接纳，有一定归属感。这就是人的社交需要。这类需要已经超越了生理的范围，属于精神需要的领域了。

4. 尊重需要

尊重需要包括自我尊重和被人尊重两方面内容。自我尊重包括自尊、自信和成就感；被人尊重包括地位、名誉、权利、被社会认同等。

5. 自我实现需要

自我实现需要是人们的最高层次需要，是指一个人能做最适宜做的工作，发挥最大的努力，实现理想，并能不断地自我创造和发展，包括成长与发展、发挥自身潜能、实现理想的需要。这是一种追求个人能力极限的内趋力。这种需要一般表现在两个方面：一是胜任感方面，有这种需要的人力图控制事物或环境，而不是等事物被动地发生与发展；二是成就感方面，对有这种需要的人来说，工作的乐趣在于成果和成功，他们需要知道自己工作的结果，成功后的喜悦要远比其他任何薪酬都重要。

在这五个层次的需要中，马斯洛把生理需要、安全需要称为人基本的低层次的需要，而把社交需要、尊重需要和自我实现需要称为高层次的需要。高层次的需要从内部使人得到满足，而低层次的需要主要从外部使人得到满足。

需要层次论包含以下基本思想：第一，人的需要是呈等级层次状态的，是由低级到高级逐步上升的，只有低层次的需要逐步被满足以后，高层次的需要才会产生，而且人的需要影响人的行为。首先是生理需要，这是基础；然后才是安全需要，这是生理需要的社会保障。在此基础上发展出社交需要、尊重需要和自我实现需要。只有较低层次的需要得到满足后，才会产生更高一级的需要。第二，人的行为是由主导需要决定的。对于具体的人来说，并不是在任何条件下都同时具有这五种需要，而且这些需要之间的强度不是相等的。决定人们行为方向的是主导需要。第三，只有未满足的需要才能影响人们的行为，起到激励的作用。

（二）赫茨伯格的双因素理论

20 世纪 50 年代，美国心理学家弗雷德里克·赫兹伯格（Frederick Herzberg）在匹兹堡地区的 11 个工商业机构中，对近 2 000 名白领工作者调查研究后发现，员工对感到满意的因素和不满意的因素是各不相同的，他根据调查结果提出了双因素理论。赫兹伯格认为，影响人们行为的因素主要有两类，即保健因素和激励因素。保健因素是指那些与人们的不满情绪有关的因素，如公司的政策、管理和监督、人际关系、工作条件等。保健因素处理不好，会引发员工对工作不满情绪的产生;处理得好,则可以预防或消除这种不满。但这类因素并不能对员工起到激励作用,只能起到保持和维持工作现状的作用。激励因素是指那些与人们的满意情绪有关的因素。激励因素主要包括工作表现机会和工作带来的愉快、工作上的成就感、由于良好的工作成绩而得到的奖励、对未来发展的期望、职务上的责任感等。赫兹伯格认为,如果激励因素处理得好,能够使人们的行为得到切实的激励。当然,如果不提供这些因素员工也不会即刻产生不满的情绪。如果处理不当,其不利效果顶多是没有满意情绪,而不会导致不满。激励—保健双因素理论如图 8-3 所示。

激 励 因 素	保 健 因 素
成就	监督
认可	公司政策
工作本身	工作条件
责任	工资
晋升	个人生活
成长	个人关系
	地位
满意 ←——→ 没有满意	不满意 ←——→ 没有不满意

图 8-3　赫茨伯格的双因素理论

赫兹伯格认为,传统的"满意—不满意"观念(即认为满意的对立面是不满意)是不确切的。满意的对立面应该是没有满意,而不是不满意;不满意的对立面应该是没有不满意,而不是满意。激励因素与"满意—没有满意"相关,保健因素与"没有不满意—不满意"相关。所以,要调动员工的积极性,主要应注意激励因素,培养员工的主人翁意识,给予挑战性的工作,同时要创造良好的工作环境,消除不满情绪。

双因素理论对组织管理的基本启示是,要维持员工的积极性,首先要注意保健因素,以防止不满情绪的产生。但更重要的是,要利用激励因素去激发员工的工作热情,努力工作,创造奋发向上的局面,因为只有激励因素才会增加员工的工作满意感。

(三)ERG 理论

ERG 理论是"生存—相互关系—成长需要理论"的简称。它是美国耶鲁大学的克莱顿·爱尔德佛(C. P. Alderfer)发展了马斯洛的需要层次理论而提出的。它主要针对理解员工的工作需要,提出员工有三类核心的生存、联系、成长的需要。

生存需要是指所有物质和生理的欲望,包括马斯洛所说的生理需要和安全需要。联系需要包括与他人的联系及在相互交流思想和感情中获得满足。这类需要和马斯洛的社交需

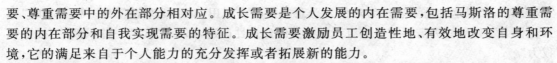

要、尊重需要中的外在部分相对应。成长需要是个人发展的内在需要,包括马斯洛的尊重需要的内在部分和自我实现需要的特征。成长需要激励员工创造性地、有效地改变自身和环境,它的满足来自于个人能力的充分发挥或者拓展新的能力。

ERG 理论与马斯洛需要层次理论的本质差异并不是用三个需要代替五个需要,而是 ERG 理论证实了不同类型的需要可以同时起作用。虽然马斯洛认为自我实现需要只有在其他需要都满足之后才显出重要性,爱尔德佛却坚持认为个体,尤其是后工业时代的员工的生存需要和成长需要可以同时被激励得到满足。

ERG 理论认为,一个人不会滞留在某一特定的需要层次上直到这一层次需要得到满足。该理论还认为,如果高层次需要得不到满足,那么满足低层次需要的愿望会更加强烈,即使低层次需要已经得到满足。ERG 理论比马斯洛的需要层次理论有更多的科学支持,而且与人们关于个体差异的常识更加一致。

(四)麦克莱兰的三种需要理论

三种需要理论又称为后天需要论,是由美国管理学家大卫·麦克莱兰(David C. Mc-Clelland)提出的。麦克莱兰认为,存在一些基本的需要引导着人的行为,即成就需要、归属需要和权力需要。他还认为,人的社会需要不是天生的,而是后天的,来源于环境、经历和培养教育,特别是在特定行为得到报酬后,会强化该种行为模式,形成需要倾向。

1. 成就需要

成就需要是指对成就的强烈愿望和对成功及目标实现的执著。有高度成就需要的人既有强烈的求得成功的愿望,也有害怕失败的强烈恐惧。他们希望受到挑战,愿意为自己设置一些有适当难度的目标,并对风险采取现实态度。实证研究表明,高度的成就需要同工作中的高绩效相联系。那些在富有竞争性的工作中取得成功的人,他们对取得成就的需要远远高于平均水平。

2. 归属需要

归属需要是指建立友好亲密的人际关系的愿望。高归属需要者喜欢合作而不是竞争的环境,希望彼此间的沟通和理解。作为个人,他们往往保持一种融洽的社会关系,与周围的人保持亲密无间的关系,并相互谅解。他们能够协调组织中几个部门的工作,具有过人的人际关系技能,能够与他人建立积极的工作关系。

3. 权力需要

权力需要是指影响和控制他人的愿望。麦克莱兰研究发现,具备较高权力欲望的人,特别重视影响力的发挥,追求控制力,这种人一般都希望得到领导地位。权力需要常常表现为

"双刃剑",如果这种需要表现为对他人恶意的控制和利用,对组织来说就是一种不利的"个人化权力";如果权力需要可导致组织和社会的建设性改进,那么它就是一种积极的"社会化权力"。

麦克莱兰通过20多年的研究指出,高成就需要者更喜欢个人负责任、能够获取工作反馈和适度冒险性的环境。与具有高度成就需要的员工不同,高归属需要感的员工更喜欢安定、保险系数高和可预见的工作场所。麦克莱兰的研究还表明,下属的三种激励需要是可以通过培训来培育和激发的。在一定程度上,管理者能够通过创造适当的工作环境来提高员工的成就需要;管理者可以赋予员工一定程度的自主权和责任感,逐步使其工作更具挑战性。

二、过程激励理论

(一)公平理论

公平理论又称为社会比较理论,是由美国心理学家亚当斯(J. S. Adams)在1965年提出的。这一理论认为,员工的积极性不仅要受到绝对报酬的影响,更重要的是受到相对报酬的影响。一个人会将他的投入报酬比值同他认为可以与他相比的另一个人的投入报酬比值加以比较,当比较结果是平衡的,他才会感到满意,才会受到激励。表达这一思想的等式为

$$\frac{个人所得报酬}{个人的投入} = \frac{(作为比较的)另一个人所得报酬}{(作为比较的)另一个人的投入}$$

如果员工感到自己的比值与他人相同,就会有公平感;如果感到二人的比值不相同,则会产生不公平感。当不公平感出现后,员工就会试图去纠正这一现象。

当员工感到不公平时,就会采取一些做法进行纠正。例如,理性地曲解自己或他人的比值;采取某种行为去改变他人的付出和获得;降低自己的工作质量或减少投入;要求增加自己的所得;选择另一组参照对象与自己比较;辞职另寻新的工作。

公平理论对于组织管理来说具有十分重要的意义。概括起来有以下几个方面。

1. 管理者要坚持公平

管理者用报酬或奖赏激励员工时,一定要把员工的所得与他们的付出挂起钩来,要一碗水端平,让员工感到公平合理。

2. 管理者应注意横向比较

金钱是相对的,虽然员工对所得的绝对数很关注,但是否满意则取决于他们所选择的参照标准。所以,管理者要多做横向比较,及时了解员工与其他组织比较时的感受,从而使自己的工作更有针对性。

3. 正确认识个人的感觉判断

人们在心理上常常会低估他人的工作能力和工作成绩,而高估别人的所得和奖赏,这种感觉上的差异会产生心态的不平衡。这种不良心态对组织和个人都不利。所以,管理者应该随时观察下属的心态,如果确实存在不公平现象,应尽快解决;如果纯属员工个人认识的偏差,也应及时进行必要的说明和解释,做好员工的思想工作。

(二)期望理论

美国心理学家弗鲁姆(Victor H. Vroom)在其代表作《工作与激励》一书中,详细地介绍了期望理论。他认为,激励程度的大小受两个因素的影响:一是期望值;二是效价。这两个因素共同影响形成了最后的激励。为了更好地解释这一理论,他用一个数学公式来表示激励程度与期望值、效价的关系,即

$$M = E \cdot V$$

式中,M 表示激励程度(Motivation),是指激励力量的大小,反映人们工作积极性的大小和耐久性;E 表示期望值(Expectancy),是指人们对于某一行为导致的预期目标或结果的概率估计,其数值变化范围为 0～1;V 表示效价(Valence),是指人们对于某一特定结果的偏好程度。所以,又可写为

$$激励程度 = 期望值 \times 效价$$

运用期望理论进行激励时一定要处理好以下 3 个方面的关系。

1. 个人努力与工作成绩的关系

个人主观能动性的发挥,即激励程度,取决于努力工作和成绩的关系。如果努力工作,而又取得了较好的工作成绩,那么个人的积极性就会很高;如果努力工作却没取得相应的工作成绩,那么个人工作的积极性就会比较低。所以,管理人员在进行工作安排时一定要注意根据每一个员工的特点,合理地安排他所比较偏好的工作,只有这样才能极大地调动员工的工作主动性,从而使员工在工作中不断取得更多的成绩。

2. 工作成绩与报酬的关系

个人积极性的发挥还取决于工作成绩与报酬的关系。如果员工工作成绩与他的报酬相对一致,那么员工的工作积极性就比较高;反之,就比较低。所以,管理者在管理过程中一定要根据员工完成工作的情况,给予相应的报酬。只有这样才能极大地调动员工的工作积极性,使员工为实现组织目标而努力工作。

3. 奖励与满足需要的关系

在管理的实践中,如果奖励能满足员工的实际需要,那么员工的工作主观能动性就比较

高;反之,就比较低。所以,管理者在奖励员工时,要针对其需要,采用多种形式,尽量满足被奖励者的实际需要。只有这样,才能真正达到激励员工的目的。

期望理论对管理者的启示是,管理者的责任是帮助员工满足需要,同时实现组织目标。管理者必须尽力发现员工在技能和能力方面与工作需求之间的对称性。为了提高激励,管理者可以明确员工个体的需要,界定组织提供的结果,并确保每个员工有能力和条件得到这些结果。

（三）目标设置理论

目标设置理论是由美国心理学家洛克(Edwin Locke)于1968年提出的。这一理论认为,许多激励因素都是通过目标来影响工作动机的,因此重视并尽可能设置合适的目标是激发动机的重要过程。设置适当的目标并妥善地进行管理,就能够有效地激励员工,提高工作的积极性。目标在日常工作中十分普遍,常见的目标包括销售配额、完工期限和节约成本等。

目标通过以下4个途径提高工作效率。

（1）设置困难的目标会使员工更加努力工作。当他们意识到要完成困难的目标时,便会尽力地工作;相反,假如他们认为所设置的目标很容易达到,就会失去工作的动力,只会付出较低的能力来完成目标。

（2）设置的目标能使员工清楚上级对他们的要求,把他们的精力和时间用在正确的方向上。

（3）设置的目标可以延长员工的工作持久力,进而改善他们的工作表现,长时间的努力工作容易使人感到疲倦,产生放弃的念头。设置目标可以使人知道距离完成还有多远,在知道距离目标不远的时候,员工一般不会轻易放弃以往的努力。

（4）目标使员工更仔细地选择完成工作的方法,在工作进行前做出详细的计划,工作表现自然会比在没有目标和计划的情况下进行得更好。

三、行为改造型激励

（一）强化理论

强化理论是由美国心理学家斯金纳(Burrhus Frederic Skinner)等人提出的。该理论认为,管理者可以利用效果法则,通过对工作环境和员工行为结果的系统管理来修正员工行为,使其符合组织目标。效果法则是指个体对外部事件或情境所采取的行为或反应,取决于特定行为的结果;当行为的结果对他有利时,这种行为会重复出现;当行为的结果不利时,个体可能会改变自己的行为以避免这种结果。根据事件的再现或取消、事件的满意或不满意这两类因素的不同组合,可以把强化分为四种类型,即正强化、负强化、消除和惩罚。

1. 正强化

正强化就是应用有价值的结果从正面鼓励符合组织目标的行为,表示对某一种行为的奖励与肯定,以提高这种行为重复出现的可能性,包括表扬、优秀绩效评估和加薪等。

2. 负强化

负强化又称为规避性学习,是指员工改变自己的行为以规避不愉快的结果。负强化是事前的规避,通常表现为组织规定所形成的约束力。员工为了取消或避免不希望的结果而对自己的行为进行约束,包括批评或低评价等。

3. 惩罚

惩罚是指运用消极的结果以阻止或更正不当的行为。例如,对员工批评、斥责、处分、降级、撤职或者是减薪、扣发奖金、重新分派任务、解雇等。惩罚与负强化不同,负强化只是包含了惩罚的威胁,而惩罚则是落实对组织不利行为的惩罚措施。

4. 消除

消除是对于行为不给予强化的结果。当这种情况出现时,动机就会弱化,行为也会逐渐消退或消除。

强化理论认为,在塑造组织行为的过程中,惩罚往往会对员工的心理产生不良的副作用。因此,应把重点放在积极的强化,而不是简单的惩罚上。创造性地运用强化手段对于管理者是十分必要的。在现代扁平化组织中,管理者不能像过去那样只希望通过加薪、提升来激励员工。因此,创造性地设计出新的强化方法和奖励措施,如才智的挑战、更大的责任、弹性的工作时间等成为管理者的重要课题。

（二）归因理论

归因理论是由美国心理学家海德（F. Heider）在 1958 年研究社会知觉的实验中首先提出来的。该理论认为,人们对过去的成功或失败,一般会有以下 4 种归因。

（1）努力程度——相对不稳定的内因。

（2）能力大小——相对稳定的内因。

（3）任务难度——相对稳定的外因。

（4）运气和机会——相对不稳定的外因。

把以往工作和学习的失败原因,归于内因和外因中的相对稳定因素或相对不稳定因素,是影响今后工作和学习的关键。如果把失败的原因归于相对稳定的内因和外因因素,就会使人动摇信心,而不再坚持努力行为;如果把失败的原因归于相对不稳定的内因和外因因素,则会使人不断保持努力行为。

随着研究的深入发展,归因理论的研究内容已逐渐超出了社会知觉的范围,目前的研究主要包括三个方面:一是对人的心理活动的归因,即人的心理活动产生应归结为什么原因;二是对人行为的归因,即根据人的行为和外在表现来推断其心理活动,这是归因理论的主要内容;三是对人未来行为的预测,即根据人的过去和现在的行为表现来预测其在今后有关情境中将会产生什么样的行为。

归因理论在管理中有重要的应用价值。当下属在工作、学习和生活中遭受失败时,管理者就要帮助他们分析失败的原因,引导其继续保持努力行为,争取以后行为的成功。

第四节　激励的原则和方法

一、影响激励的因素

激励过程涉及许多因素,由于这些因素的相互作用,使激励过程变得十分复杂。人的行为并不是一件简单的事情,而是一个由许多变量相互作用所形成的系统。如果不考虑这些变量,只采用一个或一组激励因素,就可能会失败。

影响激励的因素可以划分为以下三种类型。

(一)个人因素

组织成员彼此在智力、能力及个性等方面均存在差异,对激励就会有不同的反应。在个人因素中,最重要的是个性差异。激励的强度取决于每个人的需求,而需求的强度则要受到个性的制约。即使每个人都有相同的需要,为实现需要的满足而采取的行为也会因个性差异而不同。

(二)工作因素

工作因素对激励的影响表现在以下3个方面。

(1)工作是否有意义,即工作重要的程度如何。如果一个人是在从事一些琐碎的工作,那么他从工作中得到的激励动机一定不高。

(2)对工作成果是否必须负责,即工作对一个人而言是否能使他感觉到他该尽什么样的责任或义务。

(3)是否了解工作成果,即一个人是否可以得到自己工作成果的反馈,是否能看到自己

努力的结果。

如果以上三项中有一项满意程度很低的话,激励的效果就会很低。

（三）组织因素

影响激励的组织方面的因素包括工作环境、组织结构、组织制度、领导行为等。

二、激励的原则

科学的激励应遵循以下原则。

（一）目标结合原则

在激励机制中,设置目标是一个关键环节。目标的设置必须体现组织目标的要求,否则激励将偏离实现组织目标的方向。同时,目标设置还必须能够满足职工个人的需要,否则无法提高职工的目标效价,达不到满意的激励强度。只有将组织目标与个人目标结合好,使组织目标包含较多的个人目标,使个人目标的实现离不开为实现组织目标所做的努力,这样才会收到良好的激励效果。如果组织目标与个人目标形同陌路,将不利于组织的发展。

（二）物质激励与精神激励相结合的原则

员工存在着物质需要和精神需要,相应的激励方式也应该是物质激励与精神激励相结合。物质需要是人类最基础的需要,是人类生存和发展的根本要求,层次较低,其作用也是表面的,激励有限。随着生产力水平和人的素质的提高,应该把激励的重心转移到以满足较高层次需要的精神激励上。也就是说,要以物质激励为基础,精神激励为根本来实现两者的有效结合。同时应该避免片面性和极端性,过分关注物质激励就会导致拜金主义,过分关注精神激励又会导致"意志万能论"。所以,必须正确认识两者之间的关系,实现物质激励与精神激励的有效结合。

（三）外在激励与内在激励相结合的原则

内在激励是指通过启发诱导的方式激发人的主动精神,充分发挥人的内在潜力;外在激励是指运用环境条件来制约人的动机,以此来强化或削弱有关行为。内在激励主要是调动人的内因,带有自觉性的特征;外在激励主要依靠外因,具有一定程度的强迫性。在激励过程中,领导者应善于将外在激励与内在激励相结合,力求收到事半功倍的效果。

（四）正激励与负激励相结合的原则

正激励是指对符合组织目标的期望行为进行奖励,以使得这种行为更多地出现,即员工积极性更高;负激励是指对员工违背组织目的的非期望行为进行惩罚,使这种行为不再发生，即犯错误员工弃恶从善，积极性向正确方向转移。正激励与负激励相辅相成，构成一个完整的激励体系，海尔的"三工并存，动态转换"就是一个很好的例证。"三工"即优秀工人、合格工人、试用员工，干得好可以成为优秀工人，干得不好，随时可能转为合格工人、甚至试用员工，从而使企业员工不断激发出新的活力。这样，让每个人每天都能感受到来自内部竞争和市场竞争的压力，又能将压力转化为竞争的动力。有了动力，企业才有活力。

（五）因人制宜、按需激励原则

激励的起点是满足员工的需要，但员工的需要存在着个体差异性和动态性，因人而异、因时而异，并且只有满足最迫切需要的措施，其效价才高，激励强度才大。

（六）公平公正原则

公平公正地评价员工的工作成果，在此基础上给予合理的报酬，是激发员工积极性的一个重要因素。如果奖罚不公，不但收不到预期的效果，反而会适得其反，造成许多消极后果。公正就是赏罚严明，并且赏罚适度。正如徐翰在《中论·赏罚》中所说的："赏轻则民不劝，罚轻则民亡惧，赏重则民侥幸，罚重则民不聊生。"

（七）竞争与协作相结合原则

在组织的成长壮大过程中，竞争与协作都是最重要的原则之一。一个缺乏协作精神的组织不会产生抵御外来压力的强大内聚力；而一个缺乏竞争的集体，同样不会具有开拓、进取、积极创新的氛围。组织应为成员提供平等竞争的平台，对为组织建功立业的优秀成员进行竞争激励。同时，在组织内部要着力创造一个相互信任、平等的协作氛围，让协作的观念深入人心。激励协作，更激励在协作中的竞争，只有这样，才能促使组织真正成为市场竞争的胜利者。

三、激励的方法

员工的需求是千差万别的，所以激励的途径也是多种多样的。根据激励性质的不同，激励方法可以分为四类，分别为物质激励、成就激励、能力激励和环境激励。

（一）物质激励

物质并非唯一能激励人的力量，但物质作为一种激励因素是永远都不可忽视的。无论采取什么形式，物质都是重要的激励因素。物质不仅是钱，还是许多其他激励因素的反映。物质的经济价值使其能成为满足人们的生理需要和安全需要的一种手段；物质的心理价值对许多人来讲又是满足较高的归属需要和尊重需要的一种手段，它象征着成功、成就、地位和权力。

物质激励的方式很多,如工资、奖金、福利、红利、股权、期权等,其中工资是组织对员工所付出的一种直接回报,是一个员工工作与责任的象征。工资的多少标志着一个成员的才能、积极性和贡献的大小,象征着员工的地位与荣誉。合理而具有吸引力的工资能有效地激发员工的积极性,促进员工去完成组织的目标,提高组织的效益。奖金是一种效率成果共享,它是根据组织成员特殊业绩或组织的经济效益状况给予的额外报酬,如合理化建议奖、节约奖等,其作用在于激励员工提高工作效率和工作质量。福利也是物质激励的重要形式,如向组织成员提供各种保险,以及带薪休假和旅游等,可以为员工解除后顾之忧,产生一种安全感与优越感。红利、股权、期权等均通过构筑成员与组织的利益共同体,提高员工的参与意识,从而极大地调动成员的积极性,促进组织发展。管理者在使用物质作为激励手段时,需要注意以下几个问题。

(1)对不同的人来说,物质的激励作用是不同的。物质是人们满足基本需求的重要手段,人们的基本需求满足以后,物质对人的激励作用可能逐步降低。但这也不能一概而论,对有些人来说,物质永远都是极端重要的;而对另外一些人来说,物质从来就不那么重要。

(2)物质不仅是一种重要的激励手段,也是留住人才和吸引人才的重要手段。在大多数组织中,不仅用物质来激励员工,而且用优越的物质条件来留住和吸引组织发展过程中所需要的各种人才。

(3)平均主义会削弱物质激励的作用。当组织采取使个人的物质收入基本平均时,物质的激励作用将会被削弱。

(4)物质刺激应该与员工的工作业绩挂钩。要使物质成为一种有效的激励手段,就必须使物质的分配能够反映出每个员工的工作绩效。这样,通过物质的发放既可以表达对每个员工工作的回报,又可以表达组织对员工工作的认可。

(二)成就激励

随着社会的发展,人们生活水平的提高,越来越多的人在选择工作时已经不仅仅是为了生存。特别是对知识型员工而言,工作更多的是为了获得一种成就感。成就激励主要有以下几种形式。

1.参与激励

现代人力资源管理的实践经验和研究表明,现代员工都有参与管理的要求和愿望,创造和提供一切机会让员工参与管理是调动他们积极性、增强他们责任感的有效方法。通过参与,形成员工对组织的归属感、认同感,形成主人翁意识,可以进一步满足自尊和自我实现的需要。

2.目标激励

目标是人们通过努力所要达到的满足需要的预期结果。组织目标是号召和指引千军万马的旗帜,是组织凝聚力的核心,它体现了员工工作的意义,预示着一个组织的光辉未来,能够在理想和信念的层次上激励全体员工。目标管理是目标激励的一种主要形式。

3.榜样激励

榜样是人行动的参照系,而榜样的力量是无穷的。榜样激励是通过满足成员的模仿与学习的需要,引导成员的行为到组织目标所期望的方向。榜样激励的方法是,树立组织内模范人物的形象,号召和引导员工模仿学习。这样既树立了模范,也传达了仿效的标准。

4.荣誉激励

荣誉是众人或组织对个体或群体的崇高评价,是满足人们自尊的需要,是激发人们奋发进取的手段。为工作成绩突出的员工颁发荣誉称号,代表着组织对这些员工工作的认可,让员工知道自己是出类拔萃的,更能激发他们工作的热情。

5.情感激励

情感激励是指加强与员工的感情沟通,尊重员工,始终保持良好的情绪以激发职工的工作热情。情感激励是组织发展的润滑剂。

(三)能力激励

1.培训激励

研究表明,进修培训已成为许多员工非常重视的一项激励。因为对大多数高素质员工而言,在组织工作,不仅仅是为了报酬,更希望能力得到提高,为以后的发展创造条件。特别是进入信息社会,知识的更新换代加快,市场竞争越来越激烈,人们在工作中受到的挑战也越来越多,对学习的需要也越来越迫切,因此培训这种激励方式愈来愈受到人们的重视。通过培训,可以提高员工的能力,为员工承担更大的责任、更富挑战性的工作及提升到更重要的岗位创造条件,为员工获取更高层次的需要创造条件。员工能力提高后,可以不断地自我激励,就能为组织注入活力,推动组织不断发展。培训激励是一种"双赢"的激励方式。

2.工作丰富化

使工作富有挑战性和富有意义也是激励的一种方法。它是根据赫茨伯格的双因素理论提出来的。该理论认为,与工作内容有关的因素,如挑战性、成就、受重视和承担职责等,才是真正的激励因素。

工作丰富化的方法有以下几种。

（1）在决定工作方法、工作顺序、工作进度方面，给员工更多的自由以决定接受或拒绝某些资料或材料。

（2）鼓励员工参与管理，并鼓励员工之间相互交往。

（3）加强员工对工作的个人责任感。

（4）采取措施确保员工能看到自己的工作和对组织或部门所做出的贡献。

（5）把员工的工作完成情况反馈给他们。

（6）让员工参与分析和改变工作环境的工作。

在员工对例行工作感到厌恶而导致生产力降低，或严密的监督造成员工心理上的挫折和无效率的作业时，工作丰富化可以明显地改变员工的态度和改进工作的质量。

（四）环境激励

1. 政策环境激励

公司良好的规章制度和科学的奖惩方法等政策环境可以对员工产生激励。严格、科学的规章制度可以保证组织员工的公平性，而公平是员工的一种重要需要。如果员工认为他在平等、公平的组织中工作，就会减少由于不公而产生的怨言，提高工作效率。科学地运用奖惩方法，也将产生好的激励作用。

2. 客观环境激励

公正的客观环境，如办公环境、办公设备、环境卫生等，都可以影响员工的工作情绪和积极性。

总之，激励方式是多种多样的。激励是一个动态的过程，更是一种艺术，管理者应根据组织的具体情况和员工的个人情况科学地加以运用。

本章小结

1. 激励是指通过满足人的需要，激发人的动机，将其内在的潜力转化为实现目标的行为过程。

2. 激励过程是一个需要—动机—行为—满足需要的过程。其中，需要既是出发点，也是一个过程的终结点；动机是推动行为的内驱力；而行为是实现目标、满足需要的物质力量。激励的实质就是通过影响人的需要或动机达到引导人的行为的目的，实际上是一种对人行为的强化过程。

3.人性假设理论主要包括麦格雷戈的人性假设理论、沙因的人性假设理论、孔茨的人性建设理论、超 Y 理论和威廉·大内的 Z 理论。

4.激励理论分为内容型激励理论、过程型激励理论和行为改造型激励理论三大类。

5.内容型激励理论的目的就是要了解和分析可以激励一个人工作的各种需要,主要有马斯洛的需要层次理论、赫茨伯格的双因素理论、奥德弗的 ERG 理论和麦克莱兰的成就需要理论等。过程型激励理论主要研究从动机的形成到产生某种行为的心理过程,较有影响的有弗鲁姆的期望理论、亚当斯的公平理论、洛克的目标设定理论等。行为改造型激励理论着重研究激励的目的,而激励的目的正是为了改造和修正行为,这类理论主要有斯金纳的强化理论和归因理论等。

6.科学的激励应遵循的原则包括目标结合原则、物质激励与精神激励相结合的原则、外在激励与内在激励相结合的原则、正激励与负激励相结合的原则、公平公正原则、竞争与协作相结合原则等。

7.激励方法包括物质激励、成就激励、能力激励和环境激励。

复习思考题

一、单项选择题

1.激励过程的起点是(   )。

A.目标　　　　　　　　B.行为　　　　　　　　C.动机　　　　　　　　D.需要

2.激励过程是(   )。

A.需要—动机—行为　　　　　　　　B.行为—动机—需要

C.动机—行为—需要　　　　　　　　D.行为—绩效—需要

3.需要层次理论是由(   )提出来的。

A.赫兹伯格　　　　　　B.弗鲁姆　　　　　　　C.马斯洛　　　　　　　D.亚当斯

4.保健—激励理论是由(   )心理学家赫兹伯格提出来的。

A.美国　　　　　　　　B.英国　　　　　　　　C.法国　　　　　　　　D.德国

5.美国心理学家亚当斯 1965 年提出的理论是(   )。

A.公平理论　　　　　　B.期望理论　　　　　　C.权变理论　　　　　　D.系统理论

二、简答题

1.简述需要、动机、行为与管理的关系。

2.简要评价马斯洛的需要层次理论。

3.简要评价麦格雷戈的人性假设理论。

4.如何利用赫兹伯格的双因素理论进行激励？

5.简述期望理论和公平理论。

6.当员工感到自己的投入产出比与他人比较不相等时,会出现什么结果？

 **案例讨论**

巴斯夫激励案例

巴斯夫公司经营着世界最大的化工厂,并在 35 个国家中拥有 300 多家分公司和合资经营企业及各种工厂,拥有雇员 13 万人。巴斯夫公司之所以能在百年经营中兴旺不衰,在很大程度上归功于它在长期发展中确立的激励员工的五项基本原则。这五项基本原则具体包括以下内容。

(1)员工分配的工作要适合他们的工作能力和工作量。不同的人有不同的工作能力,不同的工作也同样要求有不同工作能力的人。企业家的任务在于尽可能地保证所分配的工作适合每一位员工的兴趣和工作能力。巴斯夫公司采取 4 种方法做好这方面的工作:①数名高级经理人员共同接见每一位新雇员,以对他的兴趣、工作能力有确切的了解;②除公司定期评价工作表现外,公司内部应有正确的工作说明和要求规范;③利用电子数据库储存了有关工作要求和职工能力的资料和数据;④利用"委任状",由高级经理人员小组向董事会推荐提升到领导职务的候选人。

(2)论功行赏。每位员工都对公司的一切成就做出了自己的贡献,这些贡献与许多因素有关,如员工的教育水平、工作经验、工作成绩等,但最主要的因素是员工的个人表现。巴斯夫公司的原则是,员工的工资收入必须看他的工作表现而定。该公司认为,一个公平的薪酬制度是高度刺激劳动力的先决条件,工作表现得越好,报酬也就越高。因此,为了激发个人的工作表现,工资差异是必要的。另外,巴斯夫公司还根据职工表现提供不同的福利,如膳食补助金、住房、公司股票等。

(3)通过基本和高级的训练计划,提高职工的工作能力,从公司内部选拔有资格担任领导工作的人才。除了适当的工资和薪酬之外,巴斯夫公司还提供广泛的训练计划,由专门的部门负责管理,为公司内部人员提供本公司和其他公司的课程。公司的组织结构十分明确,员工可以获得关于升职的可能途径的资料,而且每个人都了解自己在哪个岗位。该公司习惯于从公司内部选拔经理人员,这就保护了有才能的员工。因此,他们保持很高的积极性,而且明白有真正的升职机会。

（4）不断改善工作环境和安全条件。一个适宜的工作环境,对激励员工十分重要。如果工作环境适宜,员工感到舒适,就会有更佳的工作表现。因此,巴斯夫公司设立弹性的工作时间,公司内有11家食堂和饭店,每年提供400万顿膳食。每个工作地点都保持清洁,这些深得公司雇员的好感。巴斯夫公司建立了一大批保证安全的标准设施,由专门的部门负责,如医务部、消防队、工厂高级警卫等。该公司认为,预防胜于补救。

（5）实行抱合作态度的领导方法。巴斯夫公司领导层认为,在处理人事关系中,激励员工的最主要原则之一是抱合作态度的领导方法。上级领导应像自己也被领导一样,积极投入工作,并在相互尊重的气氛中合作。如果把巴斯夫公司刺激员工的整个范畴简单地表达出来,那就是"多赞扬,少责备"。该公司认为,一个人工作做得越多,犯错误的机会也就越多,如果不允许别人犯错误,甚至惩罚犯错误人,那么雇员就会尽量少做工作,避免犯错误。

巴斯夫公司由于贯彻了上述五项基本原则,近10年来销售额增长了5倍。目前,该公司生产的产品达6 000种之多,每年还有数以万计的新产品投入市场出售。

资料来源:井森,周颖,吕彦儒.管理学原理.北京:北京师范大学出版社,2007.

讨论

1.试分析巴斯夫公司的五项激励原则起到的作用。

2.巴斯夫公司的"抱合作态度的领导方法",给公司带来了很高的效益。你认为在中国企业中能有效实行吗?请阐述理由。

第九章 沟通职能

知识点

1. 掌握沟通的含义与要素；

2. 理解沟通的过程与类型；

3. 熟悉有效的沟通障碍及克服方法；

4. 了解冲突的含义和处理方法。

▶ **案例导入**

中航 VS 东星：一场压倒性的谈判

已订购东星航空机票的乘客，2009年3月20日后将不能再像这几天一样被改签到其他公司，也无法立刻退票，只能重新购买新机票才能成行。昨天，《第一财经日报》从携程旅行网等机票销售代理机构处获悉，其他航空公司3月20日后不再接收停运的东星航空已订票乘客，东星航空目前退票系统也暂时无法接受退票。

东星航空一位内部中层随即向本报确认了这一事实，但具体原因不清楚，并称由于东星航空目前没有过多现金支付庞大的退票金额，所以退票暂时无法进行。东星航空董事长兰世立与副总裁汪彦锟至今依然无法联系上，武汉市政府和武汉交通委员会则督促东星航空尽快在与中航集团的重组协议上签字。

3月13日，东星航空曾发表声明，拒绝中航集团收购。参与了与中航集团重组事宜的上述中层透露，发表拒绝声明的主要原因是，中航集团提出的条件与双方最初接触时的条件差别很大。

上述中层首次向记者透露了东星航空与中航集团谈判的过程：2008年12月，东星航空致信武汉市和湖北省政府,请求政府在金融危机下给予一定资金支持,同时东星航空也与国内一些企业接触,希望通过引入战略投资者使公司继续发展。

后经当地政府牵针引线,东星航空与中航集团接触并进行合作洽谈。"当时,东星方面只想出售一部分股权,并不希望卖掉所有股份。"上述中层透露,经多轮谈判,东星航空认为自己的底线是,最多出售90%的股权。之所以要保留10%的股份是因为不想使东星集团完全与东星航空脱离关系,这样也不利于东星集团旗下旅游、快递业务借助航空业来发展的战略实施。

不过,中航集团最终提出,要收购东星航空100%的股权,且收购价从最初商讨的6亿元下降到1.6亿元。"这显然不利于东星集团的继续发展,因此无论是价格,还是重组目的,双方都不能达成一致。"上述中层说。

业内人士则对本报表示,东星航空目前债台高筑,如中航收购时承担债务,这一价格可能并非不合理。

"最近,武汉市政府和武汉交通委员会一直催促东星航空在中航集团的重组协议上签字。"上述中层透露,而能够签字的兰世立(董事长)和汪彦锟(法定代表人)则都联系不上,目前公司主要由负责东星航空日常业务的总经理周永前管理。

对于东星航空与中航集团的谈判过程,中航集团宣传部门负责人季洪全表示并不知情,不过他昨天也对记者表示,目前中航集团已派人赶到武汉,希望与东星航空进行面对面的接触,但却一直无法找到之前东星航空方面负责谈判的人。

东星航空总经理周永前昨天接受记者电话采访时则表示:"我一句话都不能说。"

据记者了解,武汉市政府方面昨天下午专门召开会议,讨论进一步解决东星航空问题的措施,如成立专门工作组,对东星航空千余名员工进行安抚,尽量减少他们的损失,另外对东星航空的欠债情况也要进一步统计。

武汉市交通委员会新闻发言人覃诗章昨天对本报透露,据初步统计,东星航空欠债已达5亿多元。由于与中航集团的重组一直无法得到东星航空的配合,目前重组很难推进,政府方面也在寻求重组之外的一些解决办法。他进一步强调,解决东星航空的问题肯定是要无条件地按法律程序推进。毕竟目前通用金融服务公司已将东星航空告上法庭,飞机每天停飞有上百万元的损失。

另外,知情人士还对记者透露,在与东星航空探讨重组时,中航集团已支付给东星航空5 000万元用于为员工发工资等。

资料来源:苏米.中航VS东星:一场压倒性的谈判.第一财经日报,2009-03-19.

第一节　沟通的含义和过程

沟通是组织成败的关键因素,是任何组织之间、组织内部人与人之间相互了解和信任,实现组织目标的基础。有效的沟通可以减少障碍,提高沟通水平可降低冲突与谈判成本,使组织有效运行。

一、沟通的含义

(一)沟通的含义

沟通是指从一个人到另一个人的信息传递,是通过发送意见、事实、想法、感情和价值观念而了解他人的方式。可以看出,沟通至少涉及两个人的事情,即信息发送者和信息接收者。单独一人是不能进行交流沟通的,而一个或多个信息接收者则能完成特定的沟通行为。

人们往往认为,当他们将信息发送出去了,就意味着他们已经做了沟通。然而,发送信息仅仅是沟通的开始。一个企业经理可能发送了 100 条信息,但是只有当每个信息接收者接到、阅读、理解这些信息时才算是实现了沟通。因此,沟通是信息接收者所理解的,而不是信息发送者所发出的。沟通的目标是,信息发送者让信息接收者明白其目的与意图。当沟通有效时,沟通给双方提供表达意图的桥梁,使他们分享各自的所感所思。

(二)沟通的基本要素

沟通过程主要有以下基本要素。

(1)发起者。一般而言,发起者是指发起行动或倡议的人或组织。

(2)听众。沟通时要考虑交流的对象,他们的学历、文化背景等都会影响谈话的理解。不同听众的认知模式、理解能力不同,沟通时都必须考虑。

(3)目标。确定沟通的目标。沟通寻求什么样的结果,与实现它所需花费的成本进行对比。通过有效的沟通方式,确保在沟通过程实现沟通目标。

(4)背景。沟通是在具体的环境中发生的。它可能涉及接近某一个人或接近几百万人;可能意味着在特定的公司文化、公司历史或公司竞争形势中工作或意味着改变这些准则;还可能涉及外部的沟通,如客户、潜在的消费者、当地媒体或国家媒体。在制定沟通战略前,要确保了解这些背景。

(5)消息。针对特定的听众,何种消息可实现沟通目标。考虑听众需要多少信息、可能会产生何种疑惑,自己的建议将会对他们产生何种影响。

(6)媒体。选择合适的媒体把消息最有效地传递给每个重要的听众。例如,写、发邮件,召开会议,发传真,做录像,记者招待会等。不同的媒体沟通效果有巨大差异,在选择时必须考虑沟通对象,如送给同事一份备忘录可能表示不愿意面对面地与他交谈。

(7)反馈。沟通不是行为而是过程。一个消息引出一个反应,这又需要另一个消息。企业沟通不是射箭,而是为达到某一结果所设计的动态过程。这就意味着在沟通的每一个阶段都要寻求听众的支持,给他们回应的机会。依此方法,就会知道听众在想什么,并可相应地调整自己所发布的消息,这样听众会感到参与了这个过程并对目标作出承诺。

二、沟通的过程

沟通发生之前,必须存在一个意图,称为要被传递的信息。它在信息源(发送者)与接受者之间传递。信息首先被转化为信号形式(编码),然后通过媒介物(管道)传送至接受者,由接受者将收到的信号传译回来(解码)。这样,信息的意义就从一个人那里传给了另一个人。图 9-1 描述了沟通过程,在这个过程中至少存在着一个发送者和一个接受者,即信息发出方和信息接受方,这也即意味着信息沟通是"双向的",其中沟通的载体成为沟通渠道,编码和解码分别是沟通双方对信息进行的信号加工形式。信息在两者之间的传递是通过下述几个方面进行的。

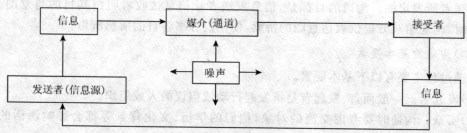

图 9-1 沟通过程

(1)形成想法。发送者形成需要向接受者发送信息或需要接受者提供信息的一个想法或意图。

(2)编码。发送者将这些想法或意图翻译成接受者能够理解的适当语言文字、图表或其他标志等符号,以便发送。为了有效地进行沟通,发送者在这个阶段需要决定发送信息的方式,以保证语言文字和标志符合发送媒质的要求。例如,如果信息发送媒质是书面报告,那么选择文字、图表或照片是合适的。

(3)发送。发送者根据编码符号的类别选择不同的传递方式。传递方式可以是书面的,

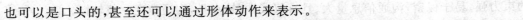

也可以是口头的,甚至还可以通过形体动作来表示。

(4)接收。接受者根据这些符号传递方式,选择相对应的接收方式。

(5)解码。接受者将接收到的符号翻译成具有特定含义的信息。但是由于发送者翻译和传递能力的差异,以及接受者接收和翻译水平的不同,信息的内容和含义经常被曲解。

(6)理解。接受者理解信息的内容。

(7)使用。接受者使用接收并理解得到的信息。接受者在使用信息时可能出现直接抛弃信息、在信息的指导下完成任务、为将来存储信息或做其他处理。这是一个关键步骤,接受者很大程度上控制了如何处理信息的权力。

(8)反馈。当接受者收到信息并反馈给发送者,发送者则通过反馈来了解他想传递的信息是否被对方准确无误地接收。

三、沟通的类型

(一)按照沟通的方法分类

按照沟通的方法分类,可将其划分为口头沟通、书面沟通、非语言沟通和电子媒介沟通等。这些沟通方式的比较如表9-1所示。

表9-1 不同沟通方式的比较

沟通方式	举 例	优 点	缺 点
口头	交流、讲座、电话	快速传递、快速反馈、信息量很大,能满足思想共享、获得反馈的要求	传递中经过层次越多,信息失真越严重、核实越困难,不适于传达详细信息
书面	报告、备忘录、信件、文件、内部期刊、布告	持久、有形,可以核实	效率低,缺乏反馈
非语言	声光信号、体态、语调	信息意义十分明确,内涵丰富,含义隐含灵活	传递距离有限,界限模糊;只能意会,不能言传
电子媒介	传真、闭路电视、计算机网络、电子邮件	快速传递、信息容量大,一份信息可同时传递给多人,廉价	单向传递;电子邮件可以交流,但看不见表情

(二)按沟通的组织系统分类

按沟通的组织系统分类,可将其分为正式沟通和非正式沟通。

1. 正式沟通

正式沟通是指以正式组织系统为沟通渠道的信息沟通。正式沟通是组织内部信息传递的主要方式,大量的信息都是通过正式沟通渠道传递的。正式沟通的优点是,沟通严肃、可靠、约束力强、易于保密,沟通信息量大、具有权威性;缺点是,沟通速度一般较慢。

2.非正式沟通

非正式沟通是指以组织中的非正式组织系统或以个人为渠道的信息沟通。非正式沟通的优点是,传递信息的速度快,形式不拘一格,并能提供一些正式沟通所不能传递的内幕消息;缺点是,传递的信息容易失真,容易在组织内部引起矛盾,并且较难控制。

(三)按沟通中信息流动的方向分类

按沟通中信息流动的方向分类,可将其分为上行沟通、下行沟通、平行沟通和斜向沟通。

1.上行沟通

上行沟通是指下级向上级进行的信息传递,如下级向上级请示汇报工作、反映意见等。上行沟通是领导了解实际情况的重要途径。

2.下行沟通

下行沟通是指上级向下级进行的信息传递,如一个组织的上级管理者将工作计划、任务、规章制度向下级传达。下行沟通是组织中最重要的正式沟通方式,通过下行沟通可以使下级明确组织的计划、任务、工作方针和步骤。

3.平行沟通

平行沟通是指正式组织中同级部门之间的信息传递。平行沟通是在分工基础上产生的,是协作的前提。做好平行沟通工作,在规模较大、层次较多的组织中尤为重要,它有利于及时协调各部门之间的工作,减少矛盾。

4.斜向沟通

斜向沟通是指发生在组织内部既不属于同一隶属关系,又不属于同一层级之间的信息沟通。这样做可以加快信息的交流,谋求相互之间必要的通报、合作和支持,这种沟通往往带有协商性和主动性。

(四)按沟通过程中信息发送者与信息接受者的地位是否改变分类

按沟通过程中信息发送者与信息接受者的地位是否改变分类,可将其分为单向沟通和双向沟通。

1.单向沟通

单向沟通是指信息的发送者与接受者的地位不改变的沟通。在这种沟通中,不存在信息反馈。其优点是,沟通比较有秩序,速度较快;不足之处是,接受者不能进行信息反馈,容易降低沟通效果。

2.双向沟通

双向沟通是指在沟通过程中信息的发送者与接受者经常换位的沟通。在这种沟通中，存在着信息反馈，发送者可以及时知道信息接受者对所传递的信息的态度、理解程度，有助于加强协商和讨论，提高沟通效果。但双向沟通一般费用较高，速度慢，易于受干扰。

四、沟通的风格

(一)传统的沟通风格

1.欧美的沟通风格

美国、北欧国家、加拿大、澳大利亚和其他英语国家是低维度文化的典型。这种文化中的信息扼要、清晰。人们的所说即所想，所想即所说。例如，美国人在一维的、低度情境中，直接表达他们的意思，可能会被高度情境背景中的人们认为是"粗鲁和莽撞的"。

2.亚洲国家的沟通风格

在亚洲国家多维的、高度情境的文化中，沟通是迂回的，表达方式和所处的情境变得非常重要。信息的理解不能脱离它的情境，以及说出这则信息时所处的环境，信息的真实意义就隐藏在这后面。例如，日本的文化是多维的、高情境的，西方人可能又会认为他们保留了许多细节的信息，不直爽。事实上，日本人可能是不想过于直接，以免被人认为是粗鲁的和冒昧的。他们希望逐渐地了解一个人，并与其建立起个人关系，然后再谈生意。

(二)现代的沟通风格

从总体上看，伴随着社会的发展，沟通的情境也在实现着从多维(迂回的、微妙的)到一维(个人化的、切中要旨的)的转变。

1.简约型的沟通风格

社会向前发展，它开始以天为单位进行计算(如在农业社会)。到了工业社会，人们就开始以小时为单位来计算时间了。对一些更为高级的职业(如律师和医生)，甚至是以分钟为单位计算的。随着时间价值的上升，直接利用时间的价值也上升了。作为一个普遍规律，随着社会的发展，时间就是金钱，它更倾向于使文化变成直接的、低情境的。然而，某些文化，如日本和法国，还会保留一定程度的多维性和高度情境，因为它们非常看重精细微妙的生活方式。

2.沟通的全球性——文化背景

在世界经济一体化的今天，企业的跨国经营需要对沟通的文化背景进行研究，企业人必须根据不同的企业文化背景和企业的不同国别背景，熟稔其沟通的方式和风格，实现顺畅地沟通，增强自我的竞争能力，提高工作效率与效果。沟通的顺畅是所有管理者的期望，要想达到这一目的，就必须高度重视沟通，因为有效的沟通能够使企业内部的每一项工作都能和谐顺畅，这对提高管理效率，适应市场变化和激烈的竞争具有十分重要的意义。

五、沟通的作用

1. 沟通是管理者正确决策的基础

管理者是根据汇总的信息作出决策的，而及时、有效的沟通能够极大地改进管理者获取信息的数量、质量和速度。信息由基层一级向上传输，各部门的主管人员把收到的信息进行总结、消化，并在自己的职权范围内采取行动。然后，他们又把信息向更高一级传输，在那里再进行总结，采取行动，并传输到最高主管部门。最高主管部门对收到的信息进行总结归纳，并用来进行决策。

2. 沟通是协调组织行动，解决冲突的关键

冲突广泛存在于组织的各项活动中，影响和制约着组织和个体的行为倾向和行为方式，影响着组织目标的实现。通过沟通，使个体了解组织、了解形势，认识到只有实现组织目标，个人目标才能全面实现，从而引导个体努力使自己的行为与组织目标相一致。

3. 沟通可以提高组织效率

领导者的决策要得到及时的贯彻、执行，必须通过沟通将决策的意图完整地传达到执行者那里。信息传递不及时，执行者不能正确理解决策意图，就会影响决策执行的效果。人与人之间，部门与部门之间的有效沟通同样可以促进效率的提高。

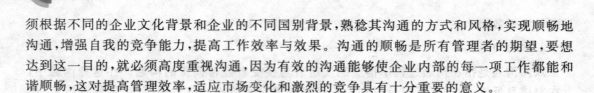

第二节　有效沟通的障碍及克服方法

组织之间、组织内部之间的沟通，遇到障碍是在所难免的。通过分析沟通障碍的成因，就能对症下药，克服沟通障碍，提高组织的竞争能力。

一、沟通的障碍

沟通过程每时每刻、每个环节都可能遭到"噪声"的侵扰，这些干扰因素直接影响诸如信息发送者的信息"编码"和接受者的信息"解码"的准确性。沟通的障碍主要有个人障碍、人

际障碍、结构障碍、技术障碍。

（一）个人障碍因素

个人障碍主要指个人的情绪、价值判断和糟糕的倾听习惯。这些主要源于个人的受教育背景、种族、性别、社会经济地位及其他因素间的差异。在行为科学中，个人障碍因素经常是指心理距离，即两人间的一种心理上的距离感——与现实中实际发生的客观距离类似。

1.个体差异

由于个体的差异，人们在发送或接受信息时通常表现为有选择地接受和有差异的沟通技巧。所谓有选择地接受，是指人们拒绝或片面地接受与他们的期望不一致的信息。有研究表明，人们往往听或看他们感情上能够接纳的东西，或他们想听或想看的东西，甚至只愿接受中听的，拒绝不中听的。

2.表达差异

除了人们接受能力有所差异外，许多人运用沟通的技巧也很不相同。有的人擅长口头表达，有的人擅长文字描述。这些问题都妨碍着有效的沟通。

（二）人际障碍因素

人际障碍因素主要包括沟通双方的相互信任、信息来源的可靠度和发送者与接受者之间的相似程度。

1.沟通的双向性

沟通是发送者与接受者之间"给"与"受"的过程。信息传递不是单方面的，而是双方面的事情，因此沟通双方的诚意和相互信任至关重要。上下级间的猜疑只会增加抵触情绪，从而减少坦率交谈的机会，也就不可能进行有效的沟通。信息来源的可靠性由下列四个因素所决定：诚实、能力、热情和客观。有时，信息来源可能并不同时具有这四个因素，但只要信息接受者认为具有即可。可以说信息来源的可靠性实际上是由接受者主观决定的。对个人而言，员工对上级是否满意很大程度上取决于他对上级可靠性的评价；对团体而言，可靠性较大的工作单位或部门通常能公开、准确和经常地进行沟通，他们的工作成就也相应较为出色。

2.沟通双方间的相似性

沟通的准确性与沟通双方间的相似性有着直接关系。沟通双方特征的相似性影响了沟通的难易程度和坦率性。沟通一方如果认为对方与自己很接近，那么他就比较容易接受对方的意见并且达成共识。相反，如果沟通一方视对方为异己，那么信息的传递将很难进行下去。

（三）结构障碍因素

结构障碍因素包括地位差别、信息传递链、团体规模和空间约束四个方面。

1. 地位差别

地位的高低对沟通的方向和频率有很大的影响。地位悬殊越大，信息越趋向于从地位高的流向地位低的。因此，地位是沟通中的一个重要障碍因素。

2. 信息传递链

一般来说，信息通过的等级越多，到达目的地的时间就越长，信息失真也就越大。这种信息连续地从一个等级到另一个等级时所发生的变化，称为信息链传递现象。

3. 团体规模

当工作团体规模较大时，人与人之间的沟通也相应变得较为困难。部分原因是，沟通渠道的增长大大超过人数的增长。

4. 空间约束

企业中的工作常常要求员工只能在某一特定地点进行操作。这种空间约束的影响在员工单独在某位置工作或在数台机器之间往返运动时尤为突出。空间约束不利于员工之间的交流，限制了他们的沟通。一般来说，两人之间的距离越短，他们交往的频率就越高。

（四）技术障碍因素

技术障碍因素主要包括语言及非语言暗示、媒介的有效性和信息过量。

1. 语言及非语言暗示

大多数沟通的准确性依赖于沟通者赋予字和词的含义。由于语言只是符号系统，本身没有任何意义，它仅仅是人们描述和表达个人观点的符号或标签。每个人表述的内容常常是由他独特的经历、个人需要、社会背景等决定的。因此，语言和文字极少对发送者和接受者双方都具有相同的含义，更不用说许许多多的不同的接受者。语言的不准确性不仅表现在对符号的不同理解，而且它能激发各种各样的感情，这些感情可能又会进一步歪曲信息的含义。同样的字词对不同的团体来说，会导致完全不同的感情和不同的含义。

2. 媒介的有效性

管理人员十分关心各种不同沟通工具的效率。一般来说，书面沟通和口头沟通各有所长。书面沟通常常用于传递篇幅较长、内容详细的信息。其优点是，为读者提供适合自己的速度、用自己的方式阅读材料的机会，易于远距离传递，易于储存并在做决策时提取信息，因

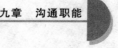

为经过多人审阅，所以比较准确。口头沟通适合于需要翻译或精心编制才能使拥有不同观念和语言才能的人理解的信息。其优点是，快速传递信息，并且希望立即得到反馈；可传递敏感的或秘密的信息；可传递不适用书面媒介的信息；适合于传递感情和非语言暗示的信息。

3. 信息过量

选择何种沟通工具，在很大程度上取决于信息的种类和目的，还与外界环境和沟通双方有关。若造成信息过量，可能会造成信息渠道堵塞，系统瘫痪，或者使接受者无所适从，这对管理沟通是有害的。

二、克服沟通障碍的方法

克服沟通障碍的方法有以下几种。

（一）创造诚信、公平和有利于沟通的环境

诚信和公平的环境是有效沟通的前提和基础。有了诚信和公平的环境，上级和下属才会彼此信任，员工才会畅所欲言，及时提出问题、解决问题。管理者应采纳合理化建议进行实施，激发员工的工作热情，提高工作的积极性和效率。

（二）缩短信息传递链，减少沟通层次，拓宽沟通渠道

当信息链过长，信息经过多层传递以后，就有可能造成信息失真，到了传递的终点，信息内容甚至与开始时大相径庭。因此，管理者在与员工沟通时，应尽量减少沟通层次，拓宽沟通渠道，保证信息的畅通无阻和完整性。尤其是高层管理者，更要注意与员工进行直接沟通。

（三）注重上级与下属的沟通

一个优秀的管理者，不仅要善于与上级领导沟通，更要注重与下属进行密切的沟通。如果管理者同下属建立了良好的沟通关系，下属就会"知无不言，言无不尽"。这不仅有利于工作的开展、绩效的提升和企业的发展，也有利于员工的职业发展，实现企业与员工的双赢。国外企业通常成立由管理人员和一线工人组成的特别委员会，每年碰头 2～6 次，定期讨论各种问题，会中如有问题不能解决，可上报高级管理人员。

（四）鼓励员工主动沟通的意识

组织应采取多方面的措施，增强员工与管理者主动沟通的意识。如果员工有了主动与领导者沟通的意识，就可以弥补管理者因工作繁忙或其他事务而忽视的沟通，了解没有具体参与执行的工作中的问题。

（五）加强平行沟通，促进横向交流

一般来说，企业内部的沟通以与命令链相符的垂直沟通居多，部门间、工作小组间的横向交流较少,而平行沟通能加强横向的合作。例如,可定期举行由各部门负责人参加的工作会议,其主题是允许他们相互汇报本部门的工作、对其他部门的要求等,以便强化横向合作。

（六）沟通过程要注意信息的反馈

这是确保信息准确性的一条可靠途径。这种反馈要求是双向的,即下级主管部门经常给上级领导提供信息,同时接受上级领导的信息查询;上级领导也要经常向下级提供信息,同时对下级提供的信息进行反馈,从而形成一种信息环流。一般来说,无论什么信息,在加工处理后,都需作出反馈,只是方式可以不同。

（七）力求表达准确

对于信息发送者来说,无论是口头交谈的方式,还是书面交流的方式,都要注意力求准确地表达自己的意思,选择准确的词汇、语气、标点符号,注意逻辑性和条理性,有些地方要加上强调性的说明,要从大量的信息中进行选择,只传递与工作有密切联系的信息,以突出重点。

在沟通时,除了语言要准确以外,还要重视非语言沟通手段的运用。可以借助手势、动作、眼神、表情等来帮助思想和感情上的沟通,表达主题、兴趣、观点、目标和用意。

（八）选择恰当的沟通时机、方式和环境

沟通的时机、方式和环境对沟通的效果有重要影响。管理者在宣布重要决定时,应考虑何时宣布才能增加积极作用,减少消极作用。管理者在沟通信息时,一定要对沟通的时间、地点、条件等都充分加以考虑,使之适应于信息的性质特点,以增加沟通的效果。

第三节　冲突与谈判

在竞争激烈、变化多端的组织环境中,冲突是不可避免的,管理沟通不是规避冲突,而是要认识冲突,并形成一套管理冲突的策略和方法。谈判是解决冲突的主要方法,通过协商过程与技巧的运用,达到双方都可接受的双赢目标。

一、冲突的起源

冲突是指由于某种差异而引起的抵触、争执或争斗的对立状态。人与人之间的利益、观点、掌握的信息或对事件的理解上都可能存在差异,有差异就可能引起冲突。不管这种差异是否真实存在,只要一方有差异就可能发生冲突。冲突的形式有从最温和、最微妙的抵触到

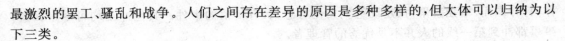

最激烈的罢工、骚乱和战争。人们之间存在差异的原因是多种多样的,但大体可以归纳为以下三类。

（一）沟通差异

文化和历史背景的不同、语义困难、误解及沟通过程中噪声的干扰都可能造成人们之间意见不一致。沟通不良是产生冲突的重要原因,但不是主要的。

（二）结构差异

管理中经常发生的冲突绝大多数是由组织结构的差异引起的。分工造成组织结构中垂直方向和水平方向各系统、各层次、各部门、各单位、各岗位的分化。组织越庞大、越复杂,组织分化越细密,组织整合越困难。由于信息不对称和利益不一致,人们之间在计划目标、实施方法、绩效评价、资源分配、劳动报酬和奖惩等许多问题上都会产生不同看法,这种差异是由组织结构本身造成的。为了本单位的利益和荣誉,许多人都会理直气壮地与其他单位、甚至上级组织发生冲突。不少管理者,甚至把挑起这种冲突看作是自己的职责,或作为建立自己威望的手段。

（三）个体差异

每个人的社会背景、教育程度、阅历、修养塑造了每个人各不相同的性格、价值观和作风。人们之间的这种个体差异往往造成了合作和沟通的困难,从而成为某些冲突的根源。

二、冲突处理

传统观点往往只看到冲突的消极影响,把冲突当作组织内部矛盾、斗争、不团结的征兆,因此管理者总是极力消除、回避或掩饰冲突。事实上,由于沟通差异、结构差异和个体差异的客观存在,冲突不可避免地存在于一切组织之中。管理者不仅应当承认冲突是正当现象,而且要看到冲突的积极作用。任何一个组织如果没有冲突或很少有冲突,任何事情都意见一致,这个组织必然是非常冷漠、对环境变化反应迟钝和缺乏创新的。当然,冲突过多、过激也会造成混乱、涣散、分裂和无政府状态。所以,组织应保持适度的冲突,养成批评和自我批评、不断创新、努力进取的风气。只有这样,组织才会出现人人心情舒畅、奋发向上的局面,才会有旺盛的生命力。

1. 谨慎地选择自己想处理的冲突

管理者可能面临许多冲突。其中:有些冲突非常琐碎,不值得花很多时间去处理;有些冲突虽很重要但不是自己力所能及的,不宜插手;有些冲突难度很大,要花很多时间和精力,未必有好的回报,不要轻易介入。管理者应当选择处理那些群众关心、影响面大,对推进工作、打开局面、增强凝聚力、建设组织文化有意义、有价值的事件。其他冲突均可尽量回避，事事都冲到第一线的人并不是优秀的管理者。

2.仔细研究冲突双方的代表人物

管理者要了解冲突双方代表人物的人格特点、价值观、经历和资源因素，分析卷入冲突的人、冲突双方的观点、差异、双方真正感兴趣的兴奋点，找到解决冲突的重点。

3.深入了解冲突的根源

管理者不仅要了解公开的表层的冲突原因，还要了解深层的、没有表现出来的原因。冲突可能是由多种原因共同作用的结果，如果是这样，管理者还要进一步分析各种原因作用的强度。

4.妥善选择处理办法

处理冲突的办法有回避、迁就、强制、妥协和合作五种。当冲突无关紧要时，可采用回避策略；当维持和谐关系十分重要时，可采用迁就策略；当必须对重大事件或紧急事件进行迅速处理时，可采用强制策略，用行政命令方式牺牲某一方利益处理后，再慢慢做安抚工作；当冲突双方势均力敌、争执不下，需采取权宜之计时，只好让双方都作出一些让步，实现妥协；当事件重大，双方不可能妥协，通过开诚布公的谈判，实现对双方均有利的合作。

三、谈判

（一）谈判的概念与原则

谈判是双方或多方为实现某种目标就有关条件达成协议的过程。这种目标可能是为了实现某种商品或服务的交易，也可能是为了实现某种战略或策略的合作；可能是为了争取某种待遇或地位，也可能是为了减税或贷款；可能是为了弥合相互的分歧而走向联合，也可能是为了明确各自的权益而走向独立。

市场经济本身就是一种契约经济，一切有目的经济活动、一切有意义的经济关系都要通过谈判来建立。管理者总是面对无数的谈判对手。一般而言，优秀的管理者在谈判时通常坚持以下几个原则。

（1）理性分析谈判的事件。抛弃历史和感情上的纠葛，理性地判别信息、依据的真伪，分析事件的是非曲直，以及双方未来的得失。

（2）理解自己的谈判对手。分析谈判对手的制约因素、真实意图、战略战术、兴奋点和抑制点，以此增强谈判的主动性。

（3）抱着诚意开始谈判。态度不卑不亢，条件合情合理，提法应易于接受，必要时可以主动作出让步(也许只是一个小小的让步),尽可能寻找双赢的解决方案。

(4)坚持与灵活相结合。对自己目标的基本要求要坚持,对双方最初的意见(如报价)不必太在意,那多半只是一种试探,有极大的伸缩余地。当陷入僵局时,应采取暂停、冷处理后再继续谈判,或争取第三方调停,尽可能避免破裂。

(二)谈判的技能

有效的谈判技能有以下几个方面。

(1)研究自己的对手。尽可能多地获得有关对手的兴趣和目标方面的信息。这些信息会帮助管理者更好地理解对手的行为,预测他对自己的报价的反应,并按照他的兴趣构建解决方式。

(2)以积极主动的态度开始谈判。研究表明,让步可能得到回报并最终达成协议。因此,以积极主动的态度开始谈判,也许只是一个小小的让步,但它会得到对方同样让步的酬答。

(3)针对问题,不针对个人。着眼于谈判问题本身,而不是针对对手的个人特点。当谈判进行得十分棘手时,应避免攻击对手的倾向,切记不同意的是对手的看法或观点,而不是他个人,应把事与人区分开来,不要使差异人格化。

(4)不要太在意最初的报价。仅仅把最初的报价作为谈判的出发点。每个人都有自己最初的看法,它们是很极端、很理想化的。

(5)重视"双赢"解决方式。如果条件许可,最好可按照对手的兴趣寻求综合的解决办法。

(6)以开放的态度接纳第三方的帮助。当谈判陷入对峙的僵局时,应考虑求助于中立的第三方的帮助。调停人能帮助各方取得和解,但其不强求达成协议;仲裁人则听取各方的争论,最后强加一种解决方法;和解人则更为不正式,并扮演着沟通渠道的作用,在各方之间传递信息、解释信息并澄清误解。

本章小结

1.沟通是指从一个人到另一个人的信息传递,是通过发送意见、事实、想法、感情和价值观念而了解他人的方式。沟通的基本要素有发起者、听众、目标、背景、消息、媒体、反馈。

2.有效沟通的障碍主要有个人障碍、人际障碍、结构障碍和技术障碍。克服障碍的方法有创造诚信、公平和有利于沟通的环境;缩短信息的传递链,减少沟通层次,拓宽沟通渠道;注重上级与下属的沟通;鼓励员工主动沟通的意识;加强平行沟通,促进横向交流;注意信息的反馈;力求表达准确;选择恰当的沟通时机、方式和环境等。

3.在竞争激烈、变化多端的组织环境中,冲突是不可避免的,管理不是去规避冲突,而是要去认识冲突,并形成一套管理冲突的策略和方法。谈判是解决冲突的主要方法,通过协商过程与技巧的运用,达到双方都接受的双赢目标。

复习思考题

一、单项选择题

1.(   )不是有效沟通的障碍因素。

A.环境因素   B.人际因素   C.结构因素   D.技术因素

2.(   )不是书面沟通的优点。

A.持久   B.廉价   C.可以核实   D.有形

3.冲突的形成原因不包括(   )。

A.沟通差异   B.结构差异   C.个体差异   D.风俗习惯

4.处理冲突的办法有(   )。

A.回避   B.说理   C.对抗   D.妥协

5.按沟通的组织系统分类,可将其分为(   )。

A.正式沟通和非正式沟通   B.上行沟通和下行沟通

C.平行沟通和斜向沟通   D.单向沟通和双向沟通

二、简答题

1.沟通的基本要素有哪些?

2.简述沟通的过程。

3.怎样处理冲突?

4.谈判的原则有哪些?

案例讨论

海外并购谈判桌上的语言学问题

说汉语的詹纯新和说意大利语的毛里齐奥·费拉里(Maurizio Ferrari)发现,或许英语已经日益成为国际商务中的通用语言,但其中某些变幻莫测的特点也会造成语义混淆。

詹纯新是中联重科(Zoomlion)的董事长兼首席执行官。由这家建筑设备制造商牵头,联合高盛(Goldman Sachs)、中意合作曼达林基金(Mandarin Capital Partners),以及中国私人股本公司弘毅投资（Hony Capital）等合作伙伴组成的财团，以 2.71 亿欧元收购了意大利机械制造商 Cifa（Compagnia Italiana Forme Acciaio）。交易在 2008 年 9 月完成，是规模第二大的中国企业欧洲收购案，并使中联重科成为全球最大的混凝土机械制造商。

现在，詹纯新与 Cifa 首席执行官费拉里的工作往来十分密切。由于这两个人不会说同一种语言，这就成了一件不容易的事。

在所有跨境合并中，语言都可能成为问题。中国企业知道，对外国人来说，汉语是多么地令人望而生畏，因此越来越多的企业开始聘用有海外学习经历的高级管理人员，以便为外国合作伙伴提供方便。

然而，中联重科与 Cifa 选择了一种更加与众不同的方式。它们没有选择中文和意大利语之间的互译，而是把英语作为消除语言差异的桥梁。费拉里说英语有些困难，詹纯新则完全不会说英语。

詹纯新在位于湖南省会长沙的中联重科总部工作，而费拉里在米兰附近的塞纳哥工作。他们之间大多通过电子邮件联系。因此，詹纯新的翻译以及亲自撰写英文电子邮件的费拉里本人都能有多一点的时间来构思措辞。

但面对面的会谈就没有那么从容了，比如 2008 年 9 月的一次会议上就出现了有关"delocalisation"一词的问题。

会议的议题是 Cifa 是否可以将公司的部分职能迁到俄罗斯去。从意大利方面看来，费拉里的理解是把工作转移到米兰以外的地方去，因此把这个过程称为"delocalisation"（意为从本地离开）。

在中国，外国投资者将类似的过程——用中国员工取代成本高昂的外籍员工，以便节约成本——称作"localisation"（本地化）。于是，中联重科的高管们感到纳闷，这个"delocalisation"是什么意思呢？前缀"de"似乎意味着它是本地化的对立面，双方花了好一会儿才明白他们说的其实是一回事儿。

"我们在这个词上浪费了 30 分钟。"费拉里表示。

不过，两家公司的不同之处不只是语言。在深圳证交所上市的中联重科是一家国有企业，1992 年创建，前身为长沙高新技术开发区中联建设机械产业公司。公司的英文名称是一个语言上的偶然事件。"一位英语很好的同事选了（Zoomlion）这个名字。"詹纯新说道，"这听上去和我们的中文名字（中联）很像。他还说这个词的意思是怒吼的雄狮，但显然这并不完全正确。"

中联重科旗下有 12 家分公司，业务规模庞大。该公司本身就是中国经济崛起和未来潜力的生动说明。

中联重科在长沙的一家工厂非常之大,以至于可能会被当成飞机制造厂。工厂内停放着一排排重型卡车和建筑设备,就像孩子的梦境一般。

"中联重科(和 Cifa)完全不同。"费拉里表示,"我们没有那么大的产品规模——他们甚至生产消防车……我们有 1 000 名员工,而他们有 1.5 万人。意大利和中国的劳动力成本不同。"

相比之下,Cifa 是一个受人尊敬的意大利品牌。由卡洛·奥森达(Carlo Ausenda)在 1928 年创立。Cifa 专注于生产高端混凝土搅拌车与混凝土泵车,但近年来迷失了发展方向。"Cifa 的问题在于它为若干家族所有。"费拉里表示,"有时候,家族对局势的应对更多的是出于喜好而不是依据头脑。"

意大利私人股本基金 Magenta 和其他投资者在 2006 年收购了 Cifa 72.5% 的股份,其余部分为家族所有者共有。随后,Magenta 将这家有着 80 年历史的公司卖给了只有 16 岁的中联重科——充分展示了亚洲企业的扩张速度。

尽管两家公司如此不同,詹纯新和费拉里都坚定认为,他们有着同样的商业理念,而这些理念能够帮助他们构筑跨越语言鸿沟的桥梁。

"中联与 Cifa 是一家人。"詹纯新解释道。

"詹纯新是个好人,有着同样的思考方式。我们的文化非常相似。"费拉里表示,"企业的核心是在公司工作的人……他们是真正为公司创造价值的人。"

目前,两家公司将继续把英语当作共同语言,但费拉里承认,不能永远这样继续下去。他表示 Cifa 正在意大利的大学里搜罗说中文的学生:"我们必须融入中国——我们也必须融入意大利——借助说着相同语言的人。"

资料来源:管婧. 谈判桌上的语言学问题. http://www. ftchinese. com/story. 2009-01-16。

讨论

1. 试分析沟通在跨境合并中的作用和意义。
2. 分析跨境合并中沟通的障碍。

第十章 控制职能

知识点

1. 掌握控制的含义及特点；

2. 熟悉有效控制的原则；

3. 熟悉控制的不同分类；

4. 了解控制的过程；

5. 掌握控制的方法。

▶ 案例导入

哈勃太空望远镜主镜片的缺陷

经过长达15年的精心准备，耗资超过15亿美元的哈勃（Hubble）太空望远镜终于在1990年4月发射升空。但是，美国国家航空航天局（NASA）发现望远镜的主镜片仍然存在缺陷。由于主镜片的中心过于平坦，导致成像模糊，因此望远镜对遥远的星体无法像预期那样清晰地聚焦，结果造成一半以上的实验和许多观察项目无法进行。更让人觉得可悲的是，镜片的生产商珀金斯—埃尔默公司（Perkings-Elmer）使用了一个有缺陷的光学模板来生产如此精密的镜片。具体原因是，在镜片生产过程中，进行检验的一种无反射校正装置没有设置好。校正装置上的1.3毫米的误差导致镜片研磨、抛光成了错误的形状，但是没人发现这个错误。具有讽刺意味的是，与其他NASA项目所不同的是，这一次并没有时间上的压力，而有充分的时间来发现望远镜上的错误。实际上，镜片的粗磨在1978年就开始了，直到1981年才抛光完毕。此后由于"挑战者号"航天飞机的失事，完工后的望远镜又在地面上待了两年。

NASA 中负责哈勃项目的官员对望远镜制造过程中的细节根本就不关心。事后一个由六人组成的调查委员会的负责人说:"至少 3 次有明显的证据说明问题的存在,但这 3 次机会全部失去了!"

哈勃望远镜的例子说明在一个组织机构中控制的重要性。一件事情,无论计划做得多么完善,如果没有令人满意的控制系统,在实施的过程中仍然会出问题。因此,对于有效的管理,必须考虑到良好的控制系统所带来的好处。

资料来源:赵涛.管理学习题集.天津:天津大学出版社,2005.

第一节　控制的含义与作用

事物总是发展变化的,组织活动在运行中难免出现偏差,因此必须时刻收集、整理并评估有关信息,发现偏差并分析偏差产生的原因,及时采取有效措施予以纠正,这样才能确保组织目标的顺利实现。这些都需要控制职能发挥作用。

一、控制的含义

控制是指对组织的各项活动及其效率进行衡量与校正,以确保组织目标及为此目标拟定的计划得以顺利实现的动态管理过程。

控制有狭义和广义之分。狭义的控制是指由管理人员对组织实际运行是否符合计划的要求进行测定,并采取必要的措施以保证目标完成的过程。广义的控制不仅要按照既定的标准来衡量和校正计划执行中的偏差,还要在必要时修改计划、甚至重新制订计划,使计划更符合实际,更具有正确性和合理性。

控制与计划联系紧密,相互依存。哈罗德·孔茨指出:"可以把计划工作与控制工作看成是一把剪刀的两刃,没有任何一刃,剪刀也就没有用了。"一方面,计划是控制的前提,没有计划,就失去了评价的依据,人们既不知道要控制什么,也不知道如何控制;另一方面,控制是计划的保障,没有控制,人们不知道计划执行得怎么样,更不知道计划是否正确、是否合理。实际上,计划越明确、全面和完整,控制的效果就更好;控制越是科学、有效,计划执行得也就更好。

二、控制系统

控制活动一般是通过控制系统进行的,控制系统是指完整的控制活动所需要的要素体系,是控制活动实施的载体。它一般包括以下内容。

（一）控制的目标体系

控制的目标体系是指控制活动要达到的所有目标。控制要有明确的控制目标,不同的目标所采取的措施是不同的,成本费用也是不同的。控制目标要服从于计划、服从于组织目标。

（二）控制的主体

控制的主体是控制活动的执行者,包括各级管理者及其所属职能人员。对于不同的业务层次和范围来说,控制主体不同,主体承担的责任和拥有的权限也不同。控制是由人来执行的,所以控制责任必须落实到人,必须责权明确,组织机构越明确,控制效果越好。

（三）控制的对象

控制的对象,即控制的客体,是组织的全部活动。控制应该是全过程的、方方面面的,只要组织活动一实施,后面的所有环节、每个方面,就都有可能出现偏差,就都需要控制。例如,"神舟七号"从开始发射,到返回地面,全时段、全方位都需要控制。

（四）控制的方法

控制的方法就是控制的手段和措施,即要达到有效控制必须借助的科学方法,如统计分析法、质量控制法、预算控制法、财务控制法和审计法等。

三、控制的特点

（一）整体性

法约尔指出:"在一个企业中,控制就是核实所发生的每一件事是否符合所规定的计划、所发布的指示以及所确定的原则,其目的就是要指出计划实施过程中的缺点和错误,以便加以纠正和防止重犯。控制对每件事、每个人、每个行动都起作用。"由此可见,控制应该贯穿于计划实施的各个阶段和每个部门,每个管理者都有控制职责。

（二）动态性

由于组织是一个开放的动态系统,不管是外部环境还是内部因素都会不断变化,所以控制的标准和方法也应不断调整,从而保证控制工作的灵活性和有效性。

（三）人本性

管理控制区别于其他机械控制、生物控制的重要一点在于它非常重视人的因素。控制的执行者是人,控制的对象也是人。管理者在制定科学的标准时要体现"以人为本",下属也应认真执行纠正偏差的任务,爱岗敬业;管理者为下属提供指导和帮助,下属工作认真负责。

这样既能真正达到控制的目的,又能提高员工的工作能力和自我控制能力。

四、控制的作用

斯蒂芬·P·罗宾斯(Stephen P. Robbins)这样描述控制的重要作用:"如果没有良好的控制,尽管计划可以制定出来,组织结构可以调整得非常有效,员工的积极性也可以调动起来,但是这仍然不能保证所有的行动都按计划执行,不能保证管理者要求的目标一定能达到。"事实上,一个组织若是缺少有效的控制,就会影响组织的既定目标,甚至产生严重的后果。控制的重要作用体现在以下几个方面。

(一)计划的偏差需要控制来纠正

组织的计划是以预测为基础的,但由于环境无时不在变化,这就要求管理者对原来的计划进行修改和调整,不断通过控制的反馈信息纠正错误,确保组织适应环境、与时俱进、不断发展。

(二)管理权力的分散需要控制来约束

组织规模的不断扩大,要求组织实行分权管理,这样高层管理者就必须对下级的工作进行检查和考核,通过控制对其保持一种持续的压力,使他们能够尽职尽责,正确用权。一般来说,组织的分权程度越高,控制就越有必要。

(三)工作效果的差异需要控制来协调

即使组织制定了十分完善的计划,组织外部环境也相对稳定,控制工作仍然必不可少。这是因为组织目标的实现需要组织全体成员严格按照计划准确地进行工作,而组织成员是在不同时空工作的,对计划的理解可能发生差异,或者由于工作能力的差异,工作的结果也不一定符合计划的要求,这就需要控制工作来进行统一和协调,以免某个环节偏离计划,对整个组织活动造成冲击。

五、有效控制

控制很重要,控制的效果更重要。如果控制方法合理,控制的目的就会达到,效果就会很好,如在条件允许的情况下,前馈控制的效果要优于同期控制和反馈控制,应该尽量采用前馈控制;如果控制方法不合理,控制的效果会大打折扣甚至无法达到目标。因此,控制活动应该做到有效控制。有效控制是指为了达到计划的目标,必须坚持一定的原则、采用一定的方法,使控制的效果达到最佳。有效控制必须遵循以下原则。

（一）目的性原则

良好的控制必须有明确的目的，因为不同的管理活动，控制的目的是不同的，不能为控制而控制。例如，人力资源控制系统和产品质量控制系统，虽然可能在同一组织系统内，但前者的目的是为组织选任合适的人员，后者的目的是为用户提供最佳的产品或服务，所以在控制标准的制定、绩效的衡量和纠偏措施的采用上都会有很大的区别。

（二）经济性原则

控制活动是需要成本的，虽然控制在一定范围内、一定程度上纠正了组织活动的偏差，也会给组织带来一定的效益，但如果控制所带来的收益低于实施的成本，那么就是无效控制。例如，在质量控制中，就应该制定恰当的质量控制标准，因为操作工人控制产品质量增加的费用与标准的提高有如图 10-1 所示的关系。

前一段曲线是线性关系，后一段曲线为指数关系，即当标准较低时，费用随着标准的提高，增长的幅度并不大；而当标准较高时，费用随标准的提高成指数增长关系。因此，标准的制定并非越高越好，要与实际情况相适应。

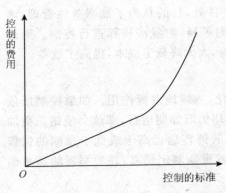

图 10-1 质量控制标准和费用的关系

（三）及时性原则

有效的控制必须及时发现偏差，迅速采取纠正措施，否则会造成不可弥补的损失，因为即使能快速地找到偏差，但在分析偏差产生的原因时花费了很长的时间，所以仍然会造成时滞现象。解决时滞现象的最好方法是采用前馈控制，使计划在最初阶段就能严格按照正确方向实施。

（四）控制关键点原则

管理者可能希望自己对所管理的领域有全面的了解和把握，但人们不可能也没有必要力量均匀地控制组织活动中每一个细节，这样会造成时间和精力的大量浪费，导致管理效率低下。因此，管理者必须选择对计划的执行有关键意义的因素进行重点控制，这些因素就是关键点。关键点一般是计划实现过程中起决定作用的因素，或是对全局有根本影响、决定组织成败的因素，能否正确选择关键点，成为判断管理者控制水平的一个重要标准。关键点的把握也是一种管理艺术，在选择的时候除了要有丰富的经验外，还要借助有关技术和方法。

(五)组织适宜原则

计划需要人来执行,组织结构决定了人员的职责和分工,因此控制必须符合组织结构的要求。一个组织的结构越是明确、完善和综合化,控制就越能反映出组织结构中哪个部门应对某种措施承担责任,也就越能促进这个部门去纠正脱离计划的偏差。例如,邯郸钢铁总厂为了进行有效的成本控制,调整和优化了组织结构,新增或充实了质量、销售、备件、财务等管理机构。该企业将质量监督处扩编为质量管理部,使其实行从原料进厂检验到工艺过程监督和产品发出后的质量跟踪"一条龙"控制;组建了备件处,目的是为了加强备件管理,堵塞其中的漏洞,减少对外委托加工费;在有关部门增设财务科,对经济核算进行控制。通过建立一套严密的组织体系,使各部门分工合理、责权明确,大大降低了成本,提高了效益。

(六)灵活性原则

灵活的控制是指控制系统能适应主客观条件的变化,持续地发挥作用。如果控制所依据的计划由于内外部环境的变化而做了调整,控制系统却仍旧如期运行,那就会使错误更加严重。例如,预算是根据一定的销售量制定的,而实际的销售远远高于或低于预测的销售量,那么原来的预算就变得毫无意义,这时就要求修改或重新制定预算,并根据新的预算确定合适的控制标准。

(七)例外原则

有效的控制不仅要选择关键点,还要对一些超过一般情况的特殊点进行控制。这里的例外情况是指那些发生了显著变化的因素,或是特别良好和特别糟糕的情况。控制的例外原则在企业的产品质量控制中被广泛应用。企业产品质量控制的关键是工序控制,而工序控制是为了检查生产过程是否稳定。一般认为,如果影响产品质量的主要因素(如原材料、工具、设备、操作工人等)保持稳定,那么产品质量就不会发生很大差异,这时就可以说工序质量处于控制状态;反之,如果生产过程出现异常状态,就应立即查找原因,采取措施使其重新稳定。

要强调的是,例外不能仅仅依据偏差的大小数值来确定。"千里之堤,溃于蚁穴",有时候小小的偏差也会造成严重的后果;而有时候偏差稍大一些也无关大局。例如,春节期间的职工福利超出预算的 10%,则不必紧张;而产品合格率下降了 1%,则应引起高度重视。在实践中,要把例外原则和控制关键点原则结合起来,应该注意关键点上的例外情况。

(八)控制趋势原则

对控制全局的管理者来说,控制现状所预示的变化趋势比控制现状本身更为重要。一般来说,趋势是多种复杂因素综合作用的结果,是在较长一段时间内逐渐形成的,它会长期影响管理工作的成效。趋势往往容易被现象所掩盖，不易觉察，也不易控制和扭转，当趋势已经明朗时再控制就太晚了。所以，应及早分析趋势，发现问题，将其控制在有利于组织目标实现的方向上。

第二节　控制的类型与过程

一、控制的类型

根据不同的标准，控制可以分成以下多种类型。

（一）按控制信息获取情况分类

按照控制信息获取情况不同，可以将控制划分为前馈控制、同期控制和反馈控制。

1. 前馈控制

前馈控制又称事前控制，是指在工作正式开始前利用最新的信息进行预测，对可能产生的偏差采取防范措施，使偏差消除在发生之前。例如，当公司的销售预测表明销售额将下降到期望值以下时，管理人员就会通过制定新的广告措施、推销办法或引进新产品，以便提高实际销售量。

前馈控制的优点是：能够防患于未然，避免偏差造成的实际损失；由于在工作开始前对某项计划活动所依赖的条件进行控制而不针对具体人员，不会造成正面冲突，易于被员工接受并实施。

由于前馈控制可以避免预期偏差，是人们最渴望使用的控制手段。但它也有一些缺点：管理人员必须掌握及时和准确的信息，而由于未来的不确定性和信息成本的制约，在现实中要做到这一点，是十分困难的。

2. 同期控制

同期控制又称过程控制、现场控制，是指对正在进行的活动给予指导和监督，以保证活动按规定的程序和方法进行。例如，沃尔玛通过采用全球联网的管理信息系统，能够把每个月的销售额数据立刻传送到数据中心，从而及时取得有关库存、销售量、总利润，以及其他各种数据资料，以便随时控制采供活动。

同期控制一般在现场进行，主要适用于基层管理人员。它的优点在于立竿见影，经济有效，并且能够提高工作人员的工作能力和自我控制能力。但同时也有一些缺点，如现场控制等临时决定的或个人主观确定的标准有可能产生多样性,无法统一测量和评价。此外,现场控制也对控制者个人素质要求较高。

3. 反馈控制

反馈控制是指把系统的输出信息返回传送到输入端,与输入信息时所期望达到的目标进行比较,发现两者的偏差,找出偏差产生的原因,采取纠正措施来实行控制的过程。这一过程如图 10-2 所示。

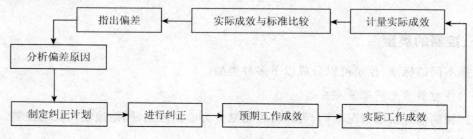

图 10-2 反馈控制

反馈控制是一种传统的控制过程,是在工作结束或行为发生后进行的控制活动,所以又称事后控制。例如,事故出现后对当事人进行责任追究,对销售不畅的产品做出减产、提产或促销决定都属于这种控制。

反馈控制之所以成为一种被广泛应用的控制手段,原因是:许多事情发生以后才能看到结果,如员工的绩效评估;许多事情是螺旋状推进的,反馈信息可以提供借鉴作用,促使管理者改进工作,有益于后面工作的进行,如企业对市场反馈的信息(如客户意见、竞争者动向等)要认真分析,并在日后工作中加以改进。

反馈控制的致命弱点是滞后性。不管是衡量结果,还是分析原因,以及制定纠偏措施都需要一定的时间,往往是控制对象的变化速度很快,而反馈速度跟不上,无法及时控制,以致损失已经发生,有如亡羊补牢,为时已晚。

以上三种控制方法各有优缺点,在实际应用中应该配合使用才能取得良好的控制效果。

(二)按控制的手段分类

按照控制的手段分类,可以将控制划分为直接控制和间接控制。

1. 直接控制

直接控制应该理解为通过行政手段进行控制,这种方法最直观、最简单,但对管理人员的素质有很高的要求,他们应该能够熟练地应用管理的概念、原理和技术,有较高的决策和

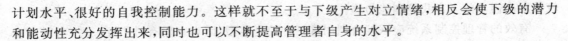

计划水平、很好的自我控制能力。这样就不至于与下级产生对立情绪,相反会使下级的潜力和能动性充分发挥出来,同时也可以不断提高管理者自身的水平。

2.间接控制

间接控制主要是指利用经济杠杆进行的一种控制。经济杠杆主要指税收、信贷、价格等经济措施和政策。在企业内部来说,将奖金与绩效挂钩的分配政策就是一种间接控制,这种方法可以充分调动员工的积极性,有利于整个组织活动达到更优的效果。

(三)按控制源分类

按照控制源分类,可将控制划分为正式组织控制、非正式组织控制和自我控制。

1.正式组织控制

正式组织控制是用管理部门建立的机构和设计的规定对组织活动进行控制的一种方式。例如,审计部门是对财务程序是否合法的情况进行检查的专门机构,审计控制就属于正式组织控制。一般来说,正式组织控制的内容有以下几个方面。

(1)实施标准化。依靠管理人员的设计和监督,制定出标准的工作程序以及生产计划等。

(2)保护组织的财产不受侵犯。例如,防止偷盗、禁止浪费等方面的规定。

(3)质量标准化。它包括产品或服务的质量应该达到的标准。

(4)防止滥用权力。规定一定的分权制度和监督程序。

(5)对职工的工作进行指导和测量。制定出工作手册和规范,设计绩效衡量方法与标准。

2.非正式组织控制

非正式组织控制是由非正式组织发展和维持的、基于群体成员价值观念和行为准则的一种控制方式。这些规范的内容虽然没有形成文字,但是在非正式组织中已经被大家认可并遵守。某一成员如果和大家保持一致,达成默契,则会受到奖励或提高自己在组织中的地位;如果违反规定内容,就会遭到排挤、讽刺,甚至被逐出组织。非正式组织控制对组织成员的行为有重要影响,如果处理得好,就有利于组织目标的实现,处理不好则会对组织带来很大危害。

3.自我控制

自我控制是个人有意识地根据组织整体目标的要求,自觉遵循某一行为规范进行活动的控制方法。自我控制有助于发挥组织成员的主动性、积极性和创造性,如员工潜心钻研技术、不愿占组织财物为己有、为组织节约资源并不铺张浪费等。这种控制要取决于个人的素质,具有良好修养的人比修养水平较低的人自我控制能力强,具有较高层次需求的人比具有较低层次需求的人自我控制能力强。

有效的管理控制系统应该综合利用这三种控制类型,因为它们有时相互一致,有时互相抵触,应该尽量趋利避害,以更好地实现组织整体目标。

二、控制过程

控制过程是一个信息传递的过程,即首先把系统运行的标准信息传递出去,再把系统运行的实际信息反馈回来,然后进行比较,如有偏差,最后再把调整偏差的信息传递出去,这样就起到对系统运行的控制作用。虽然控制对象有所不同、控制方法千差万别,但是都可以将控制过程归纳为确定标准、衡量绩效和纠正偏差三个步骤。

（一）确定标准

控制标准是控制工作得以展开的前提,是检查和衡量实际工作的尺度。标准来源于计划,但不同于计划。一方面,计划相对来说都比较简要,不可能对组织运行的各个方面都制定出非常具体的标准;另一方面,组织中的计划是多种多样的,而各种计划在详尽程度与复杂程度上各不相同,而且管理者往往不能注意到计划的每一个细节,如果直接用计划的内容进行控制,就会因这种标准的实际无效而导致控制工作的随意性和盲目性,因此必须制定专门的控制标准。

1. 制定控制标准的形式

（1）定量标准。这是一种较为明确的量化尺度,便于衡量和把握,它可以分为:实物量标准,如高校的招生人数、企业的产品产量等;货币标准,如国家的财政收入、企业的资金拥有量等;时间标准,如生产周期、交货期、工程的工期等;综合标准,如 GDP 增长率、市场占有率等。

（2）定性标准。这是一些难以量化的标准,具有一定的弹性,如企业的信誉、服务质量、领导的个人能力等。

2. 制定控制标准的重点

（1）选择控制对象。理想地看,管理者必须对影响组织实现目标的因素进行全面控制,但这样做往往是"胡子眉毛一把抓",事倍功半,得不偿失。在组织资源和管理者精力有限的情况下,可行的做法是选择那些对实现组织目标有重大影响的因素进行控制,如环境因素、资源投入和活动过程等。

（2）选择关键控制点。良好的控制来源于关键控制点的正确选择。例如,酿酒企业在进行质量控制过程中,发酵温度、时间和水质是影响质量的关键因素,企业就要对这些关键控

制点制定出明确的控制标准。

3.制定控制标准的方法

控制的对象和关键点不同,控制的标准和方法也不一样。一般来说,常用的方法有以下3种。

(1)统计方法。由统计方法获得的标准称为统计标准,又称历史性标准。它依据组织各历史时期活动的数据,或者依据其他同类组织的统计数据来确定组织活动各个方面的标准。这种方法的优点是简便易行,但也有局限性,如视野狭窄,由于多是利用本组织的历史数据,就有可能使所定标准低于同行业的平均水平,如果所用资料不完整或不准确,还会失去制定标准的意义。

(2)经验评估法。这种方法是根据管理人员或专家的经验,参照有关技术文件来确定控制标准的方法。它对于新近开展的没有历史数据的活动比较适用。这种方法的优点是打破了统计方法的局限性,在缺乏资料和数据的情况下,仍可制定控制的标准;其缺点是不精确、不全面。

(3)工程标准法。这是通过对工作情况客观分析,以准确的技术参数和实测的数据为基础而制定的控制标准。例如,劳动时间定额是利用秒表测定的受过训练的普通工人以正常速度按照标准操作对产品进行加工所需的平均必要时间。这种方法优点是精确可靠;缺点是技术要求高,要有充分的数据积累,耗费的时间也较长。

以上方法各有优缺点,在实际工作中究竟采用何种方法主要取决于所需衡量的绩效及其影响因素的领域和性质。

(二)衡量绩效

如果在工作过程开始之前就能预测出所有可能发生的偏差,并预先采取措施,那是最为理想的。但实际上并非所有管理者都有这种预测能力,也不是所有偏差都可以提前预见的,所以应该进行衡量绩效。衡量绩效是指用预定的控制标准对实际工作进行检查、衡量,及时发现偏差,为进一步采取控制措施提供全面准确的信息。

衡量绩效应该注意以下几个问题。

1.通过衡量检验标准的客观性和有效性

偏差的出现有两种可能,一种是执行中出现了问题;另一种是标准本身出现了问题。如果是后者,就要通过衡量来检查标准的客观性、有效性。在为控制对象确定标准的时候,人们可能只考虑了一些次要的非本质的因素,或只重视了一些表面因素,如只是根据办公室是否挂满了各种图表来判断管理人员的工作努力程度,而忽略了他们是否扎扎实实地做了一些

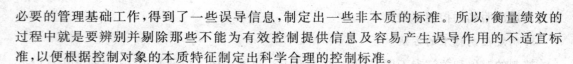

必要的管理基础工作,得到了一些误导信息,制定出一些非本质的标准。所以,衡量绩效的过程中就是要辨别并剔除那些不能为有效控制提供信息及容易产生误导作用的不适宜标准,以便根据控制对象的本质特征制定出科学合理的控制标准。

2.确定合适的衡量频度

有效的控制要求确定合适的衡量频度。衡量频度过高,不仅会增加控制的费用,而且还会引起有关人员的不满,影响他们的工作态度;衡量频度过低,则有可能导致偏差不能被及时发现,不能及时采取纠正措施。这个频度取决于被控制活动的性质和要求。例如,对产品质量的控制常常需要以小时、日等较小的时间单位来进行;而对新产品开发活动的控制则可能需要以月或更长时间单位来衡量。一般来说,需要控制的对象可能发生重大变化的时间间隔是确定适宜的衡量频度所需考虑的主要因素。

3.建立信息反馈系统

由于衡量标准的工作不都是由管理人员直接进行的,有时需要借助专职的检测人员,因此应该建立有效的信息反馈系统,使反映实际工作情况的信息能及时收集起来,并适时传递给管理人员,再将信息与预定的控制标准比较,及时发现问题并迅速进行纠正。此外,信息反馈系统还应该及时将偏差信息传递给与控制活动有关的部门和个人,以便他们知道自己的工作状况、知道偏差出现在哪里及怎样更好地完成工作任务。建立信息反馈系统应遵循以下3个要求。

(1)信息的及时性。信息有很强的利用价值,如果不及时收集,就会容易忘记或大大降低信息的利用价值;同时,信息的加工、检索和传递工作也要及时。如果信息不能及时提供给各级管理人员,其使用价值就会丧失,错过控制时机,会给组织带来更大的损失。

(2)信息的可靠性。管理者只有获取准确的信息,才有可能根据信息作出正确的决策,纠正组织活动的偏差。现实中有许多企业不惜投入大量资金开展全面而规范的市场调研工作,就是为了获取可靠的市场信息。

(3)信息的适用性。应该对不同的管理部门提供不同信息,如果不加判断地向这些管理部门提供同样的信息,不仅会造成信息的浪费,而且还会加重管理部门的负担。

4.衡量绩效的方法

衡量绩效的方法主要有以下几种。

(1)直接观察。通过个人亲临现场,可以得到第一手信息,并可以通过和工作人员的交流及时发现问题、解决问题。

(2)口头汇报。依据场合的不同,汇报分为正式汇报和非正式汇报。正式汇报往往在某

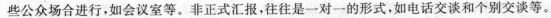

些公众场合进行,如会议室等。非正式汇报,往往是一对一的形式,如电话交谈和个别交谈等。

(3)书面汇报。这种方法比较准确和全面,易于保存,如备忘录、工作总结、统计报表等。

(4)信息技术。通过计算机可以快捷地查询和分析相关数据和报表,成本低、效率高。

(三)纠正偏差

经过衡量比较后,如果有较大的偏差,就应该分析造成偏差的原因并采取措施予以纠正。这项工作使控制过程得以完整,并将控制与管理的其他职能联系起来,如使计划得以遵循、组织结构得以调整、领导活动更加完善。纠正偏差的过程应该注意以下两个问题。

(1)寻求产生偏差的原因。是由于计划本身的不合理,还是计划在执行过程中出现了问题,抑或是外部环境发生更大变化而无法控制,都需要管理者认真分析。

(2)采取恰当的纠偏措施。如果是执行不力造成的偏差,则采用"矫正"工作的措施;如果是计划目标不切实际,则采用修改计划的措施。

第三节　控制的方法

管理工作内容丰富,控制的方法也有很多,下面将介绍几种常用的方法。

一、预算控制

预算是数字化的计划,是预期结果的量化说明。它既是计划的一个重要组成部分,又是常用的控制手段之一。在我国,预算一般是指经法定程序批准的政府部门、事业单位和企业在一定时期的收支预计;而在西方,预算则不仅是金额方面的反映,也包括计划的数量说明。

(一)预算的种类

(1)收支预算。这是以货币来表示的组织经营管理的收支计划预测。收入主要有销售收入、租金、专利转让费及其他投资收益。企业通常编制销售预算,它是预算控制的基础。支出包括材料、人员工资、燃料、动力、差旅等费用。

(2)实物预算。这是以实物为计量单位的预算,如产量预算、人工预算、机时预算、库存预算等。

(3)现金预算。这是一种最为主要的控制手段,是对组织未来实际收支做预定安排,让管理者清楚他有多少现金,现金将会怎么用,并且可以显示多余的资金以便为新的投资做安排。

(4)投资预算。它包括对新建厂房、购买设备等扩大固定资产投资以及其他方面的投资预算,一般来说,投资时间长、数额大,所以应该经过认真调查论证,列出专项预算。

(5)财务预算。它是指组织在计划内对组织的投资情况、现金收支、财务状况等各部门预算集中在一起的汇总,又称总预算。制定财务预算的目的在于描绘出组织机构的财务情况,显示全部预算是否恰当。

(二)预算的方法

1. 弹性预算

弹性预算又称可变预算,是指按固定费用和变动费用分别编制固定预算和可变预算,以保证预算的灵活性。编制可变预算要求部门管理人员必须清楚地了解组织的计划目标和各生产要素的约束情况,认真研究各种费用的变动程度,以确定各种换算系数,确保可变预算合理、准确,具有可操作性。

2. 零基预算

零基预算是指在编制预算时,对任何一个预算期、任何一种费用项目的开支,都不是从原有的基础出发的,即根本不考虑各项目基期的费用开支情况,而是一切都以零为基础,从零开始考虑各项目费用的必要性及其预算的规模。

其具体做法主要是,组织下属各部门结合计划期内的目标和任务,对各自项目预算费用以零为基数,仔细分析各项开支费用的合理性,在"成本—效益"基础上确定轻重缓急,排出先后顺序,再按顺序合理分配资金,落实预算。

采用零基预算法,一切以零为起点,重新评价和计算,编制预算的工作量非常大。但零基预算考虑每项费用的效益,可以精打细算,减少不必要的开支,是事前控制的一种好办法。

二、财务控制

财务风险是由于财务规划和控制不当造成的资金链断裂。为了避免这种风险的发生,管理人员必须时刻关注财务状况,进行财务控制。财务控制有以下两种类型。

(一)损益控制

利润是一个企业追求的目标和生存的基础,也是衡量企业经营活动运行质量的标准。因此,很多企业利用损益控制方法对分公司和各部门进行控制。

损益控制是通过编制损益表进行的。损益表反映的是分公司和各部门收入、支出的各项内容。通过对比分析分公司和各部门的损益情况,将它们的盈利能力和对组织的贡献做出评价,并以此作为衡量业绩的标准。如果运营中出现了问题,可以做出及时的修正。

损益控制具有以下优点。

（1）可以很好地实行市场控制。对部门进行损益控制时,部门经理必须对本部门的收入和费用、利润和亏损进行控制,而总部只是用净收入来衡量部门绩效。

（2）可以事前控制。损益表表明组织在一定时期损益的具体情况,说明了直接造成损益的各种收支因素,管理人员如果进行事先预测,就可以在事件发生之前设法影响收入和支出,从而实现利润目标。

（3）有助于提高部门管理人员的积极性。因为在损益控制中,分公司或各部门的管理人员拥有相当广泛的职权,为了提高利润,可以按照自己认为有利于实现组织目标的方式来经营他们所负责的部门。

损益控制法的缺点表现在以下两个方面。

（1）损益控制法要求分公司或各部门管理者拥有广泛职权,但相互之间独立性较强。这一点可能引起部门之间的竞争,不利于达成组织内部的协调一致。

（2）这种方法需要大量核算工作和公司内部转移的票据传递,实施成本较高,因此一般只在组织中相对独立的主要部门实行损益控制。例如,作为利润中心管理和考核的分公司、事业部等。

（二）财务比率控制

财务报表分析方法主要有实际数字和比率法两种,前者运用财务报表中的实际数字来分析;后者先求出实际数字的各种比率后再进行分析。由于后者更加容易辨识,所以较常采用。常用的财务比率有以下几种。

1.评价企业盈利能力的指标

盈利能力是指企业赚取利润的能力。这类指标的计算公式为

$$资本金利润率 = \frac{利润总额}{资本金总额} \times 100\%$$

$$销售利润率 = \frac{利润总额}{销售收入} \times 100\%$$

$$成本费用利润率 = \frac{利润总额}{销售成本} \times 100\%$$

2.评价企业资产管理能力的指标

资产管理能力是指企业在管理资产方面的效率。这类指标的计算公式为

$$存货周转率 = \frac{销售成本}{平均存货} \times 100\%$$

$$应收账款周转率 = \frac{赊销收入净额}{平均应收账款余额} \times 100\%$$

$$总资产周转率=\frac{销售收入}{平均资产总额}\times100\%$$

3.评价企业偿债能力的指标

这是企业的贷款者或投资者判断企业经营状况、反映债务资金安全的指标。这类指标的计算公式为

$$资产负债率=\frac{负债总额}{全部资产总额}\times100\%$$

$$产权比率=\frac{负债总额}{股东权益}\times100\%$$

$$流动比率=\frac{流动资产合计数}{流动负债合计数}\times100\%$$

$$速动比率=\frac{速动资产}{流动负债}\times100\%$$

$$=\frac{流动资产-存货}{流动负债}\times100\%$$

三、审计控制

根据审计的主体不同,可以将审计控制分为外部审计和内部审计。

(一)外部审计

外部审计是指由独立的外部机构选派审计人员对组织的财务会计报表及其反映的财务状况进行评价。

由于外部审计人员与被审计组织之间不存在行政隶属关系,因此更好地保证了审计工作的独立性和公正性。而且如果组织成员认识到外部审计是不可避免的,也会在工作中努力保证财务、会计信息的真实合法,从而起到预防作用。

外部审计也有其不足:外部审计人员往往不了解组织的内部结构、经营流程等,在审计过程中可能产生一定的困难;被审计的组织成员可能产生抵触情绪,也会增加审计工作的难度;由于一些审计公司帮助客户做虚假报表,使公众对外部审计的公正性产生了怀疑。

(二)内部审计

内部审计是由组织内部的审计人员对组织的会计、财务及其他经营管理活动进行的评价。内部审计除了兼有外部审计的内容和目的外,还要对组织发展政策、资源利用率、组织工作程序与计划的遵循程度进行评价,并提出修改建议。

内部审计的优点在于它比外部审计更加全面、深入,外部审计只是保证组织财务会计信

息的真实合法；而内部审计除此之外还要根据对现有控制系统有效性的检查和评价提出改进的建议。

内部审计也有不足：需要一批高级的专业人才，审计人员应熟悉组织的政策和计划，不仅能发现问题，还能提出改进措施；审计成本较高，组织一般一年进行一次或两三年进行一次；容易使被审计部门人员产生对抗情绪，不愿积极配合，加大了审计的难度。

总体来说，审计是一种十分必要的控制手段。在实践中还应遵循五个原则，即政策原则、独立原则、客观原则、公正原则和群众原则。

四、质量控制

质量是企业的生命，质量控制历来是企业管理控制的重点。质量控制是指对确定和达到质量要求所必需的全部职能活动的控制，包括质量标准和质量计划的制定，以及对所有产品和服务方面的质量形成过程的监督和控制。

（一）质量控制的发展

1. 单纯质量检验阶段（20 世纪 20—40 年代）

质量检验是根据产品质量标准规定，对产成品进行检验，从中挑出不合格产品，不让废品流出企业或转入下一道工序。但它是一种事后控制，不能预防不合格的发生。

2. 统计质量控制阶段（20 世纪 40—50 年代）

统计质量控制是利用数理统计原理，将检验从生产终端移到生产工序上，如果发现质量不稳定，立刻找到原因，采取措施，防止不合格的再次发生，使质量控制从事后检验为主转变为事中控制和事前预防为主。

3. 全面质量控制阶段（20 世纪 60 年代至今）

由美国通用电气公司的费根鲍姆（Armand V. Feigenbaum）提出的全面质量控制（TQC）概念，符合生产发展和管理发展的需要，很快被人们普遍接受，在世界各国得到推行并取得巨大成功。

（二）全面质量控制

全面质量控制是企业以提高产品质量为目的，运用一整套质量控制体系手段和方法，控制整个经营中所有影响质量的因素，以确保向用户提供最满意的产品和服务的过程。

全面质量控制具有以下特点。

（1）全过程的质量控制。全面质量控制把质量控制从以生产过程为主要内容进一步扩展到产品的设计、使用和服务过程。

（2）全企业的质量控制。质量控制不仅仅是质量管理部门的事情，从生产的基层单位到销售部门、售后服务部门都有确保产品质量的责任。

（3）全体人员的质量控制。全面质量控制是一种全员性活动，从第一线的工人到各级管理人员都要有质量意识，都要将质量管理要求贯彻到自己的工作过程之中。

（4）全面科学的质量控制。全面质量控制综合运用数理统计、计算机科学、管理科学等方法，不断改善管理，提高产品质量。

全面质量控制的要求是："一切为了顾客，一切以预防为主，一切凭数据说话，一切按PDCA 循环办事。"这里的"PDCA 循环"又称戴明环，是指把质量控制活动分为计划（Plan）、实施（Do）、检查（Check）和处理（Action）四个阶段，如图 10-3 所示。

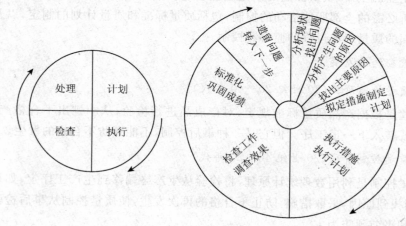

图 10-3　PDCA 循环

（三）质量保证

全面质量控制还形成了一系列的质量保证体系。建立质量保证体系是从组织上、制度上保证全面质量控制稳定地取得长期效果的关键。质量保证体系分为内部保证和外部保证。

1. 内部保证

内部保证主要是通过 PDCA 循环保证产品质量的不断改进和提高，现在被广泛应用的"六西格玛（6σ）"质量标准活动就是内部质量保证的成功范例。1996 年，杰克·韦尔奇（Jack Welch）在通用电气公司（GE）推行了这种严密的、基于统计学的质量控制手段。"6σ"是以数据为基础，包括各项基本活动，即确定、估量、分析、改进等最终控制生产或服务的工序，通常把重点放在提高客户的获益率并减少他们的支出上,同时也能提高公司的业务质量、速度和效率。每反复一次六西格玛程序,误差就缩小到百万分之三点四以下,即发出 100 万次货物中只能有 3 次差错。据通用电气公司称,运用这种方法,在 3 年中为公司节约了 80 亿美元。美国质量学会前主席格雷戈里·沃森(Gregory H. Watson)说:"六西格玛也许是我们在过去 100 年里学到有关质量的全部知识的精华。"

2.外部保证

外部保证又称质量认证,其目的在于使客户和第三方确信组织的活动具备满足质量要求的能力。国际标准化组织制定发布的 ISO 9000 系列标准认证,得到世界各国的认同和采用,有人喻之为"走向世界的通行证"。ISO 9000 标准的基本原理有以下四个方面:质量形成于生产全过程;必须使影响产品质量的因素在生产全过程中始终处于受控状态;使企业具有持续提供符合要求的产品的能力;质量控制必须坚持进行质量改进。

五、成本控制

(一)成本控制的含义

成本控制是指以成本为主线,通过层层分解成本指标,形成成本控制标准,严格衡量成本开支,防止损失和浪费,确保在预定成本下实现预期利润。

成本控制有狭义和广义之分。狭义的成本控制是指在企业的生产活动中,对影响产品成本的各项耗费进行严格的限制、引导和监督,及时消除已发生或将发生的偏离计划指标的现象,使预期的成本目标得以实现。广义的成本控制除上述内容外还包括产品投产前的成本控制,如在产品的设计、工艺准备和试制等阶段的成本控制问题。

(二)成本控制的重要性

成本控制的重要性体现在以下几个方面。

(1)成本控制是企业增加盈利的根本途径。无论在什么情况下,降低成本都可以增加利润。在保证质量的前提下,成本优势是企业竞争的重要优势,是企业利润的重要保证。

(2)成本控制是企业生存的主要保障。在外部竞争日趋激烈、经济环境不断恶化、职工要求改善待遇、股东要求按期分红的形势下,企业所能做到的主要是降低成本、提高产品质量、创新产品设计和增加产品销量。提高售价会引发经销商和供应商相应的提价要求以及增加流转税的负担,而降低成本可避免这类压力。

(3)成本控制是企业发展的基础。只有成本降低了,利润增加了,经营基础巩固了,企业才有力量去提高产品质量、创新产品设计、寻求新的发展。如果在成本失控的情况下盲目发展,一味在促销和开发新产品上冒险,企业抵御风险的能力便会大大下降。

（三）成本控制的方法

1. 原料消耗费用的控制

原料消耗费用包括原材料的购买价格、库存费用等,库存费用又可分为存储费用和订货费用。存储费用和订货费用是成反比关系的,如果企业订购大量原材料,其订货费用就会降低,却增加了存储费用;如果为了减少存储费用而缩减原材料订购量,那么就会使订货次数增加、订货费用上升。企业需要在二者之间合理选择。库存的风险成本也应注意。例如,存货变质引起的质量风险成本、存货被偷窃引起的数量风险成本、货物过时引起的商业风险成本、原材料或物资在购买后其市场价格下跌引起的价格风险成本都需要在原料耗费控制时认真考虑。

2. 固定资产折旧费用的控制

固定资产费用由折旧费用以及维修保养费用组成。企业取得固定资产,意味着取得了固定资产在未来为企业提供的服务,那么固定资产的原价就是企业为了使用未来服务而预先支付的成本。也可以将固定资产看作是一种有限度的生产能力,该能力随着时间推移会逐渐消耗。对于一件固定资产来说,通过使用,其工作能力无论在数量上还是在质量上都是逐渐下降的,能力的下降会产生越来越多的继续保养工作。因此,对于陈旧的机械设备就需要权衡是更新还是继续使用。当增加的成本使固定资产的使用不经济,或更先进的技术使原设备丧失竞争力时,设备的经济寿命就结束了。因此,管理者可以通过计算固定资产折旧率,将成本分摊到设备使用期内的每个核算期,形成成本控制的标准,用来衡量成本是否超出,以此保证预期利润的实现。

本章小结

1. 控制是指对组织的各项活动及其效率进行衡量与校正,以确保组织目标及为此目标拟订的计划得以顺利实现的动态管理过程。

2. 控制在管理中的作用是纠正计划的偏差、约束管理权力的分散和协调工作效果的差异。

3. 有效的控制必须遵循目的性原则、经济性原则、及时性原则、控制关键点原则、组织适宜原则、灵活性原则、例外原则和控制趋势原则。

4. 控制按信息获取情况不同,可以分为前馈控制、同期控制和反馈控制;按控制的手段不同,可以分为直接控制和间接控制;按照控制源不同,可以分为正式组织控制、非正式组织控制和自我控制。

5.控制的过程分为确定标准、衡量绩效和纠正偏差三个阶段。

6.控制的方法主要有预算控制、财务控制、审计控制、质量控制和成本控制等。

复习思考题

一、单项选择题

1.控制工作的第一步是( )。

A.采取矫正措施 B.鉴定偏差

C.衡量实际业绩 D.确定控制标准

2.有人说,人的身体是"三分治七分养",这说的是( )。

A.事后控制比事前控制更重要 B.现场控制比事后控制更重要

C.反馈控制比事后控制更重要 D.现场控制比事前控制更重要

3.为了减少一再出现的产品质量问题,某公司决定针对出现质量问题的原因建立一套严格的责任制度,这是一种( )。

A.正式组织控制 B.非正式组织控制 C.自我控制 D.同期控制

4.预算在管理中起着重要的作用。具体来说,预算( )。

A.是计划工具 B.是控制手段

C.既是计划工具,又是控制手段 D.是组织领导的前提

5.按照有效控制的经济性原则要求( )。

A.控制活动的成本要高于所带来的收益

B.控制活动的成本要低于所带来的收益

C.控制活动的成本既可以高于所带来的收益,也可以低于所带来的收益

D.以上都不对

二、简答题

1.简述控制在组织中的重要性。

2.简述控制和计划的关系。

3.有效控制必须遵循哪些原则?

4.控制的程序是什么?

5.制定控制标准的方法有哪些?

6.结合实际,简述在当前的管理活动中,前馈控制的重要性。

7.举例说明选择关键控制点的方法。

8.简述正式组织控制、非正式组织控制和自我控制的特点及相互差异。

9.全面质量控制的特点是什么?

 案例讨论

邯钢的"模拟市场核算,实行成本否决"

河北省邯郸钢铁总厂(以下简称"邯钢")是1958年建设的老厂。1990年,邯钢与其他钢铁企业一样,面临内部成本上升、外部市场疲软的双重压力,经济效益大面积滑坡。所产的28种钢材中有26种亏损,总厂已到了难以为继的状况,然而各分厂报表中所有产品却都显示出盈利,个人奖金照发,感受不到市场的压力。造成这一反差的主要原因是,当时厂内核算用的"计划价格"严重背离市场,厂内核算反映不出产品实际成本和企业真实效率,总厂包揽了市场价格与厂内核算用的"计划价格"之间的较大价差,职责不清、考核不严,干好干坏一个样。为此,邯钢从1991年开始推行了以"模拟市场核算,实行成本否决"为核心的企业内部管理体制改革,当年实现利润5 000万元。

邯钢在实行管理体制改革的5年时间内,实现的效益和钢产量已经超过了前32年的总和。这巨大的力量来自何处? 邯钢的职工喜欢用"当一份家,理一份财,担一份责任,享受一份利益"四句话来概括他们的作用。而使邯钢人体验到由"当家理财"而"当家作主"的新型主人翁地位的,正是"模拟市场核算,实行成本否决"这一体制的成功发明与实践。据统计资料分析,邯钢这5年实现的21.5亿元利润中,有8亿元(占5年利润总额的37.2%)是2.8万名邯钢职工靠挖潜、降成本、增效得来的。5年来,邯钢在原材料不断涨价的情况下,吨钢成本以平均每年4%强的速度在下降。邯钢通过将成本责任与每个职工紧紧地捆在一起,使大家树立了高度的成本意识,就像居家过日子一样精打细算,人人为成本操心,个个为增效出力。这就是与社会主义市场经济相适应的成本中心责任体制的威力。

邯钢"模拟市场核算"的具体做法如下。

(1)确定目标成本,由过去以计划价格为依据的"正算法"改变为以市场价格为依据的"倒推法",即将过去从产品的原材料进价开始,按厂内工序逐步结转的"正算"方法,改变为从产品的市场售价减去目标利润开始,按厂内工序反向逐步推算的"倒推"方法,使目标成本各项指标真实地反映市场的需求变化。

(2)以国内先进水平和本单位历史最好水平为依据,对成本构成的各项指标进行比较,

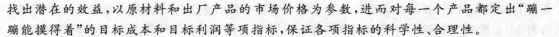

找出潜在的效益,以原材料和出厂产品的市场价格为参数,进而对每一个产品都定出"蹦一蹦能摸得着"的目标成本和目标利润等项指标,保证各项指标的科学性、合理性。

(3)针对产品的不同情况确定相应的目标利润,原来亏损、没有市场的产品要做到不赔钱或微利,原来盈利的产品要做到增加盈利,对成本降不下来的产品,要停止生产。

(4)明确目标成本的各项指标是刚性的。执行起来不迁就、不照顾、不讲客观原因。如邯钢第二炼钢分厂,1990 年按原"计划价格"考核,该分厂完成了指标,照样拿了奖金,但按"模拟市场核算"实际亏损 1 500 万元。1991 年依据"倒推"方法确定该分厂吨钢目标成本要比上年降低 24.12 元,但该分厂认为绝对办不到,多次要求调整。总厂厂长刘汉章指出,这一指标是根据市场价格"倒推"出来的,再下调就要亏损,要你们吨钢成本降低 24.12 元,你们降低 24.11 元也不行,不是我无情,而是市场无情。于是,该分厂采用同样的"倒推"方法,测算出各项费用在吨钢成本中的最高限额,将构成成本的各项原材料、燃料消耗、各项费用指标等,大到 840 元一吨的铁水,小到仅占吨钢成本 0.02 元的印刷费、邮寄费,逐个进行分解,形成纵横交错、严格的目标成本管理体系,结果当年盈利 250 万元,成本总额比上年降低了 2 250 万元。1994 年,该分厂的总成本比目标成本降低 3 400 万元,超创内部目标利润 4 600 万元。

邯钢"实行成本否决"的具体措施如下。

(1)将产品目标成本中的各项指标层层分解到分厂、车间、班组、岗位和职工个人,使厂内的每个环节都承担降低成本的责任,把市场压力及涨价因素消化于各个环节。实行新管理体制的第一年,总厂各分厂、18 个行政处室分解承包指标 1 022 个,分解到班组、岗位、个人的达 10 万多个。目前,全厂 2.8 万名职工人人身上有指标,多到生产每吨产品担负上千元,少到几分钱,人人当家理财,真正成为企业的主人。

(2)通过层层签订承包协议、联利计酬,把分厂、车间、班组、岗位和职工个人的责、权、利与企业的经济效益紧密地结合在一起。

(3)将个人的全部奖金与目标成本指标完成情况直接挂钩,凡目标成本指标完不成的单位或个人,即使其他指标完成得再好,也一律扣发有关单位或个人的当月全部奖金,连续两个月完不成目标成本指标的,延缓单位内部工资升级。

(4)为防止成本不实和出现不合理的挂账待摊,确保成本的真实可靠,总厂每月进行一次全厂性的物料平衡,对每个单位的原材料、燃料进行盘点。以每月最后一天的零点为截止时间,次月 2 日由分厂自己核对,3 日分厂之间进行核对。在此基础上总厂召开物料平衡会,由计划、总调、计量、质量、原料、供应、财务等部门的负责同志参加,对分厂报上来的数据与盘点情况进行核对,看其进、销、存是否平衡一致,并按平衡后的消耗、产量考核各分厂目标成本指标完成情况，据此计发奖金。除此之外，每季度还要进行一次财务物资联合大检查，由财务、企管部门抽调人员深入到分厂查账。账物不符的，重新核算内部成本和内部利润；成本超支、完不成目标利润的，否决全部奖金。5 年来，全厂先后有 79 个厂（次）被否决当月奖金，有 69 个分厂和处室被延缓了工资升级时间。

邯钢推行以项目成本分解制后，使它能够在 1993 年以来国内钢材价格每年降低的情况下保持利润基本不减，1991—1995 年，邯钢共实现利润 21.5 亿元，是"七五"期间的 5.9 倍，钢产量在 5 年内翻了一倍以上，使邯钢由过去一个一般的地方中型钢铁企业跃居全国 11 家特大型钢铁企业行列。1994—1996 年实现利润在行业中连续 3 年排列第三名，1997—1999 年上升为第二名。1999 年邯钢钢产量只占全国钢产量的 2.43％，而实现的利润却占全行业利润总额的 13.67％。冶金行业通过推广邯钢经验，也促使钢材成本大幅度降低，1997 年以来全行业成本降低基本与钢材降价保持同步，1999 年成本降低还超过了钢材降价的幅度。这不仅使全行业经济效益呈现恢复性提高，而且为国民经济建设提供了廉价的钢材，缩小了高于国际钢价的价格差，增强了中国钢铁工业的国际竞争能力。

资料来源：http://www.em-cn.com/article. 2009-09-30。

讨论

1. 企业中哪些组织层次可作为成本中心来运作？处于不同组织层次的成本中心，应该如何有机地联结起来？

2. 你认为邯钢依据"市场成本"指标对有关单位和人员实行"成本对全部奖金的一票否决制"的合理性如何？

参考文献

[1] 泰罗.科学管理原理.北京:中国社会科学出版社,1984.

[2] 西蒙.管理决策新科学.北京:中国社会科学出版社,1982.

[3] 法约尔.工业管理与一般管理.北京:中国社会科学出版社,1980.

[4] 罗宾斯.管理学.北京:中国人民大学出版社,2005.

[5] 赵丽芬.管理学概论.上海:立信会计出版社,2009.

[6] 周颖,杜玉梅.企业管理.上海:上海财经大学出版社,2006.

[7] 王毅捷.管理学案例100.上海:上海交通大学出版社,2003.

[8] 王凤彬,朱先强.管理学教学案例精选.上海:复旦大学出版社,2001.

[9] 朱秀文.管理概论.天津:天津大学出版社,2004.

[10] 周三多,陈传明,鲁明泓.管理学原理与方法.上海:复旦大学出版社,2009.

[11] 冯国珍.管理学习题与案例.上海:复旦大学出版社,2009.

[12] 井淼,周颖,吕彦儒.管理学原理.北京:北京师范大学出版社,2007.

[13] 刘志坚.管理学原理与案例.广州:华南理工大学出版社,2006.

[14] 钱颂迪.运筹学.北京:清华大学出版社,1990.

[15] http://www.qg68.cn.

[16] http://www.em-cn.com/article.

[17] http://www.haier.cn/about/index.shtml.

[18] http://www.xian-janssen.com.cn.

[19] http://www.mie168.com/manage/2009-08/304596.htm.